D1874922

Anna Banfhile (Hrsg.): Wandelspur
Erschienen im Web-Site-Verlag, Ebersdorf, November 2005

Die Deutsche Bibliothek – CIP-Einheitsaufnahme
Ein Titeldatensatz für diese Publikation ist bei
Der Deutschen Bibliothek erhältlich.

© Copyright 2005
Alle Rechte liegen bei den Autoren

Umschlaggestaltung: Anna Banfhile
Umschlagfoto: Petra Morales Rodriguez in
www.pixelquelle.de
Satz: Digitalsatz im WSV
www.web-site-verlag.de

ISBN 3-935982-16-X

Wandelspur

Herausgegeben von Anna Banfhile

Inhalt

Vorwort

Wandelspur erzählt davon auf der Spur eines Lebens zu wandeln, aber auch davon wie sich diese Spur wandelt, in unerklärlicher Weise durch wundersame Erfahrungen. Oft liegt das Leben klar vor Augen, ohne Zweifel wie alles werden wird, und plötzlich stellt sich alles in Frage, nichts passt mehr zusammen. Dabei ist es gleichgültig welche persönlichen, gesellschaftlichen und politischen Gründe Entscheidungen, Veränderungen, Neuanfängen fordern.

In den Erzählungen dieses Buches greifen die tieferen Zusammenhänge weit über reale Erfahrung hinaus, geben der Phantasie eine Chance, alles zu verwandeln. Ob Vision, Prophezeiung, Fluch, kollektives Gedächtnis, Begegnungen mit Engeln, Elfen, Zwergen, Hexen und anderen unbekannten Wesen, niemand kann sich dem fantastischen Einfluss entziehen.

12 zauberhafte Erlebnisse bringen uns Entscheidungen für neues Leben ebenso nahe wie Ausbeutung, Neuanfänge und den Umgang mit dem Tod. Märchenhafte Alternativen oder unausweichliches Schicksal bilden den Hintergrund für Krisen, die man zu kennen glaubt.

Unsere Spur, auf der wir durch die fantastischen Erzählungen wandeln, beginnt mit den unerwarteten Arbeitsmarktproblemen in der Welt der Zwerge und Elfen, gefolgt von wundersamer Hilfe vor einer drohenden Zwangsheirat zum Wohl des Staates. Die grausame Ausbeutung der Retiebra durch Fehcs Truppen wird durch totale Illusion getarnt, von der niemand weiß, ob man ihr entfliehen kann. Doch auch Visionen und Prophezeiungen lösen politische Veränderungen in märchenhaften Welten aus, erst noch mit zauberischer Hilfe, danach schicksalhaft in einer Legende aus der menschlichen Vergangenheit.

Dabei kommen wir der realen Welt, in die Engel, Hexen und zauberhafte Wesen ihre Finger strecken, immer näher. Es stellt sich die Frage, ob das kollektive Unterbewusste ausreicht, sich für ein Dasein in der heutigen Wirklichkeit zu entscheiden. Manchmal sind auch Hexen, ein Fluch oder wundersame Reisen durch Raum und Zeit nötig, ein neues Leben zu ermöglichen. Doch muss es keine Geburt sein, hilft ein Engel bei der Auseinandersetzung mit der eigenen Schuld. Am Ende der Spur wandeln zauberhafte Begegnungen oder Amulette den Umgang mit viel zu frühem Tod.

Lassen Sie sich verzaubern, wandeln sie auf den sich wandelnden Spuren, wer weiß, was sich auf diesem Weg alles verwandelt oder bleibt, wie es war.

Anna Banfhile, Oktober 2005

Mein besonderer Dank gilt Angelika Frey für ihren unermüdlichen Einsatz, Ideen zu finden, zu lektorieren und in Zweifelsfällen weiter zu helfen, Maike Schneider für ihre zusätzliche Hilfe und Tobias Lehnhoff für seine Unterstützung beim Korrigieren.

Von Spitzohren und Spezialisten

Manuela Forst

Eine belebende Brise strich über Rismar hinweg. Sie trug die Botschaft des Frühlings in das Land. Falken glitten auf ihrer Strömung über die niedrigen Behausungen des Städtchens und schwangen sich die Flanken des Granatzinnengebirges empor. Im Osten erhob sich die Sonne als feuriger Ball und entflammte die felsigen Gipfel. Die schroffen Steilwände glühten in dunklem Rot, ähnlich der Halbedelsteine, welche diesem Landstrich seinen Namen verliehen. Kleine, bauschige Schäfchenwolken jagten über den Himmel, von den ersten Strahlen des Lichts in leuchtendes Rosa und tiefes Violett getaucht.

Doch all die wilde Romantik ist für diese Geschichte unerheblich. Denn diese Geschichte handelt von Coril Steinaxt. Und Coril hätte für die unbändige Schönheit der Natur nur einen flüchtigen Blick übrig gehabt, wenn er sie in jenem Moment hätte sehen können.

Coril war ein Zwerg. Wie ein Großteil der Angehörigen seiner Rasse, arbeitete auch er meist lange und hart unter dem Dach der Welt. In den dunklen Stollen und Schächten der landesweit größten Kupfermine, die sich tief in das Gebirge grub, gab es keinen Frühlingswind und die Sonne ging hier weder auf, noch ging sie unter. Es zwitscherten keine Meisen und zirpten keine Grillen. Hier rollte Jahr und Tag der Donner der Sprengungen und pochte der rhythmische Pulsschlag der Welt im Fels, wenn die Picken der Arbeiter unentwegt nach Erzen gruben.

Hier, unter Tonnen von Gestein, war Corils Reich. Und es gab nichts, was zu seinem Glück gefehlt hätte. Er war ein Gewohnheitstier und verstand sich als ein Profi auf seinem Gebiet. Sogar nach zwergischen Maßstäben wusste er enorm viel über Mineralien und kannte das Innenleben des Gebirges so gut wie kaum ein anderer. Die tagtägliche Arbeit in der Mine füllte ihn völlig aus. Harter Fels, glitzernde Erzadern – was konnte Corils Zwergenherz mehr vom Leben verlangen?

Coril drosch seine Picke unermüdlich gegen den Fels. Den Blick auf die Stollenwand vor sich gerichtet, glaubte er, die schimmernden Kupferadern beinahe sehen zu können, die sich irgendwo durch die Tiefe des Gesteins zogen.

„Ach, hast du schon das Neueste gehört?" Hinter ihm versuchte Tiols Stimme, sich verzweifelt über das Krachen einer Sprengung zu erheben. Coril senkte seine Picke und lehnte sich gelassen gegen den Holzstiel. Mit betont desinteressierter Miene musterte er seinen Kollegen. Der stämmige Zwerg, der selbst für seine Rasse fast schon ein wenig zu klein war, und breiter zu sein schien als hoch, lugte über den Rand der Lore hinweg, die er durch den Stollen schob.

„Alles nur Klatsch." Corils Stimme grollte, als würden Steine zermalmt. „Zu Zeiten kommt man sich hier vor, wie bei den Waschweibern!"

Tiol lief aufgeregt um die Lore herum und reckte sich vor seinem Kollegen zur vollen Größe. „Oh, ich versichere dir, das wird selbst einen Muffel wie dich interessieren. Ja, ganz gewiss!"

Coril sah gelangweilt zu ihm herab. Seine Erfahrung mit Tiol sagte ihm, dass es überflüssig war, eine Reaktion zu zeigen. Er würde die Geschichte zu hören bekommen, egal was er tat. Widerstand würde es nur hinauszögern.

„Also", begann Tiol und machte eine gewichtige Pause. Sein Bart wippte, als er aufgeregt auf und ab trippelte, wobei seine schweren Stiefel hart auf den Boden schlugen und einen Klang verursachten, als würde eine Kriegstrommel geschlagen. „Also, ich weiß aus sicherer Quelle ..."

Coril verdrehte die Augen. „Du hast mit Breor gesprochen, diesem alten Säufer!“

Doch Tiol ließ sich nicht aus dem Konzept bringen. „Wir bekommen einen neuen Chef“, platzte er heraus. „So ein Ausländer aus Ascaria hat die Mine gekauft! Na, was sagst du jetzt?“

Coril kratzte sich das Kinn. „Aus Ascaria? Aus dem Land der Elfen! Na, das kann man wirklich keinem Zwerg verübeln, von dort auszuwandern! Da würde ich auch die Flucht ergreifen! Hat ein gutes Gespür, der Knabe, wenn er sich hier niederlassen will. Es gibt keinen besseren Fels, um nach Erzen und Reichtümern zu schürfen. Wie heißt der Kerl?“

Tiol wippte auf den Zehenspitzen. „Wie der heißt? Wie der heißt? Lass mich mal überlegen ... Ja, wie heißt er denn bloß? Ah! Jetzt hab ich's!“ Er baute sich vor seinem Kollegen auf und posaunte den Namen heraus, als spräche er eine Ankündigung vor einer Festversammlung. „Aleris Sonnenfalter.“

Coril grunzte belustigt. „Alergis *was*? Dessen Eltern sollte man an den Bärten aufhängen! Welch ein Verbrechen, ihm solch einen Namen zu geben! Das ist ja schon fast eine Schande für das Zwergenvolk. Alergis Sonnenfalter, ha!“

„Aleris! Mein Name ist Aleris Sonnenfalter“, erklärte eine Stimme in unmittelbarer Nähe.

Coril fuhr aufgeschreckt herum. Irritiert starrte er auf zwei dünne Säulen, die plötzlich vor ihm emporragten. Es verging ein langer Moment, bis er begriff, dass es Beine waren. Eine unangenehme Ahnung beschlich ihn und er warf den Kopf in den Nacken. Oh, wie er es hasste, wenn sich Befürchtungen auf solch dramatische Weise bestätigten! „Was willst du denn hier, spitzohrige Bohnenstange?“ Corils Finger schlossen sich energisch um den Stiel seiner Picke.

Über ihm hing ein blasses, knochiges Gesicht. Die grünen Augen blitzten, als schmale Lippen erklärten: „Ich kann nicht nachvollziehen, welche Schwierigkeiten Euch mein Name bereitet, doch Ihr solltet ihn Euch besser gut einprägen, denn ich bin ab dem heutigen Tag Euer neuer Chef. Diese Mine befindet sich in meinem Besitz."

Coril rutschte vor Entsetzen die Picke aus der Hand und knallte ihm auf die Zehen. Doch er schien es überhaupt nicht zu bemerken, sondern starrte unverwandt den rankenschlanken Elf an. „Aber das ist eine Zwergenmine", stammelte er. „Einer wie du kann hier doch gar nicht aufrecht stehen." Coril war mit einem Male ganz und gar nicht wohl in seiner Haut. Er kam sich plötzlich um gute achtzig Zentimeter zu klein vor. Ja, er fühlte sich wie ein trotziger Junge, der sich vergebens aufzulehnen versuchte. Die Offenbarung des Elfen hatte ihn völlig aus dem Konzept gebraucht. Dieses spindeldürre Spitzohr! Sein neuer Chef? Oh, welche Erniedrigung!

„Ihr werdet merken, dass sich hier in nächster Zeit einiges ändern wird, Zwerg. Ich versichere Euch, dass ab dem heutigen Tage ein frischer Wind durch diese Stollen wehen wird."

„Unser Entlüftungssystem hat immer sehr gut funktioniert." Wie um Bestätigung heischend blickte Tiol sich nach dem nächstliegenden Luftschacht um.

Doch Coril, der wusste, worauf der Elf hinauswollte, knurrte: „Hüte dich, Spitzohr! Die Zwerge werden einem Orkan trotzen, während deine ausgehungerte Gestalt wie ein Schilfhalm knickt."

Aleris warf ihm einen Blick zu, der so scharf war, wie die Spitze eines Dolches, wandte sich abrupt um und ging mit geschmeidigen Bewegungen, in denen die ganze Würde seines Volkes zu liegen schien, geduckt und in dem Tunnel erheblich in seiner Bewegungsfreiheit eingeschränkt, davon.

Coril blickte ihm missmutig hinterdrein. Womit hatte er das nur verdient? Dies war das Land der Zwerge. Diese Mine befand sich von jeher in der Hand seines Volkes. Nun sollte er vor einem Elfen buckeln und zusehen, wie dieser die Reichtümer des Gebirges außer Landes schaffte? Wer geglaubt hatte, Coril Steinaxt wäre ein mürrischer Zwerg, der stets schlechte Laune hatte, der hätte ihn in diesem Moment sehen müssen. Kein Zwergenblick war je zorniger, kein Zwergengesicht je griesgrämiger gewesen, als das von Coril. Es gab wirklich nur noch eines, das seine Stimmung jetzt noch zu heben vermochte!

Kurz entschlossen wandte er sich zu seinem Kollegen um. „Tiol, kommst du mit? Ich gehe in die Kantine auf ein kühles Bier und ein ordentliches Mittagsmahl.“

„Jetzt schon?“ Tiol legte zweifelnd die Stirn in Falten. Immerhin war es noch nicht einmal später Vormittag.

„Ärger macht mich immer so hungrig“, brummte Coril und trottete davon.

In der weitläufigen Höhle, welche den Arbeitern als Speisesaal diente, war um diese Zeit so gut wie nichts los Coril steuerte zielstrebig zur Essensausgabe. Ein einzelner Zwerg lehnte dort gelangweilt und schnitzte mit einem Messer an der Ecke des Tresens.

„Eine von den größeren Portionen, bitte!“, rief Coril ihm schon von weitem zu. „Und ordentlich etwas zum Runterspülen! Ich habe die Begegnung mit einem Spitzohr zu verdauen.“

Der Zwerg nickte stumm, packte einen Teller und einen Krug auf ein Tablett und schob es ihm hin.

Coril zog irritiert die Augenbrauen hoch und griff mit spitzen Fingern nach dem grünen Stab, der einsam auf dem Teller lag. „Was ist das?“, fragte er und hielt seinem Gegenüber das sonderbare Objekt hin.

„Stangensellerie“, antwortete dieser trocken.

„WAS?!? Willst du mich vergiften? Was bin ich? Ein bärtiges Karnickel?“

Der Zwerg schüttelte den Kopf. „Dieses Essen entspricht den genauen Anweisungen von Aleris Sonnenfalter. Er hat das Kantinenessen einer, wie es sagt, längst fälligen Reformierung unterzogen. Ab dem heutigen Tag gibt es nur noch Rohkost und Quellwasser, gemäß den Verordnungen der Chefetage.“ Ein Hauch von Verbitterung schwang in seiner Stimme mit.

„Rohkost? Ja gerne! Bring mir eine halbe Sau, roh!“ Coril donnerte wütend die Faust auf den Tresen.

„Nimm das Grünfutter, oder lass es. Etwas anderes gibt es nicht“, erwiderte der Zwerg zerknirscht.

Coril schmetterte in einer zornigen Geste die Stangensellerie zurück auf das Tablett, wandte sich ab und stapfte schnaubend und fluchend davon.

In den folgenden Tagen und Wochen wurden die Reformierungen des neuen Chefs überall spürbar. Aleris Sonnenfalter teilte Stempelkarten aus, um die Arbeitszeit seiner Angestellten überwachen zu können. Er ließ die Hauptgänge so weit ausbauen, dass er selbst aufrecht darin gehen konnte, und man errichtete ihm ein geräumiges Büro. Und schon bald war er nicht mehr der einzige Elf, der sich in der Kupfermine herumtrieb. Wenn Coril durch die Stollen ging, traf er immer häufiger auf Elfen aus Ascaria, die sich in die Arbeit der Zwerge einmischten.

„Spezialisten!“, grollte der Zwerg oft. „Pah! Sie nennen sich doch tatsächlich Spezialisten! Unser Volk hat seit alters in diesem Gebirge geschürft und nun kommen diese Ausländer und wollen uns Vorschriften machen? Sie wollen *mir* Vorschriften machen? Ach, was ist bloß aus dem heimeligen Rismar geworden, wo Zwerge noch unter sich waren, unberührt von Tourismus und Gastarbeitern?"

Doch Coril sollte schon bald erfahren, dass es tatsächlich noch schlimmer kommen konnte. Als er eines Morgens an seiner Arbeitsstätte erschien, rief ihm Tiol bereits von weitem anstelle einer Begrüßung entgegen: „Coril! Hast du schon den neuen Dienstplan gesehen?"

Murrend trat Coril auf ihn zu und riss ihm das Papier aus der Hand, mit dem Tiol die ganze Zeit nervös in der Luft wedelte. Ungläubig starrte er darauf. „Da muss ein Missverständnis vorliegen! Dieser Sonnenflattermann hat sich verschrieben!"

Tiol schüttelte heftig den Kopf, sodass sein Bart um sein Gesicht flog. „Nein! Weißt du, ich hab es zuerst ja auch nicht geglaubt. Aber dann ... Ich habe es nachgeprüft. Ob du es glaubst, oder nicht, aber es stimmt! Es stimmt tatsächlich! Alle Arbeiter für den Erzabbau sind zur Frühschicht und alle für den Abtransport zur Spätschicht eingeteilt, um die Logistik transparenter zu machen, wie der Chef behauptet."

„Diese Idee konnte auch nur den verdrehten Gehirnwindungen eines Elfen entspringen", keifte Coril. „Selbst ein geköpfter Ork besitzt mehr Verstand! Wie soll ich das Erz abbauen, wenn derjenige, der es mit der Lore abtransportiert, in einer anderen Schicht arbeitet? Ich werde innerhalb weniger Stunden bis zum Bart in Schutt eingegraben sein."

„Ganz zu schweigen von dem Stau, der entstehen wird. Stell dir vor! Alle Loren gleichzeitig im Haupttunnel!" Tiol erschauderte.

Coril knüllte mit einer fahrigen Bewegung das Papier in seinen Händen zusammen „Es wird Zeit, dass dieser Motte die Flügel gestutzt werden." Er feuerte den Dienstplan auf den Boden und eilte er mit Schritten davon, die das Gestein erzittern ließen.

Aleris Sonnenfalter sah in gespielter Überraschung von seinem Schreibtisch auf, als Coril Steinaxt in sein Büro gestürmt kam. Er hatte erwartet, dass dieser teamunfähige Zwerg, der so ganz und gar nicht mit Führungspersönlichkeiten zurande kam, sich einmal mehr gegen seine Anweisungen auflehnen würde, doch er wollte seinem Angestellten nicht das Gefühl vermitteln, dass er seine Wutausbrüche durchaus berechnen konnte.

„Ich grüße Euch, Coril", sagte er gelassen. „Solltet Ihr dies wünschen, so werde ich Euch die Funktionen einer Türe und die Kunst des Anklopfens gerne genau erörtern."

Corils Augen verengten sich drohend zu Schlitzen. „Oh, ich bin mir ihres Zweckes durchaus bewusst!" Er verpasste der Tür einen Tritt, dass sie mit einem ohrenbetäubenden Krachen ins Schloss fiel.

„Ihr scheint mir überaus erregt! Welche Gründe das nur haben mag?" Aleris kramte betont desinteressiert in einem Stapel Papier, der fein säuberlich auf dem Tisch vor ihm aufgeschichtet lag.

„Der neue Dienstplan!" Coril ballte die Hände an den Seiten.

„Tatsächlich?"

„Die Einteilung ist total vertrottelt! Es muss für jeden Zwerg, der für den Abbau zuständig ist, jemand da sein, der das Erz abtransportiert. Du provozierst ein Chaos, Spitzohr, wie es dieses Land nur zur Saisoneröffnung der Biergärten kennt." Coril hatte sich wirklich bemüht, seine Anliegen sachlich vorzubringen, und für seine Verhältnisse und unter der Berücksichtigung, dass er sich mit einem Elf konfrontiert sah, war er sozusagen ein Musterbeispiel zwergischer Gelassenheit. Immerhin war noch nicht die gesamte Belegschaft der Mine aufgrund seines Gebrülls zusammengelaufen.

„Überlasst diese Überlegungen Männern, die etwas von ihrer Arbeit verstehen“, erwiderte Aleris in einem Ton, der das absolute Gegenteil zu den hitzköpfigen Vorwürfen des Zwerges darstellte.

„Ich sehe hier nur einen Mann, bartloses Geschöpf“, fauchte Coril.

Der Elf ging gelassen über die Bemerkung hinweg. Er beugte sich ein wenig über den Tisch und legte die Kuppen seiner Finger gegeneinander. „Bei allem ungebührenden Respekt: Ihr seid nicht qualifiziert, in Personalfragen zu entscheiden. Euere Qualifikation beläuft sich auf den Abbau von Gestein und Metall. Ich bezweifle, dass mein Büro der geeignete Ort dafür ist.“

„Oh doch, dies ist der richtige Ort!“, fuhr Coril ihn an. „Ich bin nämlich soeben auf ein großes Bimssteinvorkommen gestoßen. Und wie gewöhnlich, bei diesem Gestein, mit der Struktur eines Nudelsiebes, liegt es in luftigen Höhen, wo der Wind durch seine Höhlräume pfeift.“ Er stemmte die Arme in die Seiten und musterte betont interessiert den Kopf des Elfen.

Doch Aleris überhörte auch diese Beleidigung dezent. Mit einer beinahe bedrohlichen Ruhe stand er auf und ging um den Schreibtisch herum auf seinen Angestellten zu. Coril mutmaßte, dass er es aus zwei Gründen tat: Erstens, damit seine Körpergröße seine höhere Stellung verdeutlichte, und zweitens, damit sich das Langschwert, das an seiner Hüfte hing, genau in Corils Augenhöhe befand. Eine unausgesprochene Drohung. Doch Aleris hätte wissen müssen, dass sie bei einem Zwerg keine Wirkung zeigte.

„Ihr habt keine Referenzen, die es rechtfertigen würden, dass Ihr Euch in Fragen der Diensteinteilung einmischt. Ich versichere Euch, ich weiß, was ich tue. Immerhin habe ich Personalmanagement und Kreaturenführung am *Weißen Weiher des Wissens* studiert", erklärte Aleris stolz mit geblähter Brust, was ihr mindestens den Umfang derer eines schmächtigen Menschenjünglings verlieh.

„*W* ...? *W* ...? *W* ...? Wo?", fragte Coril.

Aleris zog irritiert eine Augenbraue hoch, ein dünner Strich aus Härchen unter einer Stirn, die selbst unter diesen widrigen Umständen noch den Gesetzgebungen der Natur trotzte und keine Anstalten machte, sich in Falten zu legen. „*Weißer Weiher des Wissens*", wiederholte er mit Nachdruck, als hätte die Frage des Zwerges aus schlechten akustischen Verhältnissen resultiert. „Die größte Universität westlich des Meeres. Ich habe dort meine psychologische Studie über den Jähzorn des Kleinen Volkes verfasst."

„Wen nennst du hier klein?", brauste Coril auf und machte einen Satz auf den Elfen zu.

Aleris fuhr zurück und starrte tadelnd auf ihn nieder. „Dass Ihr auch immer alles auf Eure Person beziehen müsst! Nun gut, dann werdet Ihr gewiss auch ahnen, wen es betrifft, wenn ich nun sage, dass ein gewisses Gartendekorationsstück sich eiligst entfernen sollte, wenn es bei der nächsten Lohnabrechung nicht übergangen werden möchte."

Corils Gesicht lief vor Zorn kirschrot an. Einen langen Augenblick stand er nur da und starrte seinen Chef um Fassung ringend an.

Aleris' sehniger Körper spannte sich. Der Elf fürchtete, dass Coril ihn jeden Moment angreifen könnte. Er unterdrückte den Instinkt, sein Schwert zu packen. Er hatte den Zorn des Zwerges absichtlich geschürt, doch er wollte keinen offenen Kampf provozieren. Wenn er Coril niederschlagen müsste – selbstverständlich aus Notwehr – was ihm auch über alle Maße Leid täte, würden sich seine Angestellten gegen ihn verbünden. Zwerge waren über die Grenzen von Rismar hinweg für ihren Zusammenhalt bekannt, und Aleris wusste sehr wohl, dass er sich mit dem Erwerb dieser Mine auf dünnes Eis gewagt hatte. Coril konnte ihn zum Scheitern bringen, hier und jetzt. Doch zum Glück war diesem das nicht bewusst. Und er merkte auch nicht, wie der Elf erleichtert aufatmete, als er sich nun mit einem Ruck umwandte und zornig aus dem Büro stapfte.

Coril drosch die Tür so hart hinter sich zu, dass sich feine Risse in dem Holz bildeten.

Tiol brauchte seinem Kollegen nur ins Gesicht zu blikken, um zu wissen, wie das Gespräch – oder besser gesagt, das hitzige Kräftemessen – mit Aleris verlaufen war. Er zog es vor, Coril nicht darauf anzusprechen. Und Coril war es nur recht. So senkte sich Schweigen über sie, eine Stille, die beinahe schon drückend war. Eine Stille, die vor Spannungen zu knistern schien. Eine Stille, die ... Moment! Halt! Da stimmte doch etwas nicht! Stille? Stille in einer Zwergenmine?

Coril wurde aus seinen Grübeleien gerissen und lauschte irritiert. Er konnte das Schnaufen seines eigenen Atems hören und das gelegentliche Tröpfeln von Wasser, das zwischen Gesteinsschichten hindurchsickerte. Unweit unterhielten sich einige Arbeiter murmelnd. Alarmiert sprang Coril auf und rannte den Tunnel hinunter. Tiol sah ihm verständnislos hinterdrein.

Coril hielt den erstbesten sogenannten Spezialisten, auf den er traf, grob am Hemd zurück.

„Was soll das?“, rief der Elf aufgebracht und versuchte, sich aus dem Griff des Zwerges loszureißen.

„Sind die Sprengarbeiter krank?“ Coril krallte seine Finger fest in den dünnen Leinenstoff.

Der Ausdruck auf dem Gesicht des Elfen zeigte deutlich, dass dieser weder die Frage noch die offensichtliche Beunruhigung des Arbeiters verstand.

„Die Sprengungen! Es ist so unnatürlich still! Was hat das zu bedeuten?“ Coril riss herausfordernd am Hemdzipfel.

„Die Sprengungen wurden eingestellt“, erklärte der Spezialist in belehrendem Tonfall. „Ein Gutachten hat ergeben, dass der Lärm sich negativ auf die hier beheimatete Fauna auswirkt.“

„Wie bitte?“

„Das soll heißen, der Krach stört die Tiere des Gebirges!“

„Na und?“ Coril zuckte die Schultern. „Mich stört die Anwesenheit von Spitzohren, doch über mich hat niemand ein Gutachten erstellt.“

Der Elf funkelte ihn angriffslustig an, fand aber sogleich wieder zu seiner herablassend ruhigen Art zurück. „Der Bestand der Purpurschnabeligen Gebirgsdrossel hat sich allein im letzen Winter drastisch verringert“, erklärte er ernst und mit einem Unterton, welcher seinen Worten etwas Apokalyptisches verlieh.

„Erzähl du mir nichts von einheimischen Vogelarten, Herr Spezialist! Das Viech ist ein Zugvogel, natürlich werden die im Winter weniger“, knurrte Coril. In Wahrheit wusste der Zwerg reichlich wenig von dem, was sich über der Erdoberfläche so abspielte. Ihm waren die Vögel gleichgültig, egal ob sie jetzt purpurne oder quietschgrüne Schnäbel haben mochten. Doch es war ihm gelungen, den Elfen zu verunsichern. Coril konnte regelrecht spüren, wie der Spezialist nach einer Antwort suchte, mit der er sich nicht blamieren konnte.

„Wir werden die Aktivitäten der Tiere weiter beobachten. Es versteht sich wohl von selbst, dass die Wirtschaftlichkeit der Mine nicht zu Lasten schutzloser Vögel gehen darf“, erklärte der Spezialist schließlich betont bestimmt.

Coril gab das Hemd des Elfen frei und ging kopfschüttelnd zurück an seine Arbeit. Seit das Zwergenvolk sich an den Hängen des Granatzinnengebirges niedergelassen hatte, schürfte es in seinen Tiefen nach Reichtümern. Und nun drohte ein kleiner, rotschnabeliger Piepmatz den Untergang der Mine zu besiegeln?

„Was glauben diese Elfen nur, wie das hier läuft? Sie werden das Erz wohl kaum aus dem Fels herauszaubern können“, maulte Coril und hieb frustriert mit seiner Picke auf die Stollenwand ein. „Ich hoffe, ich wecke damit nicht einen Erdwurm oder störe gar seine sich windende Brut!“

Coril stapfte schlecht gelaunt hoch ins Gebirge zum Eingang der Mine. Die Zeiten, da er sich auf seine Arbeit gefreut hatte, schienen eine Ewigkeit zurückzuliegen. Dabei war es erst wenige Wochen her, seit Aleris Sonnenfalter die Kupfermine aufgekauft hatte.

Sein Magen krampfte sich vor unterdrückter Wut zusammen, als Coril den Elf erblickte, der tagtäglich hier, vor dem Eingang der Mine, Wache hielt und ihn sogleich nach seiner Stempelkarte fragen würde. Er grüßte den Portier mit einem kurzen Brummen. Doch anstatt seinen allmorgendlichen Routinesatz zum Besten zu geben, drückte der Elf Coril schweigend einen himmelblauen Briefumschlag in die Hand.

„Post für mich?“, fragte der Zwerg. Die Miene des Portiers blieb ausdruckslos.

„Eine schöne Farbe“, kommentierte Coril und zog das Schreiben aus dem Umschlag. Stammte dieser Brief vielleicht gar von seinem Vetter siebenden Grades aus dem hohen Norden, der ihn endlich wieder einmal besuchen wollte? Oder von seiner Großcousine?

Tiefe Falten bildeten sich auf Corils Stirn, als er den Text überflog, der in einer feinen, verschnörkelten Handschrift verfasst war. Nein, er kam nicht von einem zwergischen Verwandten. Er stammte von seinem Chef.

„Was soll das bedeuten?“ Coril starrte entgeistert das himmelblaue Blatt an.

„Das bedeutet, dass du nach Hause gehen sollst, Zwerg“, erklärte der Elf kühl. „Aleris Sonnenfalter sieht keine Verwendung mehr für deine Arbeitskraft.“

Coril glitt der Brief aus den Fingern, seine Hände zitterten.

„Geh nach Hause, Zwerg“, wiederholte der Elf. „Du bist hier nicht mehr erwünscht.“

Hätte Coril über seine Unterhaltungen mit Aleris und die Aussage des Portiers nachgedacht, dann hätte er vielleicht Verdacht geschöpft, dass sein Chef persönliche Gründe für die Kündigung gehabt hatte. Doch die Worte des Elfen trafen ihn zu hart, als dass er einen klaren Gedanken fassen konnte. Man hatte keine Verwendung mehr für ihn. Einen Gutteil seines Lebens hatte Coril hier verbracht, in dieser Mine. Unermüdlich hatte er sich für das Unternehmen eingesetzt. Und nun hatte man keine Verwendung mehr für ihn! Er war überflüssig geworden! Man brauchte ihn nicht mehr und warf ihn weg, wie ein altes Werkzeug. Man stieß ihn vor die Tür wie einen räudigen Köter. Er war nicht mehr erwünscht. Unerwünscht! Das Wort brannte sich in Corils Seele, schnitt schmerzhaft in sein Herz.

Schweigend wandte sich Coril ab und trottete den Pfad zurück ins Tal.

Geistesabwesend starrte Coril auf die halbleere Whiskyflasche, die vor ihm auf der Theke stand. Auf seine Bitte hin hatte der Schankwirt sie ihm dagelassen. Der Alkohol tat inzwischen seine Wirkung, doch Coril fühlte sich um keinen Deut besser. Mittlerweile war er zu der Überzeugung gelangt, dass er sich besaufen würde, bis er bewusstlos vom Stuhl kippte.

„Sonnenfalter würde sich freuen, wenn er mich jetzt sehen könnte“, murmelte Coril in seinen Bart und schüttete ein weiteres Glas in sich hinein. Es war zermürbend, dass all seine Bemühungen, gegen Aleris anzukommen, letztendlich nur dazu geführt hatten, dass sein Chef erreicht hatte, was er wollte. Der Elf hatte Coril fertiggemacht.

„Na, dich scheint es ja schlimm erwischt zu haben, Kumpel!“

Am Rande seines Bewusstseins registrierte Coril, dass sich jemand neben ihn setzte. Er goss sich ein weiteres Glas ein und leerte es in einem Zug. Oh, konnte man sich denn nicht einmal mehr in Ruhe besaufen?

„Meine Freunde nennen mich Set!“

„Was willst du?“ Coril ignorierte die Hand, die ihm zum Gruß entgegengestreckt wurde.

Sein Gegenüber schwieg einen kurzen Moment, als versuche er, sich an etwas Wichtiges zu erinnern, und musterte ihn eingehend. Plötzlich rief er unvermutet aus: „He! Sag, bist du nicht dieser ... dieser ...? Ich meine, du siehst aus wie dieser Minenspezialist!“

Der Ausdruck auf Corils Gesicht wurde watteweich. „Minenspezialist.“ Er wiederholte das Wort Silbe für Silbe, ließ sich jeden einzelnen Buchstaben auf der Zunge zergehen. „Oh ja, das bin ich wohl.“

Set schien Schwierigkeiten zu haben, seine Begeisterung unter Kontrolle zu halten. „Mann, ich hab schon so viel von dir gehört! Also, wie du da damals diese gewaltige Kupferader aufgespürt hast! Davon hat man sich überall erzählt. Ehrlich! Du musst ja ein wahrer Fachmann sein!“

„Erzähl das meinem Chef ... Exchef.“ Coril starrte verbittert in sein leeres Whiskyglas.

„Was ist dir denn widerfahren? Du siehst aus, als hättest du eine Begegnung mit ...“ Weiter kam Set nicht, denn Coril fiel ihm ins Wort.

„Elfen“, brummte er, als würde das alles erklären. Als Set irritiert schwieg, fügte er hinzu: „Sie sind wie eine Erdwurmplage in die Mine eingefallen.“ Coril griff nach der Whiskyflasche. Seine Finger schlossen sich krampfhaft um ihren Hals und in seiner Fantasie stellte er sich vor, es wäre Aleris’ Nacken. Der Gedanke an die Vorfälle in der Kupfermine ließ Corils Zorn wieder aufkochen und sein Gesicht lief dunkelrot an. Doch bevor das Glas der Flasche unter dem erbarmungslosen Griff des Zwerges zerbrach, besann sich Coril darauf, dass sein geliebter Whisky eine derartige Behandlung nicht verdient hatte. Erneut gurgelte die goldbraune Flüssigkeit in das Glas, verweilte dort jedoch nicht länger als wenige Sekunden.

„Was ist in der Mine passiert? Was haben die Elfen getan?“, bohrte Set.

Coril warf dem Zwerg einen finsteren Blick zu. „Sie haben mich gefeuert. Einfach so! Hat mir ’nen Zettel aushändigen lassen, dieser Sonnenfalter! Nicht ’mal Manns genug, einem ins Gesicht zu sehen, bevor sie einem einen Tritt verpassen, diese Elfen!“

Set horchte interessiert auf. In seinen Augen glitzerte es, wie bei einem Kind, das dem Anblick einer riesigen Schokoladetafel ausgesetzt war. Er hatte sich jedoch schnell wieder im Griff und bemühte sich um eine betont mitfühlende Miene. Coril war zu sehr damit beschäftigt, sich selbst zu bemitleiden, um die unterdrückte Begeisterung des Zwergen zu bemerken.

„Du hast deinen Job verloren?“, vergewisserte sich Set und ehrlich aufgesetztes Bedauern schwang deutlich in seiner Stimme mit.

Coril nickte stumm und ließ um Trost bettelnd den Kopf hängen. Er begann das Mitleid seines Gesprächspartners zu schätzen, wollte sich genüsslich darin suhlen. Endlich jemand, der ihn verstand!

Set beugte sich vor und legte seine Hand beschwichtigend auf Corils Arm. „Und wie hat deine Familie das aufgenommen?"

Coril zuckte die Schultern. „Ich habe keine. Bin alleinstehend."

Sets Hand schnellte zurück. „Oh, das ist ja hervorrag ... g... äh, ganz, ganz furchtbar." Er legte eine kleine Kunstpause ein. Dann rief er und aller Trübsinn war wie weggeblasen: „Sag mal, warst du schon mal in einer Edelsteinmine? Ich meine, in so einer richtig großen Edelsteinmine!"

Coril blickte irritiert auf. Er öffnete den Mund, um etwas zu antworten, kam jedoch nicht dazu, denn Set konnte jetzt nicht mehr an sich halten und gab sich einem begeisterten Redeschwall hin. „Also, ich weiß da eine Edelsteinmine! Ich sag dir, da vergisst du jede andere – auch deine Kupfermine! Die lässt keinen Zwerg kalt! Dort muss man mal gearbeitet haben, sag ich dir!"

„Wie ...?", stieß Coril hervor, dessen vom Alkohol gelähmte Gehirnzellen viel zu langsam reagierten, als dass sie die Worte richtig hätten verarbeiten können.

„Dann wärst du also interessiert? Mann, du hast wirklich Glück, mich getroffen zu haben! Stell dir vor, ganz zufällig kenn ich da jemanden! Ist der Chef von dem Laden ... nun ja, egal. Jedenfalls sucht er noch einen Mann für seine Mine. Es sollte natürlich jemand sein, der Erfahrung in dem Gewerbe hat – das Gestein sozusagen versteht. Aber was red' ich da! Du bist ein Zwerg, du weißt, was ich meine. Es wäre schon ein verantwortungsvoller Posten. Der Chef ist da extrem wählerisch, der nimmt nicht jeden! Es müsste jemand sein, der eine gehörige Portion Ehrgeiz und Durchsetzungsvermögen mitbringt, jemand, der die Ziele der Mine zu seinen eigenen macht. Ja, ich denke, im Prinzip sucht er jemanden wie dich!"

Coril reckte sich auf seinem Stuhl. „Was müsste ich tun?"

„Genau gesagt geht es um die Koordination der Abläufe innerhalb der Mine und darum, die Arbeiter auf Trab zu halten.“

„Ich habe aber nicht an diesem ... diesem *Weißen Wasser was weiß ich was* studiert“, warf Coril ein.

„Hmm ... Ich denke, dass Kenntnisse über Hydraulik in diesem Fall nebensächlich sind“, überlegte Set. „Egal. Die Arbeiter werden zu dir aufblicken, dessen bin ich mir sicher! Also, bist du dabei?“

„Klar. Aber ...“, hob Coril zu einem Einwand an.

„Wunderbar! Wie es der Zufall will, hab ich sogar die nötigen Papiere für die Formalitäten dabei.“ Set begann geschäftig in seinen Taschen zu kramen.

„Aber ...“, setzte Coril erneut an. „Aber es gibt in Rismar doch überhaupt keine ertragreiche Edelsteinmine, nur ein paar kleine Familienbetriebe.“

Set hielt inne und sah ihn verwundert an. „Habe ich gesagt, die Mine sei in Rismar? Oh! Tut mir leid für dieses Missverständnis.“ Er wühlte weiter und förderte schließlich einen Umschlag zu Tage, der mehrere Formulare enthielt.

„Aber ich kann doch nicht ...“, begann Coril kleinlaut.

Set knallte die Papiere auf den Tresen. „Darüber mach dir mal keine Sorgen! Den Umzug organisiert selbstverständlich die Firma. Für meinen ... ich meine, für deinen Chef und seine Leute ist das Kleinkram, glaube mir. Der Chef ist voll in Ordnung. Wenn man sich erst mal daran gewöhnt hat, dass er ... Na ja, du wirst ihn schon mögen. Und wenn du erst die Dienstwohnung gesehen hast ... Ich sag dir!“ Er schob Coril eines der Formulare hin. „Ich bräuchte hier eine Unterschrift. Den Rest fülle ich dann für dich aus, keine Bange. Da fällt mir ein! Eine Kleinigkeit, die noch zu klären wäre: Wie heißt du?“

„Coril Steinaxt ... Moment mal! Ich dachte, du kennst mich!“

„Ja, ja, natürlich! Ich hatte nur gerade deinen Namen nicht präsent."

Coril blickte misstrauisch von dem Papier zu den Zwerg neben ihm und wieder zurück. Eigentlich sollte er jetzt wohl aus dem Häuschen sein, solch ein lukratives Jobangebot unterbreitet zu bekommen. Dennoch wurde er das unbestimmte Gefühl nicht los, dass es einen Haken gab ... geben musste. Wenn er doch nur klarer im Kopf wäre, dann wäre im sicherlich mittlerweile eingefallen, was ihn dermaßen störte. „Das ganze hört sich wirklich wunderbar an. Nur ..." Er zögerte. „Wo ist diese Mine genau? Wohin muss ich da?"

„Um den Umzug brauchst du dir wirklich keine Sorgen zu machen. Die Details regeln wir später. Und die Mine? Also, ich erzähl dir alles über die Mine! Aber vorher brauch ich etwas zum Trinken!" Set hob die Hand, um den Wirt heranzuwinken. „Magst du auch noch etwas? Ein Bier vielleicht? Geht aufs Haus!"

Sie erhielten ihre Getränke und Set begann zu erzählen: „Also, die Mine hat eine Ausdehnung, dass ganz Rismar hineinpassen würde. Dort gibt es mehr Edelsteine, als du dir auf einem Haufen vorstellen kannst. Natürlich arbeitet man dort nur mit den neuesten Technologien und ..."

Coril konnte sich später nicht mehr erklären, wann und wie ihre Unterhaltung geendet hatte, geschweige denn, was ihr genauer Inhalt gewesen war. Und wie bei all den Erzen der Welt war er eigentlich nach Hause und in sein Bett gelangt?

Mehrere Monate waren vergangen, seit Coril von Aleris Sonnenfalter gefeuert worden war. Doch der Zwerg dachte kaum noch an diese Zeit zurück – seine Zeit in Rismar. Set hatte Recht behalten! Der neue Job war genau das richtige für Coril. Hier galt das, was Unwissende einst als Launenhaftigkeit bei ihm bekrittelt hatten, als Führungsqualität. Wenn er mürrisch war, sprach man nur noch von Durchsetzungsvermögen. Und die Edelsteinmine war ohnehin über jede Kritik erhaben. Oh ja, Set hatte in allen Punkten Recht gehabt! Es gab da nur eine Kleinigkeit, die ein kleiner Wermutstropfen bei dieser beinahe perfekten Anstellung war ... Doch seine neue Heimat hatte durchaus auch ihre Reize, musste sich Coril einmal mehr eingestehen, als er eilig durch die Stollen in einen entlegenen Teil der Mine schritt, wo man erst am vorangegangenen Tag auf eine ergiebige Smaragdader gestoßen war. Er wollte sich von dem Vorankommen der Schürfarbeiten überzeugen und schmiedete in Gedanken bereits Pläne zur Erschließung weiterer Gebiete. Als Spezialist aus dem Ausland hatte ihm sein neuer Chef freie Hand gelassen, und die Umsatzstatistiken des Unternehmens sprachen für Coril. Oh ja, sein neuer Chef! Coril hatte ihn letztendlich zu schätzen gelernt. Ja, wenn man von einigen rassebedingten Unstimmigkeiten absah, war er gar kein so übler Kerl.

Selbstzufrieden musterte Coril die Arbeiter um sich, die geschäftig mit Picke und Hammer zu Werke gingen und bei seinem Erscheinen stets verschreckt zu ihm aufblickten. Um die Personalkosten möglichst gering zu halten, beschäftigte das Unternehmen Kobolde für die einfacheren Schürfarbeiten. Als Coril seine Arbeit als Minenmanager begonnen hatte, waren es armselige, schwächliche Geschöpfe gewesen. Doch dann hatte der Zwerg das Kantinenessen reformiert. Seither war der Import von Schweinehälften und Rinderlenden im Land um mehr als das Doppelte angestiegen. Bereits wenige Tage nach der Umstellung reichte der bisherige Kantinenkoch seine fristlose Kündigung aufgrund unlösbarer Glaubenskonflikte ein. Ersatz wurde unverzüglich aus Rismar herbeigeschafft, da alle inländischen

Bewerber für den Posten bei der Aufnahmeprüfung wegen Übelkeitsanfällen ausfielen. Die personelle Umstellung machte sich bezahlt, denn die deftige Kost wirkte sich erstaunlich auf die Leistungsfähigkeit der Arbeiter aus.

Ein Lächeln huschte über Corils Lippen, als der Fels unter seinen Füßen durch die Wucht einer Sprengung erzitterte. Oh ja, hier konnte er sich heimisch fühlen, hier und in dem kleinen Häuschen, das man ihm als Dienstwohnung zur Verfügung gestellt hatte und von wo aus er einen atemberaubenden Blick auf die Gebirgszüge von Ascaria genoss – dem Land der Elfen.

Aranas Pflicht

Maike Schneider

Fröhlich klang das Klappern der Pferdehufe auf der staubigen Landstraße; die Vögel sangen und die Sonne lachte warm vom strahlend blauen Himmel. Alles schien wunderbar zu sein – ganz im Gegensatz zu Aranas Laune. Aranas Stimmung war, wenn man es genau betrachtete, noch niemals zuvor derartig schlecht gewesen.

Die junge Prinzessin von Serana reiste mit ihrer Gesellschafterin und Pflegemutter Malina und der Leibgarde seit mehreren Tagen zur Burg ihres zukünftigen Ehemannes. Die eisenbeschlagenen Räder der Kutsche verschlangen die staubigen Meilen der Straße, mit jeder weiteren wurde das Mädchen missmutiger.

„Er hat mich verkauft!“, murmelte sie zum ungezählten Male vor sich hin und starrte düster aus dem kleinen Fenster.

„Aber nein, mein Täubchen“, antwortete Malina fast schon automatisch und drückte sich ein feuchtes Tuch auf die Stirn. Wenn sie das noch einmal hören musste, würde sie anfangen zu schreien. *Nicht doch,* sagte Madeleines Stimme in Malinas Herzen belustigt, *sie ist doch noch ein Kind.* Madeleine war Aranas Mutter und viel zu früh in diesem Leben gestorben, um Arana groß werden zu sehen. In ihren letzten Lebenstagen hatte Madeleine Aranas Geschick in Malinas Hände gelegt. Seither vertrat Malina sie an Mutter statt und hatte das Mädchen noch nie länger allein gelassen. Madeleines Seele war bei Freundin und Tochter, so oft es ihr möglich war. Malina spürte ihre Anwesenheit in ihrem Herzen.

„Doch, verkauft wie ein Stück Vieh!“, wiederholte Arana aufsässig.

„Der Himmel helfe mir!“, murmelte Malina. Arana kam sich vor, als sei sie von allen verlassen, das wusste Malina. „Diese Hochzeit ist wichtig für das Königreich“, erklärte sie Arana geduldig.

„Ja, ich weiß, Vater hat es mir schon mindestens hundert Mal, ach was tausend Mal erklärt.“ Arana nahm die aufrechte Haltung des Königs an und ihre Stimme sank um mehrere Oktaven. „Arana, du bist eine Prinzessin, dann benimm‘ dich auch so“, tönte sie wichtig. „Du bist es unserem Volk schuldig, alles zu tun, damit es in Frieden und Wohlstand leben kann. Wenn du dafür heiraten musst, dann wirst du das, zum Henker, auch tun!“ Sie ahmte König Argor hervorragend nach und Malina musste heimlich grinsen, während die Stimme in ihr lauthals auflachte.

„Aber es ist nicht fair!“ Wütend zerrte Arana an einem Zipfel ihres Umhanges, der sich verfangen hatte. „Janak darf auch zu Hause bleiben!“ Janak war ihr großer Bruder – der Erbe König Argos.

„Arana, nun sei vernünftig. Janak ist mit sieben Jahren zur Pflege weggeben worden. Er ist erst seit letztem Winter wieder bei eurem Vater in der Burg und zudem der Erbe der Domäne. Du durftest immerhin sechzehn Jahre lang zu Hause bleiben! Jetzt bist du erwachsen. Benimm dich auch so“, erwiderte Malina zunehmend ungeduldiger.

„Erwachsen, pah!“ Arana seufzte laut. „Wenn ich so erwachsen wäre, wie ihr tut, könnte ich wohl ein wenig mitbestimmen. Aber nein, ich muss tun, was mein gnädiger Vater und all die anderen Ministerialen über mich bestimmen.“

„Liebes, sieh es einfach als einen Umzug in eine andere Burg.“

„Umzug? Schön wär‘s.“ Aranas Blick zurück zeigte ihr mehrere, von kräftigen Pferden gezogene Wagen, auf denen alles gestapelt war, was man ihr in die Ehe mitgegeben hatte: Unzählige Kisten mit Geschirr, Tüchern, Kleidern, Teppichen und was immer sie sonst noch brauchen könnte. Es sah wirklich wie ein Umzug aus.

Aranas Blick erreichte die zierliche Gestalt des Zelters, den man für sie ausgesucht hatte. ‚Vielleicht, wenn ich den schicklichen Sitz des Damensattels gegen den normalen, männlichen, tauschen würde?‘, dachte das Mädchen und malte sich aus, wie sie auf dem Rücken des Schimmels ihrer drohenden Verheiratung entkommen könnte.

„Untersteh dich!“ Malinas Befehl zischte aus dem Dämmerlicht der Kutsche. „Noch so eine Idee, Prinzesschen, und ich werde ungemütlich!“

„Ist ja schon gut, ich geh ja brav in die Verbannung!“ Arana knurrte durch die Zähne und trat heimlich gegen die hölzerne Tür der Kutsche. „Ihr werdet schon noch sehen, was ihr davon habt“, fügte sie leise hinzu.

Hast du das gehör?, fragte Madeleine leise in Malina. „Ja.“ Nachdenklich rieb sie sich über die Stirn. „Ich hoffe, dass Arana vernünftig sein wird.“ *Vernünftig?* Die Stimme in ihr schien skeptisch zu sein.

Im Laufe des nächsten Tages würde der kleine Tross, den König Argor Arana mitgegeben hatte, endlich das Gebiet ihres zukünftigen Mannes erreichen.

„Meines Bräutigams, meines Gatten und“, sagte Arana unglücklich, „meines neuen Herren und Gebieters.“

Weder Arana noch Malina kannten Graf Carlos persönlich. Die Verbindung hatte ein Abgesandter seines Hofes arrangiert, aber Arana war sich sicher, dass sie Carlos nicht mögen würde. Woher auch, denn wie man ihr gesagt hatte, war er fast doppelt so alt wie sie und damit beinahe ein Greis – wie ihr Vater. Und wahrscheinlich genauso despotisch.

„Ich will nicht!“ Weinerlich verzog Arana den Mund.

„Aber, aber, Häschen, es wird schon." Malinas weiche Stimme klang tröstend.

„Und wenn er scheußlich ist?" Aranas Finger verkrampften sich.

„Scheußlich?"

„Scheußlich und eklig, alt, stinkend mit einem großen Schnurrbart, in dem die Suppennudeln hängen bleiben, in einer düsteren, zugigen Burg, in der ich keinen Menschen außer dir kenne und wo ich überhaupt nicht hin will!" Arana schauderte. Sie presste für einen Moment die Hand auf die aufsteigenden Tränen.

Malina zögerte mit der Antwort. Es mochte tatsächlich so sein, was sollte sie ihrer jungen Prinzessin sagen? *Du bist an Aranas Seite, um mit ihr alle möglichen Schrecknisse durchzustehen, welche auch kommen mögen*, klang es erleichtert in Malinas Herzen. *Hab Dank dafür.* Madeleine – auf Malinas Gesicht legte sich ein weiches Lächeln. „Vielleicht habe ich Arana zu sehr verwöhnt und sie vor den Erfordernissen des Lebens zu sehr behütet", fragte Malina sich leise. „Vielleicht habe ich ihr zuwenig beigebracht, wie sich eine edle Frau ihres Standes verhalten sollte." Nun, es war zu spät, Arana musste sich als wahre Tochter König Argors und Königin Madeleines würdig erweisen. *Nein, das hast du nicht,* flüsterte Madeleine, *aber sie ist noch so jung!*

Wie konnten sie es dem Mädchen nur ein wenig leichter machen? Natürlich wusste Arana, dass sie dem Willen ihres Vaters gehorchen musste. Immerhin war sie eine Prinzessin Seranas und damit nicht frei, sich selbst Leben und Mann aussuchen zu können, wie es ihr beliebte. Als Tochter des Königshauses war sie dafür ausgebildet und zu wichtig. Zu wichtig für ihr Land und ihr Zuhause.

Malina lehnte sich seufzend in die weichen Kissen der Kutsche und dachte nach. Natürlich! Sie schloss für einen

Moment die Augen, murmelte ein paar seltsame Worte, die einer ungeübten Kehle Schwierigkeiten bereitet hätten – und gar nicht weit entfernt horchte ein kleiner Vogel auf. Er legte den Kopf schief, pfiff dann ein paar Töne zur Erwiderung und flatterte aufgeregt davon. Malina lächelte zufrieden, ordnete die Falten ihres umfangreichen Gewandes und für einen Moment sah es aus, als ob die Ohren hinter ihren dunklen Haaren ein wenig spitzer waren als sonst. *Das war eine gute Idee!* , kicherte es in ihrem Herzen.

Arana fasste einen Plan: In dieser Nacht würde sie den Versuch wagen und sich im Dunkeln eines der Pferde stehlen. Es gab keine andere Chance, um der ungewollten Verheiratung zu entgehen, als sich heimlich davon zu machen. Ganz sicher. Sie war keine Heldin, das wusste das Mädchen. Sie war ziemlich behütet aufgewachsen, aber ihre Furcht war viel zu groß, um ohne Gegenwehr in ein Leben gestoßen zu werden, das ihr nicht behagte.

Am Abend wartete sie nervös bis weit in die Dunkelheit hinein auf den rechten Augenblick. Wann sollte sie aufbrechen? Immer wieder verfolgte sie verstohlen die gemächlichen Gänge der beiden Nachtwachen um das Lager. Malina schnarchte längst auf dem unbequemen Lager des Zeltes, das Arana mit ihr teilte. Das Herz der Prinzessin schlug schnell, ihr Mund war vor Aufregung ganz trocken. Erneut verschwand die hohe Gestalt der Wache in der Dunkelheit jenseits des kleinen Feuers, das die ganze Nacht hindurch brennen würde. Ein letzter Blick auf die schlafende Malina, dann atmete Arana tief ein. Jetzt! Ein kurzer Griff nach dem bereitgelegten Beutel und schon schlich sie sich vorsichtig aus dem Zelt in die Schatten und zu den Pferden.

Wo hatte man nur ihr Pferd angebunden? Da war es! Vor Erleichterung schloss sie für einen Atemzug die Augen.

Aber dann zögerte Arana. Das helle Fell des Zelters war viel zu auffällig! Rasch entschied sie sich für ein anderes Pferd.

„Wenn sie mich nur nicht entdecken“, murmelte sie nervös.

Mit bebenden Händen knüpfte sie das Seil vom Baum, an dem es fest gebunden war. Noch einmal lauschte sie mit angehaltenem Atem und als sie keinen Laut außer dem leisen Sägen der Schläfer vernahm, zog sie aufmunternd an den provisorischen Zügeln und willig folgte ihr das Tier. Erst als sie in der Dunkelheit des nächtlichen Waldes verschwunden war, schwang sich Arana geschickt auf den blanken Pferderücken und knotete ihren Beutel um die Hüften.

„Geschafft!“ Arana jubelte leise. Zufrieden rutschte sie sich bequemer hin und genoss das Gefühl, endlich nicht mehr nur hilflos zusehen zu müssen, was andere mit ihr vorhatten. „Mit mir nicht!“, freute sie sich, obwohl sie keinerlei Ahnung hatte, wohin sie sich nun wenden sollte. Zurück zu ihrem Vater, um ihm klar zu machen, dass sie durchaus für ihr Land und ihre Leute ihr Leben aufs Spiel setzen würde, aber nicht bereit war, wie ein Stück Vieh verschachert zu werden? Oder sich ein neues Leben erobern, fernab von allem, was sie kannte? Zögernd setzte sie den Braunen in Gang.

„Erst einmal außer Reichweite der Wachen kommen“, beschloss sie, „dann werde ich schon weiter sehen.“

Bald kam es ihr vor, als wäre sie bereits seit Stunden unterwegs. Sie hatte längst jede Orientierung verloren. Nebel war aufgezogen. Sanft und kalt schlang er sich um die Pferdebeine und tauchte den Wald in ein seltsames Zwielicht. Arana war müde und auch ihr Pferd begann allmählich zu stolpern.

„Wenn ich mich nur einen Augenblick ausruhen könnte“, seufzte sie gähnend. „Malina wird mir die Augen auskratzen, wenn ich sie je wieder sehe. Aber egal, Hauptsache, ich bin entkommen.“ Knackend trat der Braune auf einen Ast und aus der Dunkelheit brachte sie ein lauter Ruf zum stoppen.

„Halt! Wer da?“

Arana verwünschte sich, nicht besser Acht gegeben zu haben. Wo kam der Mann nur her? Wie ein Kind war sie versucht, die Augen zusammen zu kneifen und so zu tun, als ob sie nicht da wäre.

„Wer da?“, erklang erneut die Stimme, dieses Mal deutlich näher und schärfer.

„A ... a ...“, stammelte sie. War sie auf Wegelagerer gestoßen? Räuber? Meuchelmörder, die ihre Kehle durchschneiden würden? Schlagartig wurde ihr übel.

„Na wer, Mädchen?“ Aus dem Nebel trat ein Mann neben ihr Pferd und hielt es mit einem bestimmenden Griff am Zaum fest.

Viel konnte sie nicht erkennen. Groß mochte der Mann sein und jung. Er hatte dunkles Haar und seine Augen glitzerten wie Edelsteine. Der Mann räusperte sich und erwartete sichtlich eine Antwort. Mit hochnäsigem Ton versuchte sie, ihre Unsicherheit zu verbergen.

„Was geht es Euch an, wer ich bin? Nennt erst einmal Euren Namen!“ Dann biss sie sich auf die Unterlippe. Ihr Vater hatte sie immer wegen ihres vorlauten Mundwerkes gerügt. Es war nicht damenhaft und schicklich. Vielleicht wäre es schlauer gewesen, keine Fragen zu stellen? Der Mann lachte nur leise und das tiefe Grollen seiner Stimme schickte eine Gänsehaut über ihren Rücken.

„Du hast Glück Mädchen, wir wollen dir nichts Böses. Sei willkommen, steig ab von deinem müden Ross und wärme dich an unserem Feuer.“

Ein Feuer? Arana hatte keines bemerkt. Das Gefühl, nichts anderes tun zu können, übermannte sie. So folgte sie still seiner Aufforderung und rutschte vom blanken Pferderücken auf den Boden. Arana war klein und zierlich, sie reichte ihrem Gegenüber gerade bis zur Mitte der breiten Brust, obwohl er noch ziemlich jung zu sein schien. Er hatte noch immer das Pferd am Zügel und Arana stolperte durch die Dunkelheit neben ihm her. Ein großer Stein brachte sie zum Straucheln, aber sein rascher Griff an ihren Arm bewahrte sie davor, zu Boden zu stürzen. Sie spürte seine Finger, die ihr Halt gaben. Dann fühlte Arana, wie er neugierig über den weichen Stoff strich.

„Das ist nicht das Kleid einer Magd“, sagte er scheinbar gleichmütig und bahnte sich gelassen einen Weg durch das Gestrüpp auf eine Lichtung, auf der ein kleines Feuer flakkerte.

„Ich bin auch keine Magd“, gab Arana schüchtern zur Antwort und blieb im Schutz der Bäume stehen.

„Was also machst du nachts allein im Walde?“ Ihr unbekannter Begleiter lachte erneut leise. Wieder rann eine Gänsehaut über ihren Rücken.

„Ich“, begann Arana unsicher – doch dann brach es aus ihr heraus: „Ich will nicht an einen wildfremden, ekligen alten Widerling verheiratet werden!“

Der junge Mann zog eine Augenbraue hoch. „Sollst du das denn?“

„Ja!“, knurrte sie und verschränkte die Arme über dem Leib. „Da laufe ich doch lieber davon!“

Nachdenklich streichelte er dem Braunen über die breite Stirn. „Ist das dein Pferd?“

„Nein“, gab Arana zu, „ich habe es mir ... ausgeliehen.“

„Ausgeliehen, so.“ Mit in die Hüften gestemmten Händen musterte er sie vom Scheitel ihrer kupferroten Haare bis zum Saum des mittlerweile beschmutzten Kleides.

„Der Besitzer dieses Pferdes wird dich suchen und dein Bräutigam wahrscheinlich auch, Mädchen“, unterbrach der

Mann ihre Gedanken. „Weißt du überhaupt, wo du dich befindest?“

Arana runzelte die Stirn. „Natürlich!“

„Aha, also wo?“ Wieder traf sie ein aufmerksamer Blick, der ihr die Röte auf die Wangen trieb – zum Glück war es Nacht, es mochte ihm vielleicht nicht auffallen.

„Na wo schon, im Wald!“, fauchte sie. Wütend blitzte sie den Kerl an. „Das ist doch auch egal. Ich gehe nicht wieder zurück. Ich werde nicht heiraten, ich werde nie heiraten! Schon gar nicht, weil mein Vater es so will!“

„Nun“, der Mann ließ ihrem Pferd die Zügel lang und sofort begann es zu grasen. „Du bist noch sehr jung, aber selbst du weißt sicher, dass Ehen oft aus ganz bestimmten Gründen geschlossen werden – am seltensten aus Liebe. Wobei die Liebe, wie man sagt, wenn man Glück hat, im Laufe der Jahre wachsen kann.“

Nachdenklich betrachtete er ihr Gesicht, das im Mondschein gleichzeitig zart und entschlossen aussah. Ein Mädchen mit Temperament, schwer zu zügeln und ungestüm in ihren Handlungen. Wunderschön.

„Meistens geschieht es aus Pflicht, wenn Männer zum Wohle des Landes Bündnisse eingehen“, fuhr er fort. „Ihre Frauen und Töchter werden gebraucht, um diese Bündnisse zu besiegeln – sei es wegen einem Bauernhof, einem großen Gut oder gar wegen dem Frieden zwischen zwei Ländern.“

Arana schnaufte, das wusste sie längst. Hielt er sie für ein dummes, kleines Mädchen? Doch er sprach weiter, die seltsame Eindringlichkeit seiner Stimme beeindruckte sie. Es war etwas Geheimnisvolles um ihn, eine Aura von Macht, die ihr bekannt vorkam.

„Eine Ehe verbindet nicht nur Menschen miteinander, sondern sie ist ein Fundament dafür, etwas Neues zu schaffen. Eine Familie – Kinder, die in sich vereinen, was zuvor beschlossen wurde und die Zukunft bedeuten." Sanft lächelte er, als er sah, wie eine Träne glitzernd ihre Wange herab lief.

Wütend wischte Arana sie weg. „Dann soll ich also folgsam wie ein Tier zur Schlachtbank dem Willen meines Vaters folgen?"

„Nein!", erwiderte er bestimmt. „Du sollst das Beste daraus machen und deinen Teil zum Bündnis dazu tun. Es ist fast so, wie bei den Herrschern und ihren Ministern. Es kann nur zum Wohl des Landes sein, wenn alle an einem Strick ziehen. Gibt es einen, der sich weigert und nur an sich denkt, kann alles zusammenbrechen." Sein Gesicht hatte sich verdüstert und unbewusst griff er nach der Waffe in seinem Gürtel. Vorsichtig trat Arana einen Schritt zurück. Der junge Mann wandte sich ihr wieder zu und lächelte.

„Du bist eine Frau. Kannst neues Leben schenken. Du hast die Macht, zu formen und zu ändern. Sieh dich als gleichwertigen Teil einer Partnerschaft."

Arana seufzte tief. Es war, als hörte sie die Worte ihrer Mutter, die ihr vor langer Zeit erklärt hatte, warum sie Königin geworden war. Arana vermisste sie schmerzlich und fasste instinktiv an das kleine Amulett, dass ihr diese vererbt hatte. Warm strömte es in ihre Finger. Aranas aufgeregter Herzschlag beruhigte sich ein wenig. Insgeheim wusste sie selbst, dass der Mann Recht hatte. Es konnte nicht immer nach den verträumten Wünschen eines kleinen Mädchens gehen – und war sie nicht langsam aus diesen Träumen heraus gewachsen? Ihr Vater und auch Malina setzten das Vertrauen darin, dass sie ihrer Pflicht nachkommen würde. Nein, nicht nur nachkommen, sondern mehr daraus machte. Schließlich war sie eine Königstochter und trug somit Verantwortung für ihr Land und ihre Leute! Es ging um weit mehr als nur eine augenblickliche Laune – oder um das, was ihr gerade jetzt Freude bereiten könnte. Nachdenklich betrachtete sie den Mann, ihr Gegenüber, der ihr einen Moment gegeben hatte, um nachzudenken. Arana straffte den Rücken.

„Wahrscheinlich habt Ihr Recht, wer immer Ihr seid", meinte sie und nahm ihm entschlossen die Zügel aus der Hand. „Wie komme ich auf die Straße nach Galgant zurück?"

Er lächelte breit. „Du bist mitten darauf."

Seine Hand wies geradeaus. Aranas Augen weiteten sich erstaunt, als sie den ausgetretenen Pfad vor sich sah, dem sie schon seit Tagen gefolgt waren.

„Ich danke Euch!" Zaghaft lächelte sie den Mann an und schwang sich dann mit einem geschmeidigen Sprung auf ihr Pferd. „Ich sollte wohl besser zurück sein, bevor sie mich vermissen."

„Warte!"

Fragend zügelte sie das Pferd und blickte zu ihm hinab. Ihr Zopf hatte sich gelöst und das lange Haar fiel in langen Locken über die Schultern. Nachtwind spielte darin und sie strich es unbewusst zurück.

Sacht legte der Mann eine Hand auf den braunen Pferdehals. Seine Augen glänzten. Arana spürte, wie ihr Herz bis in den Hals schlug. Sein Blick verschmolz mit ihrem und ihr war, als sähe sie einen Hauch seiner Seele. Erschrocken sog Arana den Atem ein. In ihrem Bauch flatterten auf ein Mal ein paar Schmetterlinge wild durcheinander. Sie zwang den Braunen ein paar Schritte zurück. Die Hand des Mannes rutschte ab.

„Viel Glück, Mädchen", murmelte er schließlich leise und trat zurück. „Vielleicht hast du mehr Erfolg als ich."

Schmerzlich verdunkelte sich sein Gesicht. Der Braune tänzelte unruhig und Arana zögerte noch einen letzten Lidschlag lang, dann wandte sie das Pferd um und eilte davon.

Er sah ihr lange hinterher, als sie im Trab auf die Straße einbog und davon ritt.

Aus dem Schatten löste sich die Gestalt eines geflügelten, nächtlichen Jägers, der dem Mädchen voraus flog. Seine Schwester Malina würde den Ruf erhalten, dass das Mädchen auf dem Weg zurück war und sie sich keine Sorgen mehr machen musste.

Die Leibgarde erwischte Arana, gerade nachdem sie scheinbar unbemerkt das Lager wieder erreicht hatte und eben das Pferd anbinden wollte – deshalb saß sie nun kleinlaut an Malinas Seite in der Kutsche und rumpelte ihrem Ziel entgegen. Malina hatte eine beeindruckende Strafpredigt darüber gehalten, wer Arana bei ihrem kindischen Fluchtversuch hätte begegnen – Räuber, Unholde und gefährliche Tiere zum Beispiel – und was hätte passieren können. Da reichte ihre Liste von in ein dunkles Loch treten bis zu solch gefährlichen Dingen, wie sich ein Bein oder gar den Hals zu brechen. Tapfer hatte die Prinzessin schließlich neben der Funken sprühenden Malina in der Kutsche Platz genommen.

Sie waren erst eine kurze Strecke vorangekommen, als ihre kleine Kolonne plötzlich erneut anhielt. Sofort lugte Malina neugierig aus dem kleinen Fenster der Kutsche.

„Ach du meine Güte, Arana, ich glaube, wir bekommen ein Empfangskomitee."

Tatsächlich war eine Gruppe Reiter zu ihnen unterwegs. In aller Eile überprüfte Malina Aranas Garderobe, glättete die Falten des schweren, dunkelgrünen Kleides und strich ihr ein paar der wirren, roten Locken zurück in die Zöpfe.

„Schnell, Liebes!", scheuchte sie das Mädchen. „Du wirst doch wohl einen guten Eindruck machen wollen, oder?"

Eine Gruppe Männer näherte sich ihnen im raschen Trab. In einer Wolke aus Staub blieben sie bei den Wachen stehen. Nach einigen gewechselten Worten, bei denen ihre Leibwache ein paar Mal zwischen der Kutsche, den Pferden und dem hinter ihnen liegenden Weg hin und her deutete, machte sich einer der neu Angekommenen auf zur Kutsche. Arana schlug das Herz bis zum Hals. Sie kniff fest die Augen zusammen und wünschte sich weit weg, auf den Rücken ihres Pferdes, unsichtbar im Wald verborgen.

„Prinzessin Arana?“ Jemand nannte ihren Namen und Arana verharrte wie betäubt, bis Malina sie anstieß.

„Oh, ja!“ Arana wandte sich ihm zu und ihr Atem stockte. Er sah entsetzlich aus! Groß und wohlbeleibt, mit einem spöttischen Glitzern in den Augen unter einem dünnen, grauen Haarschopf lächelte er von seinem Pferd auf sie herab.

Ist er das?, fragte Madeleine neugierig. Malina nickte. Ja, das war er – zumindest hatte man ihn so beschrieben. Ein Mann, der wusste was er wollte – ihre kleine, ungestüme Prinzessin. *Malina! Das ist ja schrecklich!* In Malinas Herzen schrie es auf. *Dieser grässliche Mann und meine süße Arana!*

„Graf Carlos, nehme ich an?“ Mit jedem Wort gewann Aranas Stimme an Festigkeit und sie richtete sich noch ein wenig gerader auf. Sie sah aus wie die stolze Prinzessin, die sie war. Malina lächelte zufrieden. Immerhin merkte man Arana nicht an, was sie dachte.

„Patrice Zesar, zu ihren Diensten, meine Dame.“ Der Mann nickte gemessen. „Ich bin der erste Minister an Graf Carlos‘ Hof und der Verwalter seiner Güter.“ Er schwang sich vom Pferd und öffnete mit einer kleinen Verbeugung den Schlag der Kutsche. Malina betete für einen Moment darum, dass Arana jetzt nicht über ihre langen Röcke stolperte. Das Mädchen nahm die Hand, die er ihr höflich reichte. Als Arana ins Sonnenlicht trat, weiteten sich für einen Moment erfreut die Augen des Ministerialen. Sein

Blick flog über ihre anmutige Gestalt und ihr glänzendes Haar.

„Das ist Dame Malina, meine Pflegemutter und Gesellschafterin“, stellte Arana ihre Begleiterin vor und Zesar verbeugte sich auch vor ihr. Malina nickte gemessen und ihre Blicke flogen vom Minister zur Prinzessin und wieder zurück. Was ging hier vor? Der Etikette entsprechend hätte Graf Carlos selbst seiner Braut entgegen kommen und nicht seinen Verwalter schicken sollen.

„Man hat mir gesagt, dass Ihr unterwegs seid, meine Dame.“ Zesar verneigte sich noch einmal. Irgendetwas schien ihm auf der Zunge zu brennen, was mochte es nur sein? Malina spürte, wie auch Madeleine unruhig wurde. *Da ist etwas faul. Malina, gib acht!*, warnte sie.

Eine weitere Reitergruppe näherte sich im Galopp.

„Ich kam Euch so schnell es ging entgegen“, fuhr der Minister fort, „denn ... ich muss mich entschuldigen, es ist etwas ...“ Er räusperte sich. „Nun es ist etwas eingetreten, das unsere Vereinbarung schwierig macht, wenn nicht gar zunichte.“ Seine bewaffneten Begleiter stellten sich schützend um ihren Herrn im Halbkreis auf. Aranas Wachen blickten misstrauisch.

„Schwierig?“ Malina war neben das Mädchen getreten und musterte den älteren Mann aus zusammengekniffenen Augen. „Wie haben wir das zu verstehen, Herr Minister?“

„Nun“, wiederholte er sich nervös und leckte unbewusst über seine schmalen Lippen. „Ich denke, die Friedensvereinbarung, die wir mit König Argos getroffen haben, wird nicht einzuhalten sein. Leider wurde unser Herr vor wenigen Tagen zu unserem Schöpfer abberufen. Eine schlecht verheilte Wunde ...“

„Eher ein unfähiger Wundarzt, Zesar.“ In einem Wirbel aus Staub und Pferden kam eine zweite Abteilung Männer mit Graf Carlos Wappen zum Halt. Ein junger Mann sprang direkt neben Zesar aus dem Sattel seines Rappen. „Ihr hattet es ziemlich eilig, der Prinzessin von Serana vom Tode meines Vaters zu berichten, Minister. Vielleicht ein wenig zu eilig?“

Blitzende Augen trafen Aranas Blick, dann verbeugte sich der junge Mann vor Malina und dem Mädchen. „Vergebt mir, meine Damen. Ich war unhöflich.“ Er lächelte und Aranas Herz schlug aufgeregt. Das war doch der Mann von letzter Nacht! „Ich bin Graf Carlos Sohn, mein Name ist Aerian. Bitte, begleitet uns an den Hof von Galgant. Dort werden wir gemeinsam überlegen, wie wir trotz dieses Unglücksfalles eine neue Übereinkunft treffen können. Vielleicht ...“ Sein Blick streifte fragend Arana. „Vielleicht können wir den Vertrag auf mich, Graf Carlos Erben ... übertragen?“

„Noch seid ihr nicht der Erbe von Galgant!“, zischte Zesar. Die beiden ungleichen Männer maßen sich mit wütenden Blicken.

„Das werdet Ihr nicht mehr verhindern können, Minister“, grollte Aerian zurück. „Vaters Testament wurde gefunden und er hat mich als seinen Erben bestimmt!“

Du weißt, was geschieht, wenn unsere beiden Länder durch diese Heirat nicht verbunden werden? Malina nickte unmerklich. Man hatte es Arana nicht gesagt, aber Graf Carlos war zu seinen Lebzeiten ein kriegerischer Mann gewesen, der immer darauf bedacht war, sein Land und seine Macht zu vergrößern. Sein gieriges Auge war auch auf das friedvolle, wohlhabende Land König Argors gefallen. Nur durch die versprochene Heirat mit der Prinzessin war es gelungen, zu einer friedlichen Einigung zu gelangen.

Arana kniff für einen Moment die Augen zusammen. Sie überlegte rasch. Aerians und Zesars Männer schienen nicht grade befreundet zu sein. Sie spürte die unterschwellige Gefahr, die zwischen den beiden Männern stand. Es kam ihr vor, als würde gerade ein Kampf um die Macht in Galgant geschlagen. Aerian schien sich für den Frieden mit Serana auszusprechen. Arana entschied sich rasch. Entschlossen trat sie zwischen die Männer und legte ihre Hand auf Aerians Arm.

„Meine Herren, ihr wollt doch wohl nicht hier auf der Straße in Streit ausbrechen." Arana lächelte beruhigend.

„Wollt Ihr mit mir zur Burg kommen?" Aufmerksam betrachtete der junge Graf die zierliche Person, die vor ihm stand und keinerlei Angst zeigte. Mädchen und Mann tauschten einen langen Blick. Für einen Moment schien es, als ob selbst die Vögel inne hielten.

„Ja." Arana nickte und Aerian erwiderte mit einem Lächeln. Die Vögel sangen wieder.

„Ich glaube", murmelte der junge Graf, als er Arana wieder in die Kutsche half, „ich habe letzte Nacht von Euch geträumt, Prinzessin."

„Dann hatten wir denselben Traum." Sie hielt inne und musterte ihn aufmerksam. Vorsichtig führte Aerian Aranas Hand an die Lippen und küsste sie. „Erst dachte ich, ich müsste nur für Frieden in meinem Land sorgen", sagte er leise. „Aber vielleicht habe ich nun doch auch Glück."

Arana genoss das Schauern, das ihr über den Rücken rann.

Malina beobachtete die beiden lächelnd und schickte ihrer Schwester einen frohen Gedanken. *Das hat sie gut gemacht,* flüsterte Madeleine leise in Malinas Herzen. „Ja, das hat sie", murmelte Malina. Sie wusste, Aranas Herz würde hier ein neues Zuhause finden und glücklich werden.

Vom Glück, zu leben!

Silke Hameister

Ohrenbetäubende Schreie durchschnitten die Abendluft in Frequenzhöhen, die jedes menschliche Herz unweigerlich zu einem verängstigten Klumpen Fleisch schmerzhaft zusammenkrampfen ließen.

Ein Dröhnen zwang die Erde zum Beben, bevor völlige Ruhe eintrat. Es war eine Stille von der Sorte, die mit Leichentuch-Knebeln die Münder ihrer Opfer auf ewig zu verschließen vermochte.

Vor Entsetzen schien der sonst so redselige Eiswind nunmehr des Atmens unfähig geworden zu sein und Helios hielt sein Antlitz, sich um nichts scherend, hinter Wolkentürmen versteckt.

Die Menschen, die in Ketten gelegt ihr Dasein am Joch fristeten und denen jenes Tun geläufig sein sollte, registrierten nichts. Ihnen waren nicht nur die Hände gebunden und die eigene Sprache geraubt, sondern auch jegliches Empfinden aus den Leibern geschwemmt.

Sie waren nur noch Maschinen im Dienste einer höheren Rasse. – Der Rasse des Fehc.

Alles war jetzt in Ynamreg anders als noch vor Jahrzehnten.

Einst blühte dieses Land und ernährte seine Bewohner, die Retiebra. Sie waren zufrieden und glücklich mit dem, was die Natur ihnen schenkte und was sie sich durch ihrer eigener Hände Arbeit erschaffen hatten, teilten sie, bis sich eines Tages der Himmel verfinsterte und Wolkenarmeen mit den Fäusten gegen das Firmament zu trommeln begannen wie lebendig Begrabene gegen Sargdeckel. Dieses war das Zeichen für die Stunde, in der Fehc mit seinen schwarzen Horden in das Land einfiel und sich alles änderte.

Das Ziel des Tyrannen war das Blut der Retiebra. Dieses war sein Lebenselixier, das er durch seine düsteren Poren in sich aufsaugend, osmotisch mit seinem schwarzen Adersaft verband und weswegen sich seine Art einer Heuschreckenplage gleich seit Tausenden von Jahren stetig auf Wanderschaft befand.

Von Ort zu Ort, von Land zu Land, von Planet zu Planet, von Galaxie zu Galaxie wanderten sie. Erst wenn die allerletzten Ressourcen geplündert, die Länder unter ihren Hufen nicht wieder erkennbar verändert und sie allem und jedem ihr Zeichen aufgesetzt hatten, hieß Fehc seine Truppen von dieser Gegend abzulassen und zog mit ihnen weiter.

Unaufhaltsam, einer Seuche gleich, rotteten sie ganze Landstriche aus. Sie verwüsteten die Felder, rodeten die Wälder und sogen aus der fruchtbaren Gegend den letzten Tropfen Leben.

Dadurch bot die Natur für die einheimischen Menschen auch in Ynamreg plötzlich keine Nahrung mehr. Die Flüsse führten kein Wasser, die Bäume vermochten weder Grün noch Früchte zu tragen, der Boden beherbergte keine Knollen, der Wald keine Pilze und in den Nestern der Vögel lagen schimmelnd die Kadaver.

Jeglicher Versuch der Retiebra, so wie bisher, auf sich alleine gestellt zu überleben, glich zunehmend einem Wettlauf mit dem Tod, der sich mit allen ihm zur Verfügung stehenden Tricks einen Vorsprung aufzubauen wusste, um am Ende als grinsender Sieger, vom Grabhügel herab auf ihre zerfallenden Gebeine zu spucken.

Die Schergen des Fehc hatten leichtes Spiel.

Den richtigen Zeitpunkt abwartend, trieben sie die Menschen in Gruppen zusammen. Diese waren noch leichter zu jagen, als eine Herde zahmer Schafe im Stall.

Für eine warme Mahlzeit als Lohn, köderte Fehc die hungrigen Kreaturen und päppelte sie soweit auf, dass sie wieder zu Kräften kamen und ihm dienlich wären.

Er hieß die kräftigsten Männer unter ihnen, auf ihren Rücken Quader aus Granit heranzuschleppen und einen Turm als Monument seiner Macht und Herrlichkeit zu erbauen, der ihm und seiner Brut lang hin das Leben sichern und dem Namen seines Geschlechts bis in alle Ewigkeit Überdauerung gewähren würde.

Jener Turm, der bis in die Wolken hinauf reichte, sollte den Ahnungslosen bis an das Ende ihrer Tage Heim und Grab zu gleich sein. Die Retiebra erbauten sich ihre eigene Folterkammer, in der sie an das Rädersystem des Fehc gekettet wurden, wie die Ochsen an ein Wasserwerk. Mit jeder Umdrehung des Zahnrades verloren sie nicht nur einen Tropfen ihres eigenen Blutes, das in Behälter geleitet Nahrung des Fehc war, sondern sie bekamen zeitgleich als Ersatz eine Dosis Nervengift in ihre Halsschlagadern injiziert.

So lange und stetig pumpte die Nadel den Stoff in ihre Blutbahnen, bis keiner der Retiebra mehr seinen eigenen Namen wusste. Alle ihre Erinnerungen, Träume, Ziele und Wünsche verschlangen mehr und mehr die Nebel fremder Ufer, an denen sie sich in scheinbarer Zufriedenheit nieder ließen. Völlig gleichgültig wurde ihnen alles Tun rings umher, als beträfe es sie selbst nicht mehr. Ihre Realität war eine andere geworden. Eine, in die sie sich vom Glück bestrahlt, willenlos ergaben.

Diesen Preis forderte Fehc fürs Überleben. Ein Preis, den die Retiebra ihm in ihrer Verzweiflung zu zahlen versprachen, bevor sie wirklich wissen konnten, was es bedeutete.

Sie gingen im Kreis, das Lebensräderwerk unermüdlich bewegend, endlos wie der Lauf der Zeit, die ihnen keine Alternative bot.

Tag und Nacht knarrte unter ihrem Stöhnen das Gebälk in den riesigen Hallen wie ein Dudelsack voll berstender Knochen in den Krallen Fehcs und die Ketten untermalten herztonnah das Sterbelied der Retiebra.

In gespenstischem Chor raunten sie:

„Alles bleibt so wie es war. Vergangenheit, Zukunft, Jetzt. Alles bleibt, alles bleibt ..."

Dunkel war es in den großen, fensterlosen Hallen. Nur an den Eingängen zum Labyrinth, das den ganzen Turm von Etage zu Etage durchzog, glommen grün die Phosphorstäbe, beängstigend wie die stetig wachen Augen des Fehc.

Emra rannen Tränen über die Wangen, deren Geschmack das Mädchen noch an das smaragdgrüne Meerwasser erinnerte, in dem sie früher so oft geschwommen war, und an den kleinen Fluss, der das Dorf lange Zeit mit seinem Leben spendenden Nass versorgt hatte. Frisch hatte sich das Wasser um ihren Leib gelegt und ihre Haut mit tausend sprudelnden Küssen belebt. In seine Arme geschlossen hatte es Emra murmelnd Geschichten erzählt, wie ihre Mutter es damals getan hatte, bevor der Fluss plötzlich ausdörrte und die Schergen Fehcs in das Dorf einfielen, weil sie die Älteren als Arbeiter brauchten und die Jungen zum Gebären. Alle wurden sie in den Turm geführt und alles wurde anders.

Zusammengekauert saß das Mädchen in ihrer Zelle auf einem kargen Lager aus alten Lumpen, die ihr nicht gehörten und die noch den Geruch des Todeskampfes anderer warnend an sich trugen.

Ihre Mutter, ihren Vater, Verwandte und Freunde sah Emra stumpfsinnig und gedankenleer Tag für Tag ans Rad gekettet im Kreise gehen. Die schwarzen Kerkermeister in den Hallen des Turmes hatten ihnen die Fingerabdrücke stereotyp durch Fehcs Brandmarkeninitialen ersetzt, auf dass sie niemals eigene Spuren hinterlassen konnten.

Jeder Fingerzeig, jede Berührung im Staub, jeder Griff an Haut und Gerät trug den Namen ihres Peinigers: Fehc.

Wenn die Wachen Emra von dem Zellentrakt durch das Labyrinth hinauf in die Zuchtstationen führten, konnte sie einen kurzen Blick durch das Hallentor auf die erhaschen, die ihr Herz liebte.

Warum Emra immer wieder zu ihnen hinsah, obwohl es für sie unendlichen Schmerz bedeutete, wusste sie nicht zu sagen. Vielleicht war es der Wunsch, Gewissheit darüber zu erlangen, dass sie noch lebten, dass es noch jemanden in ihrer Nähe gab, der zu ihr gehörte, der ihres Blutes war.

Emra bemühte sich, ihr Keuchen und ihre Schritte unter all den anderen heraus zu hören, so gleich es auch klingen mochte. Sogar die Farbe ihrer Stimmen, wenn sie ohne Geist in den Chor einfallend Laute formten, glaubte Emra wieder zu erkennen. Also war noch etwas da, an das sie sich klammern konnte. Ein Rest von ihnen lebte, wenngleich dieser Rest auch dem letzten Fädchen glich, das von einem einstmals starken Tau übrig geblieben war und nun als einzige Verbindung zwischen ihr und dem Abgrund fungieren musste.

Obwohl Emra ihr Schicksal so unausweichlich schien wie der Tod, der überall lauerte, keines der Gebete des Mädchens bislang Gehör gefunden hatten und kein Flehen Beachtung, so glomm doch in ihrem Herzen ein Funke der Hoffnung, der ihr mit warmer Stimme Gewissheit darüber gab, dass nichts auf dieser Welt unausweichlich war. „Suche nach einem Weg, Emra.“, flüsterte er bestimmt, „Es gibt ihn, glaube mir!“

Wenn die jungen Retiebra, die noch das Leben außerhalb des Turmes kannten, Geschichten erzählten, so schloss Emra stets ihre Augen und versuchte, sich auf den Schwingen der Fantasie wieder nach Hause, in ihr kleines Dorf am Meer tragen zu lassen.

Sie glaubte dann für kurze Zeit, wieder den Raps riechen zu können, der sein sattgelbes Wams auf den furchigen Buckel der dankbaren Muttererde gelegt hatte und das Lachen ihrer Eltern zu hören, wenn sie die Fischernetze mit Großvater flickten. Sogar Helios glühendes Haupt und sein üppiges Goldhaar meinte sie zu sehen, das er früher immer mit arrogantem Lächeln über Wald und Felder geworfen hatte, bevor Fehcs Truppen vor fast acht Jahren alles verwüsteten. Den warmen Sommerregen von damals vermochte Emra beinahe auf ihrem Körper zu spüren.

Unbeschwert waren die Tage ihrer frühesten Kindheit gewesen. Behütet war sie in ihrem Elternhaus herangewachsen. Umhüllt von unendlicher Liebe wie ein Küken in seiner Eierschale. Doch die Schale war entzwei gegangen und nichts war mehr von ihr geblieben als die immer blasser werdende Erinnerung daran.

Alles war lange her, dass es schon so unwirklich erschien wie ein wunderschöner Traum am Morgen, dessen schwindendes Gewand man vergeblich am letzten Zipfel zu erhaschen versuchte, um ihn noch ein wenig bei sich zu behalten.

Emra wusste nur zu gut, dass sie, wenn sie eines Tages ihre Pflicht erfüllt und Kinder geboren, an ihrer Brust genährt und aufgezogen hätte, auch an eines der Räder des Fehc gekettet werden würde.

Bis dahin billigte man ihr und den anderen jungen, gesunden Retiebra die Beibehaltung ihres Verstandes zu, aber behielt sie in Fehcs Aufzucht-Stationen unter strengster Kontrolle.

Man speiste sie mit Brei, der zwar übel roch, aber dennoch ihre Leiber kräftigte.

Nichts wurde in dem System des Fehc dem Zufall überlassen, nichts ließ er grundlos und erst recht nichts ohne Eigennutz geschehen.

Unvorstellbar groß war der Bedarf des Fehc an frischem Blut und Menschenkraft. Doch achtete er darauf, dass sich seine Gier und der Verschleiß an selbigem die Waage hielten. Die ihm ergebenen Sklaven erlangten das Privileg, auch weiterhin außerhalb der Türme und frei von Ketten an den immer monumentaler werdenden Bauwerken zu arbeiten, auf dass sich seine Art überall ansiedeln konnte. Ihr Geist blieb unbeeinflusst und ihr Blut so lange ohne Nervengift, bis ihr Werk verrichtet war. Emra kannte einige von ihnen. Auch ihr Freund Daremak durfte vor den Turm bei Tageslicht arbeiten, solange man ihn nicht zur Fortpflanzung benötigte. Über das Leben von Millionen kleiner Menschen entschied Fehc, ohne dass sie sich wehren konnten. Was war ihre Existenz schon im Vergleich zu der dieser gewaltigen Kreatur, hoch oben in dem Thronsaal des Turmes der Macht, in dessen Spitze er sich auf seinem Knochenthron nieder gelassen hatte und alles überwachend als Herrscher gefeiert wurde.

Täglich huldigten ihm seine Schergen und die verblendeten, sich ihm mittlerweile sogar freiwillig zu Füßen werfenden, verräterischen Sklaven fielen mit ihnen ein. Fehc war derjenige, der sie am Leben erhielt, der für sie dachte und erbarmungslos die Geschicke, einzig in seinem Sinne zu lenken wusste. Er war größer als jedes andere Wesen, das die Retiebra jemals zu Gesicht bekommen hatten. Er war ihr Gott, ein teufelsgleicher Satan, den zwar niemand jemals haben wollte, aber ohne den jetzt keiner mehr leben konnte.

Mit weiten, ledernen Schwingen, echsenglatter, schimmernder Haut, mächtigen Hufen an den Beinen und einem Horn auf der hohen Stirn, hockte er alles und jeden überwachend da und krallte sich an seine dicken Polster aus gegerbter Menschenhaut. Niemand wagte, Fehc zu nahe zu treten. Er schien, in seinem eigenen Dunstkreis, durch die Vibration seiner Nüstern geräuschvoll untermalt, eine andere Luft als alle anderen zu atmen.

Emra lehnte ihren Kopf gegen die feuchte Wand.

Wieder drang der Chor lebloser Stimmen an den Ohren des Mädchens vorbei geradewegs in ihr Herz:

„Alles bleibt so wie es war. Vergangenheit, Zukunft, Jetzt. Alles bleibt, alles bleibt ...“

Sie verschloss beide Gehörgänge fest mit den Händen.

Emra wollte nicht mehr diesen Wehgesang vernehmen, der ihr erbarmungslos durch Mark und Bein zog und in ihrer Brust nagte wie ein Rudel hungriger Kojoten an einem übrig gelassenen Knochen.

Es musste eine Lösung geben! Da war sich Emra ganz sicher. Gewiss gab es sie. Das sagte auch Daremak. Gemeinsam hatten sie Pläne geschmiedet, in den unzähligen Stunden, in denen man sie zusammengesperrt hatte wie Tiere. Emra spürte eine tiefe Zuneigung zu ihm. Daremak war der einzige in dieser endlosen Dunkelheit, der ihr das Gefühl von Liebe und Geborgenheit wenigstens für eine kurze Zeit gegeben hatte, bevor die Söldner Fehcs kamen und sie voneinander trennten. In seinen Armen liegend hatten sie beschlossen, sich heimlich in das Labyrinth abzusetzen, den Augenblick abzupassen, wenn die Wachen ihre Aufmerksamkeit auf einen im Gang Stürzenden richten würden. Es gab von Zeit zu Zeit immer jemanden, der bei der spärlichen Beleuchtung in den Gängen von einer der feuchten Stufen abrutschte und am Boden liegend von den schwarzen Horden gepackt und in die Höhe gerissen wurde.

Es hieß in einem Reim, der von Mund zu Mund weiter getragen wurde und dessen Ursprung niemand kannte, dass in der Mitte des Labyrinths der Ort wäre, an dem es eine goldene Klappe geben würde. Brächte man es fertig, dorthin zu gelangen und diese zu öffnen, so läge hinter ihr die Freiheit.

Freiheit – ach, welch süßes Wort! Emra glaubte, sie sogar noch nach all der Zeit riechen zu können und versuchte gerade ihren Geschmack auf der Zunge zu erspüren, als jemand die schwere Tür zur Zelle auftrat.

Groß und schwarz wie ein Abgesandter der Hölle stand einer der Schergen Fehcs vor ihr. Sein rechter Arm schnellte nach vorne, exakt auf sein Opfer weisend, das mit verstörtem Blick, seine Augen hinter dem Helm blutrot glühen zu sehen glaubte wie ein Feuer, umgeben von nichts weiter als endloser, Licht verschlingender Schwärze.

„Du bist morgen dran!“, sprach er zu Emra gewandt.

Die Worte trafen das Mädchen tief ins Herz. Im ersten Moment konnte sie nicht glauben, dass er sie gemeint hätte, aber als die Tür wieder krachend hinter ihm ins Schloss gefallen war, erwachte Emra aus der Starre und es wurde ihr zweifelsfrei bewusst, was ihr bevor stand. Verängstigt waren die anderen drei Mädchen in die gegenüberliegende Ecke der Zelle gekrochen. Sie steckten die Köpfe zusammen und sprachen kein Wort.

Nur zu gut wussten sie, dass auch sie das gleiche Schicksal wie Emra erwarten würde, wenn sie innerhalb der vorgeschriebenen Jahre keine Nachkommen gebären würden.

Emra stand das Anketten an einen leeren Platz an einem der Räder bevor. Ein Anketten mit allen Konsequenzen, sodass auch sie nach kurzer Zeit wie ein hirnloses Tier im Kreis laufen würde und nichts mehr reflektierte.

Aber so schnell? Warum schon morgen? Alles drehte sich in Emras Kopf. Ihr wurde übel.

Wenn nur Daremak jetzt bei ihr wäre. Bald wollten sie

die Flucht versuchen, so war es geplant. Vielleicht hätte sich gerade morgen, wenn man sie am äußeren Ring des Labyrinths entlang gemeinsam in die Kammern trieb, die passende Gelegenheit ergeben?

Warum nur schon morgen? Sie würde ihn gewiss vorher nicht mehr wieder sehen, noch nicht einmal Abschied von ihm nehmen können, von ihrem einzigen Freund, ihrer einzigen Liebe.

Emra versank in einem Strudel endloser Gedanken, aus dem sie sich nur langsam wieder an die Oberfläche der Realität empor zu kämpfen vermochte.

Es verstrich eine Ewigkeit, bis sich endlich ein Schrei aus ihrer Kehle zu befreien vermochte.

Gleichsam nach Luft schnappend sprang das Mädchen mit all seiner Kraft gegen die Tür, rüttelte an den Gitterstäben und trommelte mit ihren Fäusten darauf ein, bis die Stäbe ein Lied zu summen begannen wie ein Bienenstock im Mai, in dem sich das Leben neu erhoben hatte.

„Ich will nicht. Hört ihr, ich mache das nicht mit. Ich will frei sein!“, brüllte sie anfangs heiser, dann kräftig und tränenleer in das Schweigen der Finsternis vor ihrer Zelle.

Niemand schien dort zu sein. Alles war still.

Nur ganz leise aus der Ferne drang, durch die Windungen der Gänge verzerrt, das gleichmäßige Knarren und Knacken der Zahnräder an ihre Ohren, als wollte es sie mit knurrender Stimme warnen, dass auch sie morgen zu einem Teil des Systems werden würde, integriert in den Kreislauf aus ungleichem Geben und Nehmen. Fest eingebunden bis an das Ende ihrer Tage.

Emra sackte auf die Knie. Sollte dies das Ende sein, dem sie sich ergeben müsste?

Ohne dass das Mädchen es zu unterdrücken vermochte, begannen sich Tränenrinnsale zu Bächen zu vereinigen und liefen ihr an Wangen und Hals hinab bis auf die Brust.

Plötzlich rührte sich etwas vor der Tür.

Vorsichtig bahnte sich ein goldener Schlüssel seinen Weg durchs Schloss und schob mit seinem harten Bart unnachgiebig den Riegel zur Seite.

Die Tür ging Zentimeter für Zentimeter weiter auf.

Ein junger Mann trat in die Zelle. Seine Augen suchten Emra im Schein der mitgeführten phosphorgrünen Beleuchtung.

„Psst, schrei nicht!“, flüsterte er, „Ich bin es, Daremak!“

Emra erkannte seine Stimme sofort. So wohl tat sie ihr wie der Balsam, den Mutter ihr früher immer auf Hände und Füße gerieben hatte, damit der Frost ihr nichts anhaben konnte. Seine Worte sogen die Kälte aus Emras Leib. Angst und Einsamkeit waren in dem Spiegel seiner Augen vergessen.

„Daremak, was machst du hier? Wie kommst du her? Und woher hast du den Schlüssel?“, sprudelte es aus ihr heraus.

„Psst, sie dürfen dich nicht hören, Emra. Stelle jetzt bitte keine Fragen. Ich erkläre dir alles später. Wir müssen sofort fliehen. Komm!“

Daremak zog Emra am Ärmel mit sich.

Im Schutze der Dunkelheit liefen sie durch das Labyrinth mit seinen verwirrenden Gängen, der Freiheit entgegen sehnend wie gejagte Kaninchen im Bau des Fuchses. Kaninchen, die die Wege nicht kannten, auf denen sie so eilig hinfort preschten, weil es nicht die ihren waren und weil sie sie das erste Mal eingeschlagen hatten.

Irrlichter tänzelten vor Emras wunden Augen auf und nieder. Ihr Schein zog eine Leuchtspur hinter sich her, als wollten sie mit Fäden bis in alle Zeiten den Weg durch das Labyrinth markieren, den Daremak so zielsicher mit dem Mädchen an der Hand eingeschlagen hatte.

Immer schneller wurde ihr Lauf, genau so schnell, wie ihre Herzen in gemeinsamem Takt der Freiheit entgegen sehnten.

Vor einer goldenen Klappe stoppte Daremak abrupt.

„Wir haben es geschafft, Emra. Endlich geschafft!“, keuchte er.

Glücklich fielen sich beide in die Arme und Emra wusste, dass das der Anfang eines neuen Lebens sein würde. Eines Lebens, das sie in Freiheit mit Daremak verbringen würde, so wie sie es sich erträumt hatten.

Daremak zog den goldenen Schlüssel, der ihm schon vorhin bei Emras Befreiung so vortreffliche Dienste geleistet hatte, aus seiner Hosentasche und führte ihn mit sicherer Hand zum Schloss. Er passte.

Emra schaute verwundert in die Augen ihres Freundes.

„Woher hast du den Schlüssel?“, wollte sie noch ganz außer Atem wissen.

Doch gerade im selben Moment, als Daremak zu einer Antwort anhob, schien es ihr, als ob feste Tritte durch die Gänge des Labyrinths hallten, die im Gleichschritt bedrohlich näher kamen.

In der lauthals kommandierenden Stimme glaubte Emra diejenige des Wächters wieder zu erkennen, der ihr schon vor Jahren angedroht hatte, sie persönlich an das Rad zu ketten, wenn sie nicht endlich ein Kind empfinge und sich williger geben würde.

Emras Kopf begann zu schmerzen.

Sie schaute wechselweise in den schwarzen Schlund des Labyrinths, in dem immer noch die nimmer müden Irrlichter ihren rhythmuslosen Narrentanz aufführten und in die Augen ihres Begleiters.

Was sollten sie tun? Wo sollten sie hin?

„Hier, krieche furchtlos hinein, Emra.“, flüsterte Daremak und öffnete die goldene Klappe zum rettenden Tunnel weit. „Am Ende wirst du gewiss das Boot finden, von dem der alte Reim berichtet. Setze dich hinein und lasse dich von der Strömung des Flusses treiben. Am zweiten Tag gelangst du wie von selbst an die Gestade einer Insel. Es heißt, sie würde das Paradies auf Erden sein. Stell dir vor, alles, was du dir je gewünscht hast, findet an diesem Ort Erfüllung. Dort kannst du leben und wieder glücklich sein, unbehelligt von Fehc und seinen Truppen. Emra, glaube mir, es wird alles so kommen wie es verheißen ward.“

Das Mädchen steckte ihren Kopf in die schmale Öffnung. Schwach flackerte am Ende des Tunnels ein rotes Licht. Es war wunderschön, von einer Wärme und einem Schein, der Emras Gedanken ganz eigentümlich ergriff und sie zu sich zog.

Einmal nur wollte sie es mit ihren Fingern berühren, ganz nah bei ihm sein. Ein einziges Mal nur darüber streichen und sich in seiner Röte verlieren.

Mit einem festen Blick in Daremaks Augen versuchte sich das Mädchen der Macht des Lichtes zu entziehen. Sie klammerte sich an den Leib ihres Begleiters.

„Aber Daremak, warum sprichst du so, als wenn du nicht mitkommen würdest? Lass uns schnell gemeinsam dem Tunnel folgen und die goldene Klappe hinter uns verschließen!“

„Ich kann nicht. Bitte Emra, verstehe mich!“, sprach Daremak flehend, „Hörst du nicht? Die Schritte kommen näher! Sie kommen, um uns zu holen. Fliehe, Emra, fliehe. Du bist die Einzige, die ich jemals geliebt habe, niemals sollen sie dich bekommen, keiner darf dir folgen. Dafür sorge ich und wenn es mich mein Leben kosten sollte. Ich werde ihnen weismachen, dass ich alleine bin und keinen Schlüssel besitze!“

Emra schüttelte heftig ihren Kopf und protestierte. „Aber ich will bei dir bleiben! Was nützt mir eine Freiheit ohne dich?“

Daremak umarmte sie und presste seinen Körper fest an ihren. Mit Tränen in den Augen bat er: „Emra, mach es mir nicht noch schwerer. Was würden die Späher mit dir tun, wenn sie dich zu packen bekämen? Ich könnte es nicht ertragen wenn sie dich an das Rad ketten!“, er blickte ihr verzweifelt in die Augen, „Emra, ich flehe dich an, alleine vorzugehen!“

Bei diesen Worten hatte der junge Mann Emra so kräftig gerüttelt, dass ihr Herz mit doppelter Geschwindigkeit all das Blut ihres Körpers durch die Adern geradewegs in ihren Schädel zu pumpen schien.

In Emras Schläfen hämmert es wie ein übereifriger Schmied auf seinem Amboss.

Sie riss ihre Augen weit auf und schrie ihren Begleiter an: „Ja, Daremak, ja du hast Recht! Niemals in meinem Leben will ich so enden. Ich will nicht ewig im Kreise laufen, ohne Spuren zu hinterlassen. Ich will nicht mit jeder Drehung dieses scheußlichen Räderwerks einen Tropfen meines Blutes verlieren, bis keins mehr durch meine Adern rinnt.

Ich will nicht, dass, wenn die letzte Kraft in mir versiegt ist, die leere, ausgesogene Hülle meines Selbst als einziges Beweismittel meiner irdischen Existenz in sich zusammengefallen, am Boden liegend, von meinen Henkern zu Staub zertreten wird, den der Eiswind mit sich hinaus in das Land trägt, sobald die Tore sich öffnen und der Fehc meinen frei gewordenen Platz an seiner Foltermaschinerie durch einen anderen Sklaven ersetzt, von dem niemand Notiz nimmt, dessen Namen keiner kennt und dessen Träume vor dem Turm im letzten Sonnenstrahl gestorben sind, der sein bleiches Gesicht jemals mehr berühren würde.

Niemals will ich mir meine Träume nehmen lassen! Ich will Liebe und Glück. Wozu sollte ich sonst leben? Es kann gewiss nicht unsere Bestimmung sein, bis ans Ende der Zeit dem Fehc zu dienen, der uns nur so lange am Leben erhält, wie er uns braucht. Nur wenn wir ihm zu alt oder zu schwach geworden sind und er genügend neue Sklaven besitzt, dann werden wir noch vor unserem Ableben vor die Mauern seines Turmes getrieben. Jedoch nicht, um endlich die Freiheit zu genießen, sondern um unter seinen Hufen zermahlen zu werden, damit wir ihm nicht weiter zur Last fallen. Das ist kein Leben, Daremak. Das ist erlebtes Sterben. Das will ich nicht!"

In Emras Augenwinkeln hielten sich letzte Tränen im Zorne fest, so wie sie sich an den Armem ihres Freundes.

„Na, also!", sprach Daremak und strich ihr zärtlich eine Haarsträhne aus dem Gesicht, „Wir haben keine andere Wahl, als uns an dieser Stelle zu trennen. Egal, was jetzt geschehen wird, selbst wenn es meinen Tod bedeutet, wenn ich zurück bleibe, so werde ich glücklich sein, weil ich dich in meinen Armen halten durfte. Höre nur die Stimmen. Gleich sind sie hier!" Daremak berührte Emras Mund mit seinen Lippen, ganz kurz nur, bevor er sich sammelte und ihr bestimmt erklärte: „Sei jetzt ohne Furcht! Du kannst nur gewinnen. Siehst du das rote Licht am Ende des Tunnels?" – Emra nickte. – „Krieche zu ihm hin und verliere es nicht aus den Augen. Es heißt, dass sich dort Halsbänder mit magischen Rubinen befinden sollen. Diese Rubine haben die Macht, dich vor den Blicken der Häscher zu bewahren, wenn du nachher das offene Meer durchqueren musst. So lange du eines der Bänder fest verschlossen um deinen Hals trägst, kann dich niemand erkennen! In den Edelsteinen ist jeweils ein Tropfen vom Blute des Fehc eingeschlossen. Seine schwarze Garde wird dich für eine der ihren halten und dich unbehelligt lassen. Flieh Emra, flieh so lange noch Zeit ist!"

Daremaks Blick war trotz seiner Worte so leer und so kalt, dass es Emra fror. Wo war das Feuer seines Herzens hin, das er sonst so hingebungsvoll auf sie zu übertragen wusste? Wahrscheinlich hatte auch Daremak Angst, genauso wie Emra sie hatte und er versuchte sie durch Eiseskälte zu unterdrücken, um stark zu bleiben. Hier, an diesem Punkt angelangt, gab es kein Zurück mehr für sie.

Die Schritte wurden lauter. Aus jeder Nische, von jedem Stein, ja sogar aus dem Gewölbe hinab schien jemand ihre Namen zu rufen. Es gab keinen Zweifel. Sie kamen, um sie zu holen.

In Emras Kopf drehte sich alles.

Was konnte sie jetzt noch verlieren? Emra sah in Daremaks Gesicht. Nichts brauchte er sagen.

Keinen ehrlicheren Menschen gab es wohl unter Helios Gewölbe, als ihn, der sich selber opfern wollte, damit sie die Freiheit erreichen könnte. Ganz gewiss würde es Daremak auch gelingen. Er war klug, viel klüger als alle Wachen des Fehc zusammen. Er hatte bestimmt Recht. Die Spuren musste er verwischen, sonst würden die Schergen ihnen folgen und sie wären alle beide verloren. Aber was wäre, wenn er nicht käme?

Es war kein Leben ohne Daremak vorstellbar.

Von Ferne schienen Stimmen an Emras Ohr zu dringen. Keuchend, monoton waren sie. Als hauche ein zu Tode gehetztes Tier seinen letzten Atem unter den sich an seinem Anblick als Schauspiel des Verreckens ergötzenden Blicken seiner Häscher aus. Es war der Gesang der Dahinsiechenden, der Chor der Retiebra. Sie raunten:

„Alles bleibt so wie es war. Vergangenheit, Zukunft, Jetzt. Alles bleibt, alles bleibt ...“

Ihre Stimmen betäubten Emras Sinne. Unweigerlich fiel das Mädchen auf die Knie und kroch vor ihnen fliehend in den engen Tunnel. Weg, nur weg von hier!

Die Pforte schloss sich hinter ihr wie die Klappe einer Mausefalle. Vor dieser würde jetzt Daremak um ihrer beider Überleben und Freiheit kämpfen. Wie konnte sie ihn nur alleine lassen? Wäre es nicht besser gewesen, mit ihm zu sterben, als ohne ihn zu leben?

Emra sah sich um und glaubte seine Stimme und Schritte zu vernehmen. Sie hatte sich falsch entschieden. Aber jetzt gab kein Zurück mehr. Daremak hatte die Klappe zu ihrem Schutze fest verschlossen. Dieser Weg bedeutete die Rettung oder den Untergang. Was war, wenn der alte Reim Unrecht hatte, was, wenn dieses nicht der Weg in die Freiheit, sondern der in die Hölle war? So oder so, Emra musste es versuchen. Es war die einzige Chance, die sie hatte, der einzige Weg zu einem vielleicht freien Leben.

Immer weiter schleppte das Mädchen ihren Körper durch Staub und Dreck vorwärts, dem roten Licht entgegen, das langsam näher kam, aber stets dichter zu sein schien, als es war. Das Gestein schnitt in seiner Boshaftigkeit feine Linien in ihre Arme und Beine, als versuche es, die Fliehende bei lebendigem Leibe zu zerteilen. Die harten Vorsprünge im Gang griffen nach ihrem langen Haar, wickelten es sich zum Spott um die tropfenden Nasen und ließen nicht mehr los, bis sie es endlich bei ihnen zurückließ. Mehr als einmal schien es Emra, als wäre sie nicht alleine in dem Tunnel, als atme jemand hinter ihr, als blickten viele Augen nur auf sie, wie auf eine der weißen Mäuse, die der Dorfdoktor früher zu Versuchszwecken in einen Käfig mit gläsernen Außenwänden gesperrt hatte, um ihre Instinkte zu testen. Sie hatten immer den rechten Weg aus dem Gängegewirr an die rettende Oberfläche gefunden. Emra würde es auch gelingen!

Sie wollte sich mit bangem Blick noch einmal umsehen, doch es gelang ihr nicht mehr. Der Gang war zu schmal geworden. Daremak war sicherlich nicht mehr fern. Er würde es bestimmt schaffen, ihre Spuren noch rechtzeitig zu verwischen und auch gleich bei ihr sein. Emra wollte ihm nicht den Weg versperren, wenn er käme. Daremak war schnell. Es war nicht mehr weit. Nur noch ein kleines Stück und vor ihr lag, unvergleichlich hell, das magische rote Licht, das ihr von Anfang an die Richtung gewiesen hatte. Im Ursprung seiner Röte pulsierte es wie ein glühendes Herz voll Leben. Nichts auf dieser Welt schien Emra schöner zu sein als sein Feuer, nichts erstrebenswerter als seine wärmende Berührung.

Mit zitternden Fingern ergriff das Mädchen eines der Halsbänder, die auf dem feuchten Steinvorsprung lagen. Es fühlte sich so herrlich weich an wie die Hände ihrer Mutter.

Emra strich mit den Fingern langsam darüber, schmiegte ihre Wange daran und legte es sich um.

Wie von selbst schien es sich fester zu ziehen! Immer mehr glaubte sie, dass es ihr die Luft rauben würde, die ohnehin an diesem Ort so dünn war wie ein Faden, dessen einzelne Fädchen zum Ende hin weniger wurden und ihn zuspitzten. Immer stechender wurde der Schmerz, der sich in Emras Halsschlagader bohrte. Ein Gewirr aus tausend Stimmen und rubinroten Flammen begann kreisend ihren Körper zu umfangen und steuerte geradewegs, die rauen Wände des Ganges abtastend, den Ausgang an. Wie ein leuchtender Lindwurm, in dessen Rachen sie freiwillig gekrochen war, erschien Emra der Weg. Doch ungeachtet dieser Vorstellung kämpfte sie sich tapfer voran, dem Ende des Tunnels entgegen, bis endlich das verheißene Boot im Schutze der Morgendämmerung von Nebeln umschlungen vor ihr lag.

Emra ließ sich hineinfallen und blieb unfähig, sich noch bewegen zu können, am Ende ihrer Kräfte liegen.

Der Rhythmus der Wellen wiegte sie in den Schlaf. Einen wundervollen, tiefen Schlaf, so wie er dem Mädchen noch niemals zuvor vergönnt gewesen war. Keine Ängste, keine Sorgen, keine der üblichen trostlosen Gedanken vermochten ihn zu stören.

Erst an dem Ufer einer Insel erwachte Emra ganz langsam, so wie früher, wenn sie auf Großmutters Schoß in Helios Schein eingenickt war, während Großvater mit langen ebenmäßigen Ruderbewegungen seinen Kahn auf die See hinaus gesteuert hatte, um die Netze einzuholen und die Reusen zu inspizieren.

Als sie erwachte, war der Himmel über ihr blau. Viel blauer als Emra ihn in ihrer Erinnerung bewahrt hatte. Ein wenig schmerzten ihre Augen noch von dem hellen Lichte Helios. Zu lange durften sie es nicht sehen, in der Finsternis des Turms.

Emra setzte sich auf.

Seltsam bekannt schien ihr alles ringsumher. Die Bucht, die Windflüchter am kreideschweren Hang, deren Häupter vom Winde befehligt landeinwärts guckten. – Ja, es gab keinen Zweifel, sie war zu Hause!

Vor ihr lag der weiße Strand ihres Heimatdorfes mit den kleinen Steinen, in die das Meer mit seinen Fingern vor lauter Langeweile Löcher hinein gebohrt hatte.

Es waren Glückssteine. Großmutter hatte es Emra erzählt. „In jedem Loch schlummert all das Glück dieser Erde.“, hatte sie gesagt, „Du musst es nur packen. Dann ist es dein!“

Ja, Glück – Emra wollte sich jetzt das lang vermisste Glück nehmen. Es gab so viele Steine hier. Alle boten ihr das Glück feil.

Das Mädchen bückte sich und hielt einen empor, Helios entgegen, der sofort eines seiner goldenen Bänder hindurch fädelte. Geblendet von der himmlischen Herrlichkeit kniff Emra ein Auge zu und schaute neugierig mit dem anderen durch das Loch des Steines wie durch ein Fernrohr in die Weite.

Deutlich gewahrte sie hinten am Strand eine Gruppe Menschen, die lachten und ihr mit Kränzen der herrlichsten Blumen entgegen winkten.

Als Emra genauer hin sah, erkannte sie Daremak, der weit voran als erster sie zu erreichen suchte. Ihr Herz sprang vor Freude empor und ließ sie einen Laut unendlichen Glücks in den warmen Sommerwind schreien, der, von dem Kreidehang verstärkt, in alle Himmelsrichtungen weiter gesandt wurde. Aber was war das? Auch alle anderen waren da. Ihre Eltern, die Verwandten, ihre Freunde ...

Daremak stand ganz außer Atem vor ihr.

„Oh, du hast es wirklich geschafft.", stürzte Emra in seine Arme.

Mit leuchtenden Augen hob er sie in die Höhe.

„Ja! Und ich konnte nicht nur mich, sondern auch noch die anderen befreien! Stell dir vor, es ging ganz einfach. Wir sind alle frei, frei für alle Zeiten!"

Von unsagbarem Glück durchströmt wollten die Lippen des Mädchens jetzt keine Fragen mehr stellen und nur noch auf denen ihres Freundes verweilen. Alles hatte Emra, was sie jemals gewollt hatte.

Alle ihre Lieben waren bei ihr, genau so jung, so lebendig und so fröhlich wie sie früher immer gewesen waren.

Vielleicht war alles, was zuvor geschehen war, nur ein böser Traum gewesen. Ein Albtraum von Fehc und seinen schwarzen Mannen, von seinem wolkenhohen Turm, dem Verließ und dem Labyrinth? Es war Emra egal. Was für sie zählte, war das Hier und das Jetzt, das wahre Leben in Glück und Freude.

Aus Amphoren schenkte Daremak ihr von dem Wein ein, der wie herab gleitendes Gold ihre Lippen benetzte, dessen Lieblichkeit Emras Herz beglückte und es leicht wie eine Feder himmelwärts erhob.

Die Tische ringsumher waren wie zu einem großen Fest reichlich gedeckt. Alle lächelten und sangen die alten Weisen ihrer Ahnen, die auch ihr geläufig waren.

Emra gesellte sich hinzu, geführt von der Hand Daremaks und begann mit ihnen einen Reigen zu tanzen.

Sie drehten sich im Kreis herum, immer schneller herum und wieder herum und herum, schneller, schneller, noch schneller herummmm ...

„Kettet sie zu den anderen dort. Die merkt schon nichts mehr davon!“, befahl die tiefe Stimme von Fehcs oberstem Kerkermeisters den Wächtern, „Daremak, du bist jetzt einer von uns. Da geh hin und hol dir die versprochene Belohnung!“.

Er gab ihm eine Larve fürs Gesicht und warf einen Mantel aus geflochtenem Retiebra-Haar über die Schultern des jungen Mannes. Mit seiner Peitsche wies der schwarze Befehlshaber auf einen Laib Brot und reichlich Gesottenes. „Das hast du dir für deinen Verrat an dieser widerspenstigen Retiebra redlich verdient.“

Laut hoben die Truppen zu grölendem Beifall an und trieben Emra vor sich her, während Daremak gierig seinen Lohn hinab schlang, bis sein Leib zu bersten drohte und Schweißperlen seine Stirn benetzten. Seit ewiger Zeit hatte er keine feste Nahrung mehr bekommen. Ganz gezielt war gerade seine Schüssel als einzige leer geblieben, so dass all sein Sinnen und Trachten, nur noch dem Überleben um jeden Preis gelten musste, auch wenn der Preis eines anderen Menschen Seele war. Jetzt würde er immer reichlich zu essen haben, bis an das Ende seiner Tage und am Leben bleiben. Daremak stopfte die Fleischbrocken in sich hinein. Warm waren sie. Es tat so gut, wieder etwas im Leibe zu spüren außer Hunger. Daremaks Augen sahen sich, über alle Maßen nach neuer Speise gierend, satt und waren blind für alles, was in der Zeit um ihn herum geschah.

Alles war ihm egal, nichts interessierte ihn mehr, außer sein eigener Vorteil, um in diesem System so gut wie möglich zu überleben. Sein Herz war zu Stein erstarrt, gefühllos und kalt wie die Mauern des Turmes von Fehc.

Daremak konnte nicht mehr hören, wie die Ketten an Emras Gliedern im Takt klirrten, als sie das Rad des Fehc drehte.

Er konnte nicht mehr sehen, wie der erste Tropfen ihres Blutes floss, als sie sich für die herrschende Kreatur bewegte.

Er konnte nicht mehr hören, wie ihre Lippen willig, in den Chor der anderen Sklaven einfallend, die Worte formten:

„Alles bleibt so wie es war. Vergangenheit, Zukunft, Jetzt. Alles bleibt, alles bleibt ...“

Machtwechsel

Anna Banfhile

Eine alte Melodie vor sich hinsummend, schlug Holda kräftig mit dem Holzlöffel den Hefeteig in der Schüssel. Doch bald verstummte die alte Seherin im unfreiwilligen Ruhestand, denn bei jedem Schlag sah sie ein anderes Mitglied aus König Liams Regierung vor ihrem inneren Auge. Bei diesem Eifer warf der Teig bestimmt bald Blasen, so dass sie ihn zum Ruhen in die Sonne stellen konnte. Bienen und Wespen schwirrten vor ihren Augen und in ihren Haaren, denn die Kräuterbüschel, die über ihrem Kopf zum Trocknen hingen, und der süße Teig zogen bei der prallen Sonne die Biester richtig an.

Bei jedem Schlag des Kochlöffels sagte sie sich, dass es richtig gewesen war, sich in die Berge in den Ruhestand zu verabschieden, bevor diese Ignoranten ihr erklären konnten, dass sie dem Land zu teuer wurde. Für ausschweifende Feste, prunkvolle Waffen, wertvolle Geschmeide, prächtige Burgen und stolze Schiffe hatten König und Minister immer Geld. Nichts war ihnen zu teuer! Aber eine gewissenhafte Seherin, die davor warnte die Hälfte der Wälder des Inselreichs abzuholzen und die Untertanen wie Weintrauben auszupressen, konnten sie sich nicht länger leisten. Wenn nicht bald etwas geschah, lebten sie in einem kahlen Land, alle Bäume abgeholzt, verbaut, in Metallschmelzen und Öfen verheizt, die tiefen Wälder dornigem Gestrüpp gewichen.

„Krrrrk", der Kochlöffelstiel war ab. Da hatte sie wohl zu wütend zugeschlagen. Holda lehnte sich zurück und ließ die Sonne ihre Runzeln wärmen. Sie hatte sich das Landleben so schön vorgestellt, nicht diese öde Langeweile. Kochen! Backen! Garten jäten! Aber jetzt noch einmal beim König oder den Ministern anfragen, ob ihre Dienste wieder gebraucht würden? Nein! Das kam nicht in Frage, das wäre betteln. Sollte die raffgierige Meute doch ohne ihre Sehergabe auskommen.

Hier in den Bergen war ihr Rat wenigstens noch gefragt. In Heller und Pfennig konnten die Bauern ihren Vorteil sehen, wenn sie befolgten, was Holda ihnen riet. Es zahlte sich aus, zerbrochene Messer und Pflugscharren zu sammeln und neu schmieden zu lassen, anstatt Neue zu kaufen. Mehr sparten sie, indem sie runde Fenster einbauen ließen, um die sinnlose Fenstereckensteuer zu sparen. Da waren sie dann auch bereit, ihrem Rat dort zu folgen, wo sie den Erfolg nicht sehen konnten. So versuchten sie auch, sich mit den Glück bringenden Elfen gut zu stellen. Es war nun einmal Holdas Schrulle, sich der kleinen Wesen anzunehmen, die in den Wäldern, Auen und Tälern wohnten. Besonders die heimatlosen Elfen, die durch das Abholzen der Wälder auf die Wiesen, Felder und Raine der Bauern umgesiedelt waren, hatten es ihr angetan. Es gab schon ein richtig bäuerliches Elfenvölkchen, das sich bei den Menschen recht wohl fühlte.

Ächzend erhob sich Holda, wobei ihre Gelenke unwillig knirschten. Während der Teig aufging, sollte sie noch Gemüse für den Eintopf aus dem Garten holen. In der Einsamkeit der Berge musste sie sich selbst um alles kümmern, denn hier hatte sie keine dienstbaren Geister mehr, die ihr das Leben erleichterten. Wenn sie so zurückdachte, in der Hauptstadt hatte sie keinen einzigen Gedanken auf etwas so Profanes wie Kochen oder Gemüseanbau verschwendet, außer sie hatte die Produkte von beidem genossen. Ihre Aufmerksamkeit hatte den politischen Entscheidungen und deren Auswirkungen gegolten. Die Anerkennung ihrer Visionen und Ratschläge war an der Zahl der Einladungen zu messen gewesen. Sie hatte bei den vielen Festen oft ausgelassen das Tanzbein geschwungen, und da hatten ihre Gelenke nie geknirscht. Fehlte ihr die Stadt, das frühere Leben, die Geselligkeit oder gar der Streit mit den Regierenden?

„Nein, nie und nimmer", sagte sie sich laut, während sie zu ihrem ordentlichen kleinen Garten schlurfte. Aber was geschah nun in der Hauptstadt, und im ganzen Land? War es doch keine so gute Idee gewesen, ihre Sehergabe aus Trotz über den unfreiwilligen Ruhestand mit einem raffinierten Kräutersud zu unterdrücken?

Holda lehnte sich über den Zaun und lugte sie neugierig ins Tal, ob nicht irgendwo etwas zu sehen wäre, was nicht nur Landschaft war. Doch da rührte sich nichts mit Ausnahme von ein paar Blättern im schwachen Wind. Wenn sie die Augen ganz fest zusammenkniff, sah sie auf der Talstraße ein oder zwei kleine, von Dachsen gezogene Planwagen. Elfen auf der Wanderschaft! Doch viel zu weit weg, um etwas zu erkennen.

„Hier ist es friedlich! Hier ist es schön! Ich bin freiwillig hier und mich geht das alles nichts mehr an", knurrte sie, während sie sich mühsam bückte, um Möhren und Kohlrabi zu ernten.

Die Städter waren eitel, verschwenderisch und raffgierig. Nichts außer Luxus und Völlerei. Jeder wollte reicher als sein Nachbar sein. Dabei waren die Wucherer die einzigen, die an diesem Prunk verdienten.

War da nicht ein Geräusch, das nicht hier her gehörte? Hufgeklapper? Ein Pferd? In Windeseile richtete sie sich auf. Gesunde Neugier heilte so manches Zipperlein im Nu. Wer ritt ein Pferd auf dem Weg zu ihrem einsamen Hof?

Den Korb voll Gemüse über dem Arm trat Holda durch die Gartenpforte. Eine hohe Gestalt kam schnell auf sie zu. Ein blaugrüner Helmbuschen wippte stolz in der Luft. Das war ein Würdenträger des Königs. Er parierte das Pferd kurz vor Holda. Ross und Reiter ragten vor ihr auf. Die Nüstern des Rappen und die spitzen Knie in gestreiften Samthosen nahmen ihr die Sicht. Sie musste sich weit zurücklehnen, um auch den meterbreit eingerollten Schnurrbart unter der markanten Nase erkennen zu können. Der war unverwechselbar.

„Hubert!“, stellte sie erstaunt fest, „was machst du in den Bergen!? Hast du dich verlaufen oder hat dich die Sehnsucht nach mir getrieben, dass du dich in die Wildnis wagst? Steig doch ab und setz dich her. Kann ich was für dich tun?“ Ihr breites Grinsen ließ dabei noch mehr Falten und Fältchen entstehen.

Sie konnte es nicht fassen. Hubert von der Pasche, der erste Sekretär des Ministers für Finanzen und Innere Staatsangelegenheiten, kam zu ihr? Er, der größte Spötter, der ihr hämisch die Langeweile in den Bergen gewünscht hatte, die ihr hier auch geblüht hatte. Er, der ewig ihre Ratschlägen bekrittelt und nicht ein einziges Mal ihre Prophezeiungen ernst genommen hatte, außer durch seine Ignoranz war das Unglück schon ausgelöst. Er kam nun zu ihr?

Sie hätte ihre Visionen doch nicht mit Kräutern unterdrücken sollen, dann hätte sie schon die Vorfreude auf den unerwarteten Besuch genießen können.

Hubert stand endlich auf seinen ewig langen Beinen vor ihr, er überragte sie auch ohne Pferd noch um einiges. Ihre Augen starrten auf sein Wams, ungefähr auf der Höhe seines Nabels.

„Na du alte Kräuterhexe, hier verkriechst du dich also“, knurrte er sie an, während seine Augen über das einfache Anwesen schweiften. Das schreckte Holda nicht. Der Sekretär bellte und grollte immer mehr als er sprach, so als würde er gleich wie ein Hund sein Gegenüber anfallen. Sie wusste sich in Acht zu nehmen, wenn er die Worte spuckte, denn da drohte er gleich zu explodieren, oder wenn er zischelte, ein untrügliches Merkmal, das er gerade intrigierte.

Obwohl sie vor Neugierde schier platzte, holte Holda erst eine ihrer schönen Tassen, süßen Kräutertee und ein paar vorzügliche Honigkuchen. Niemand sollte ihr mangelnde Gastfreundschaft nachsagen, selbst bei einem Gast, von dem sie nichts Gutes erwartete. „Was führt dich zu mir? Willst Du meinen Rat?“ Dabei troff ihr überfreundlicher Ton wie der Honig von ihren Kuchen.

Ein trockenes Lachen, fast schon ein Husten, war die Antwort. „Das würde dir so passen. Dich wieder beim König einschmeicheln, was? Nein, nein. Du bist uns Steuern schuldig.“

„WAS!? Was bin ich? Steuern schuldig? Du machst Witze! Ich zahle meine Steuern pünktlich, ja schon im Voraus, weil sich bei einer alten Frau doch nichts so schnell ändert.“

Der Staatsekretär schüttelte gewichtig seinen Kopf. „Du mixt Heiltinkturen, Salben und Kräuter und gibst sie den Bauern ringsum, richtig? Das ist Arzneimittelverkauf!“

„Nein das ist es nicht, denn ich verlange kein Geld für meine Mittelchen. Da kann ich auch keine Steuern zahlen“, fuhr Holda ihn an.

„Immer noch der alte Hitzkopf. Ja, ja“, höhnisch gaben seine Lippen gelbe Zähne frei. „Das wird dir jedoch nichts helfen. Die Arzneimittelverkaufssteuer beträgt 25 Prozent des Preises, den man dafür bekommen könnte, ob man ihn nun verlangt oder nicht. Verstanden du alte Hexe?“

Das schlug dem Fass doch den Boden aus. Wie ein Korken saß ihr die Zunge zwischen den Zähnen. Holda musste erst einmal schlucken, Luft holen, sie wusste selbst nicht was sonst noch. Es war unerhört Steuern auf Einnahmen zu erheben, die man gar nicht hatte. Das war Diebstahl oder noch viel Schlimmeres.

„Seit ... seit wann treibt der erste Sekretär des Ministers selbst Steuern ein?“, krächzte sie, als sie ihre Sprache einigermaßen wieder fand. Ihre Augen funkelten hinter den Runzeln fast versteckt. Was bildete sich dieses Ekel ein? Sie war freie Seherin und Heilerin. Sie hatte nichts mehr mit dem König und seinen Mannen zu tun. Oder wollte er sich nur an ihrer Wut erfreuen, weil er und sein Chef endlich eine Steuer erfunden hatten, die sie nicht umgehen konnte?

„Die Arzneimittelverkaufssteuer gilt schon etliche Wochen. Du schuldest uns also eine Menge Steuern, denn du gibst deine Mittelchen großzügig weiter. Die Steuereinnahmen der letzten Jahre sind enorm zurückgegangen. Immerhin bist du nicht unschuldig daran. Du wiegelst die Leute auf gegen unsere Steuern, wegen Dir bauen sie runde Fenster, seitdem wir die Fensterecken besteuert haben, kaufen kaum noch neue Messer, Sensen und Schwerter vom königlichen Metallmonopol, tauschen ihre Sachen anstatt ordentlich am Markt zu handeln und wir bekommen keine Steuern, DURCH DICH!“ Huberts Nase stieß fast an Holdas Stirn und ihr Gesicht wurde von etlichen Speichelbläschen übersät, so spuckte er beim Sprechen.

Was wollte dieser Pfurzknochen von ihr? Es war doch nicht verboten, über die unsinnigen und überzogenen Steuern zu reden. Wenn ihre guten Ideen von anderen so erfolgreich befolgt wurden, zeigte es nur, wie blöde diese Abgaben waren.

„Minister Ergol von Wankel und ich stellten fest, dass hier, wo du alte Wetterhexe dein Unwesen treibst, das geringste Steueraufkommen im ganzen Staat ist! Da ich Erkundigungen einziehe für eine neue Steuer, machte ich ‚um unserer alten Freundschaft willen’ den kleinen Umweg, dich von deinen Zusatzausgaben in Kenntnis zu setzen, während meine Leute im Dorf unten ermitteln.“

„Darf ich fragen, welche Erkundigungen das sind? Die Zahl der Kräuterkundigen müsstet ihr doch im Archiv des Ministeriums vermerkt haben, so viele Befragungen, wie man über sich ergehen lassen muss, bis man eine Erlaubnis dazu erhält."

„Ja, ja, die Kräuterhexen sind uns alle bekannt. Ich finde momentan heraus, wie viel von diesem nichtsnutzigen Elfenpack sich auf Äckern und Weiden herumtreibt. Die Bauern hier lassen ja ganze Massen auf ihrem Land hausen, anstatt anständig anzubauen."

„Die Leute hier wissen eben, dass Elfen Glück bringen, und geben ihnen ein neues Heim. Wenn ihr die Wälder nicht alle für eure Köhlereien, Schiffe und Bauten abgeholzt hättet, müsste kein einziges Elflein um Unterschlupf bitten. Es könnte zufrieden und fröhlich in seinem Wald wohnen ..."

Etwas schief zog Hubert von der Pasche seine Mundwinkel hoch. Noch immer gelang es ihm, sie wie eine Feuerwerksrakete in die Luft zu jagen, wobei ihre Augen vor Blitzen sprühten. Es schien fast, als hätte ihm das gefehlt, seit sie nicht mehr am Hof war.

„...Was wollt ihr von den kleinen Wesen? Sie tun euch doch nichts, obwohl ihr ihnen die Heimat wegholzt ...", sprudelte Holda weiter.

„Nichts wollen wir von denen", unterbrach Hubert sie. „Sie sind lästig, und Bauern, die solches Gesindel auf ihrem Wirtschaftsland dulden, produzieren weniger, verdienen deshalb weniger und zahlen weniger Steuern. Also wird ab morgen dafür eine Ausgleichssteuer fällig."

Vor ihren inneren Augen erwürgte sie ihn, erstach ihn, hängte ihn am Dachfirst auf, schmiss ihn in den Brunnen. Und was tat der Kerl, verschlang grinsend und in aller Seelenruhe ihre Honigkuchen!

Als das Ekel endlich weg ritt – mit einem gut gefüllten Säckchen ihrer Taler, die er verlangt hatte – war Holda der Besuch wie eine Ewigkeit erschienen, obwohl die Sonne noch immer hoch am Himmel stand. Sie stürzte sich in ihre Hausarbeit, den Teig in den Backofen, das Gemüse schnippeln. Das sollte doch die Wut besänftigen, die ständig in ihr brodelte. Heute würde sie keine Kräuter nehmen, damit auch nicht die leiseste Vision unterdrückt würde. Sie musste wissen, was los war, guter Schlaf hin oder her.

Dreimal schreckte sie in der Nacht auf und jedes Mal war es dieselbe Vision. Rauch und Nebel legte sich über das Land, wurden am Meer, wie von einer Sturmflut zurückgeworfen. Immer dichter, immer schwärzer wurden die Schwaden, die ihr den Blick verwehrten. Der Himmel dröhnte. Kein Haus, kein Baum, keine Ähre auf dem Feld stand noch wie zuvor, sobald die zähe Wolke weiter gezogen war. Leichen von Menschen und Tieren lagen zwischen den schwarzen Trümmern der Dörfer und Städte. Bleiche, zitternde Gestalten hockten weinend, nach Luft ringend zusammen. Bei diesen Grauensbildern klang dumpf eine Stimme in ihrem Kopf: „Die Lenker des Staates können verhindern, dass es geschieht, es spreche zu ihnen, wer dies sieht."

„Typisch, von wegen Sehergabe!", schimpfte Holda während ihres Frühstücks vor sich hin. „Ich wollte mehr über diesen Eiterpickel Hubert und seine Pläne erfahren und was sehe ich? Katastrophen! ‚Die Lenker des Staates' könnten irgendetwas verhindern?! Pah, dass ich nicht lache!"

Holdas lautstarker Ausbruch weckte die Neugierde dreier Elfen, die erst kürzlich in ihren Garten gezogen waren. Die spannenlangen Gestalten schoben ihre Hüte über die spitzen Ohren, klemmten ihre Pfeifen in den Mundwinkel, kletterten in den Blumenkasten und lugten durch das Fenster.

„Glaubt irgendjemand, diese allein mit sich beschäftigten Regierungshengste würden auch nur das Geringste gegen irgendein Unheil ausrichten? Ich brauche mir bloß Hubert ansehen. Er hat nur die Steuern im Sinn, als gäbe es keine anderen Probleme. Noch schlimmer ist sein Chef, der tattrige Minister Ergol von Wankel, der sieht doch in allem lediglich die Taler, die eine Steuer einbringen könnte. Nichts werden die ... iiihh“, ein heißer Guss Tee aus der Tasse auf ihrem Bauch stoppte ihr Schimpfen.

Ein Geräusch vor dem Fenster, ließ Holda herumfahren. Mit einem Nudelholz bewaffnet schaute sie vor die Tür. Doch da kicherten nur die drei Elfen im Blumenkasten, dass die runden Bauchkugeln unter den karierten Westchen nur so wackelten und die spitzen Ohren zuckten.

„Was tut ihr denn in meinem Blumenkasten?“

„Wir wollten genau hören, was du so schimpfst. Was hast du denn gegen König Liam und seine Minister? Immer wenn einer aus unserem Volk den König traf, versicherte er, wie sehr ihm unser Glück am Herzen liegt.“

„Papperlapapp. Alle sind Schwätzer. Der König war noch nie in der Lage, sich gegen seine Minister durchzusetzen. Sein Vergnügen hat er im Kopf und die Minister können tun und lassen, was sie wollen. Wenn er euch so gewogen wäre, gäbe es dann eine Steuer dafür, dass ihr auf Wiesen und Feldern wohnt? Könnt ihr mir das mal sagen?“

„Du willst uns foppen“, grinste Fearn, der älteste von den Dreien, und drohte mit dem Zeigefinger. Die beiden anderen, Angus und Mingus, nickten dabei so heftig, dass einige Blüten von den Ohren aufgespießt wurden.

„Von wegen. Mein Besuch gestern hat mir brühwarm von der neuen Steuer erzählt. Er reitet durch das Land, um zu zählen wie viele von eurem Volk schon auf Wiesen und Felder leben. Und mir ist bisher noch nichts eingefallen, wie man eine solch hirnrissige Steuer verhindern könnte.

Absolut nichts. Aber wahrscheinlich ist das auch schon egal. Uns droht nämlich ein unsägliches Unheil. Da muss ich mich erst drum kümmern.“

Doch wer würde auf sie hören? Etwa der Kriegsminister Kajan vom Turm, der nur fesche Soldaten im Kopf hatte? Nein, dem fiel selbst beim Anblick eines Feindes nichts anderes als festliche Paraden und Turniere ein. Bei seiner Untätigkeit konnte man ihn schon fast Friedensminister nennen. Und die restlichen Minister? Keiner von denen war unter 100 und alle waren schon seit der Regierung von Liams Großvater Minister. Da war die Bezeichnung senile Bettnässer noch ein Kompliment. Und die blieben in ihren Ämtern! Während sie zu teuer, ja überflüssig war.

Der Rauch aus drei Pfeifen stieg ihr in die Nase und drei kleine, fragende Gesichter waren ihr näher gerückt. „Da kann ich noch Stunden überlegen. Inzwischen pfuschen diese tollen Staatenlenker weiter vor sich hin und die Gefahr wird immer größer. Ich mache mich auf den Weg zum König. Unterwegs wird mir schon etwas einfallen. Aber euch ..., was mach ich mit euch? Bis ich wiederkomme hat mich die neue Steuer arm gemacht. Ich muss eine neue Wohnung für euch finden, im Garten könnt ihr nicht bleiben.“

„Warte kurz.“

Fast schwebend hüpften die Elfen auf den Boden und verschwanden im Gärtchen. Holda packte ihre Siebensachen, die sie für die Reise benötigte. Sie füllte ihre große Kiepe mit Säckchen getrockneter Kräuter. Kleine Fläschchen heilkräftiger Tinkturen, vorsichtig mit Wolle umwikkelt, steckte sie dazwischen. Obenauf legte sie noch die Gewürzbrote, die sie am Vortag gebacken hatte, und ein paar Flaschen guten Most. Sie wollte auf dem Weg ja nicht darben. Da standen die Elfen wieder vor ihr zusammen mit ihren ganzen Familien. 24 Elfen, drängelten sich um Holdas Füße, und bis zum kleinsten Elfenkind trug jeder ein Ränzlein, einen Rucksack oder wenigstens ein zusammen gebundenes Tuch an einem Stock.

„Wir kommen mit ... alle!“, verkündete Fearn laut.

Holdas Rücken knackte, als sie sich bückte, die Schar aus der Nähe zu betrachten. „Das geht nicht. So brauchen wir ja eine Ewigkeit bis in die Stadt. Nein, ich ...“

Es musste doch eine steuerfreie Möglichkeit geben, ihre lieben Elfen unterzubringen. Ihr Blick schweifte suchend umher, bis er an dem Einstieg zu ihrem Dachboden hängen blieb. Über dem Vorbau war eine gerade, gar nicht so kleine Fläche bis zum Dach hin, mit Blumenkästen begrenzt. Das war doch weder Garten, noch Wiese oder Feld. „Ich weiß, ihr mögt keine Dächer über euch, aber bis ich wiederkomme, könntet ihr in oder vor meinem Dachboden wohnen. Bisher ist von so einer Steuer noch keine Rede. Für euch wäre das ein Dachgarten. Na was sagt ihr?“

Emsig liefen die Elfen durcheinander, bis jeder mit jedem gesprochen hatte. „Geht klar“, antwortete Beith, Fearns Frau und Clanchefin. „Du musst uns nur noch eine kleine Wanne mit Wasser hinauftragen. Und noch etwas. Meine Tochter Tinne und ihr Mann Angus werden dich begleiten. Du brauchst das Glück der Elfen unterwegs, glaube es mir.“ Schon kletterten und schwebten die ersten Elfen die Leiter hoch und als Holda endlich mit Tinne und Angus in ihrer Kiepe aufbrach, wehten schon die ersten kleinen Wäschestücke der Elfen vor ihrer Dachluke.

Jedem Bauern, den sie traf, erzählte sie von der neuen Steuer für Elfen, die auf Wiesen und Feldern wohnten. Sie riet, die heimatlosen Waldbewohner auf Dachvorsprüngen oder luftigen Heuböden wohnen zu lassen, solange das noch unbesteuert blieb, und sie nicht zu vertreiben. Alle versprachen, es auch auf Märkten und in den Dörfern weiter zu erzählen. Da würden sich Hubert und Ergol in den Allerwertesten beißen, sobald sie bemerkten wie wenig mit der Steuer einzunehmen war.

Am Abend begannen ihre Begleiter in ihrer Kiepe zu schnarchen. Holdas Füße schmerzten. Sie fand endlich eine Taverne und setzte sich erschöpft zu zwei muskelbepackten Männern an den Tisch. Mit den Rußschlieren im Gesicht konnte es sich nur um Schmiede handeln. Die beiden schimpften über das Metall aus der königlichen Metallschmelze, das inzwischen so minderwertig war, dass keine Sense daraus länger als einen Sommer hielt. „Die Mistkerle murksen, was das Zeug hält und uns gehen die Leute ans Leder, bloß weil wir kein anderes Metall kaufen dürfen“, grollte der Größere und schlug dabei seinem Kumpel mit der Hand auf die Schulter. Der flog dadurch nach vorne und sein Kopf knallte auf den Tisch, dass die Krüge nur so hüpften.

„Ähem“, mischte Holda sich ein, „unsere Bauern sammeln kaputte Eisen- und Bronzeteile, damit sie wieder geschmiedet werden. Das dürft ihr doch umschmieden, oder?“

„Gute Frau, wo lebst du denn“, grollte der Schmied gleich weiter, „nur das königliche Metall darf verwendet werden, und das taugt nichts. Aber so unter uns gesagt, wenn einer schon ein kaputtes Teil aus hochwertigem Metall dabei hat, dann bekommt er keine königliche Ware, dann schmieden wir schnell ein gutes Stück, das ihm viele Jahre Freude macht.“

„Wir lassen uns das nicht mehr länger gefallen“, meldete sich sein Partner, die Stirn reibend zu Wort. „Wir sind auf dem Weg in die Hauptstadt. Da treffen sich alle Schmiede des Landes. Wusstest du, dass sogar ein Vetter des Königs Schmied ist? Er heißt Finn und ist unser Anführer“, vor Stolz wuchs er schier einige Zoll. „Der wird der Regierung zeigen, dass es so nicht weiter geht.“

„Wie wollt ihr denn das erreichen?“, wollte Holda wissen. Doch das erfuhr sie nicht, denn der Wirt servierte den

Schmieden gerade das Essen. Da war das Gespräch vorbei. Die beiden stürzten sich auf Schweinebraten und Bier und außer zufriedenem Schmatzen und Rülpsen, war nichts mehr zu verstehen. Das „Mmmm ...pff grrr pfff", das sie auf ihre Fragen vernahm, konnte die alte Seherin nicht deuten und der Bratenberg schien ihr zu riesig, um das Ende des Mahls abzuwarten.

Lieber begab sich Holda bald in ihre Kammer und hoffte auf eine ruhige Nacht. Doch ihre Gedanken drehten sich nur um die drohende Katastrophe. Jeder Floh- und Wanzenbiss in dem alten Bett ließ sie wieder an die unfähigen Lenker des Staates denken. Wer von denen sollte denn etwas gegen die Plage ausrichten? Immer wieder dröhnte es in ihrem Kopf: „Die Lenker des Staates können verhindern, dass es geschieht, es spreche zu ihnen, wer dies sieht."

Am nächsten Morgen erzählte Holda ihren Begleitern davon. Angus und Tinne in der Kiepe versicherten ihr, dass ihr schon noch eine Idee einfallen würde. Dafür sei sie schließlich im ganzen Land berühmt. Das wollte die alte Seherin aber nicht hören und so trällerten die Elfen ihr beschwingte Lieder ins Ohr, bis ihr Schritt immer schneller wurde und sie wie eine junge Frau dahineilte. Im Flachland, das einst von dichten Wäldern überzogen war, verstärkten die dikken schwarzen Wolken aus den Köhlereien, die über den wenigen verbliebenen Wäldchen zu sehen waren, Holdas Sorgen wieder.

„Seht ihr überall ist Ruß geschwängerter Rauch. Der Sturm über dem Meer wirft ihn bald auf das Land zurück und alle werden davon krank. Wenn ich nur wüsste, wie wir das verhindern könnten. Wir müssen uns sputen."

Holda eilte weiter. Immer häufiger begegneten ihnen nun Elfenfamilien in ihren kleinen von Dachsen gezogenen Planwagen oder mit ihrem Hab und Gut auf die Schultern gepackt. Schon von weitem konnte Holda unterscheiden, welche aus einem bedrohten Wald stammten und welche von Äckern und Wiesen vertrieben worden waren. Denn an den Elfen, die noch in ihrer wahren Heimat, den Wäldern und Auen lebten, war alles spitz und schmal, von den Ohren über das Kinn bis zu den Gelenken, die durch die meist einfarbige Kleidung stachen. Dagegen hatten Elfen, die schon einige Zeit in der Nähe der Menschen lebten, nur noch spitze Ohren und schmale Beine, während sich die bunt karierte Kleidung über einige Rundungen spannte. Wenn die Wagen näher kamen, schwebten Angus und Tinne aus der Kiepe, sich mit ihren Vettern und Basen zu unterhalten.

Was sie zu hören bekamen, war nicht schön. Immer mehr Elfen wurden heimatlos, entweder weil die Wälder abgeholzt wurden oder die Menschen sie von ihrem Land vertrieben. So hieß es immer wieder. „Wir suchen neue Wälder", „wir suchen Leute, die uns aufnehmen" oder „wir wollen ans Meer und mit einem Schiff in ein Land fahren, in dem es noch genügend Wälder gibt". Wenn Angus oder Tinne dann berichteten, dass Holda zum König wolle, weil eine große Katastrophe drohe, kam meist ein „die ist doch schon da" zur Antwort.

Einige Elfen, die zu Fuß unterwegs waren, fragten Holda, ob sie in der Kiepe mit in die Stadt kommen dürften und bald schlossen sich ihnen auch Familie mit Planwagen an, was die Kiepe wieder leerte. So zog binnen kurzem eine kleine Karawane Richtung Stadt.

Nach zwei Tagen hatte die Karawane die Stadt erreicht. Holda hatte sich kaum Schlaf gegönnt, der Rauch über den Wäldern hatte sie an ihre Aufgabe gemahnt. Müde kehrte sie in einem Gasthof ein, sich zu stärken, bevor sie sich in die Höhle des Löwen wagte.

Ihre Begleiter saßen unter einem Baum, tauchten ihre kleinen Krüge in eine Schale mit Met und verdrückten

Berge von Nüssen und Rosinen, während Holda Brot und Käse mit verdünntem Wein hinuntergespülte. Kaum war das Mahl vorbei, kam der Wirt an ihren Tisch und platzte schier vor Neuigkeiten, die er verkünden wollte. Holda lud ihn auf ein gemeinsames Gläschen ein und er ließ sich nicht zweimal bitten.

„Was gibt es Neues in der Stadt? Kannst du mir das erzählen?“, forderte Holda ihn freundlich auf, ihr seine Neuigkeiten zu verkünden.

Verschwörerisch, als würde er es nicht jedem Gast erzählen, lehnte der Wirt sich über den Tisch.

„Gerade war der Händler mit dem neuen Wein da. Er kam vom Hafen Westende an der Küste, du weißt schon. Also er sagt, dort toben Wirbelstürme und Gewitter über das Meer. So was hat man noch nie gesehen, nie!“, kopfschüttelnd machte der Wirt eine Pause und leerte seinen Weinbecher fast zur Hälfte. „Die Dörfer und die Stadt versinken in Schutt und Asche, weil die Blitze die Häuser in Brand stecken. Und in den Dörfern, in denen der Sturm alles zerstört hat, werden die Leute krank von dem giftigen Rauch. Nein, nein!“

Holda hatte aufmerksam gelauscht. Das passte zu ihren Visionen.

„Weißt du, wie oft es solche Stürme gegeben hat? Und welche Dörfer betroffen waren?“

„Weib, woher soll ich das wissen. Du bist aber auch mit keiner Neuigkeit zufrieden“, wandte er sich ab.

„Warte“, hielt Holda ihn am Ärmel fest, „ich muss es wissen. Ist der Händler schon weg? Wohin ist er gefahren?“ Aufgeregt sprang sie auf.

„Reg dich nicht so auf, Weib, der sitzt hinter der Küche und lässt sich meinen guten Schinken schmecken. Komm ich führ dich hin.“

Der Händler sah krank aus, stellte Holda fest, als sie ihn betrachtete. Die bestickte Weste spannte über den prallen

Bauch, dass die Knöpfe fast aus den Löchern sprangen, aber das feiste Gesicht wirkte eingefallen. Blass und mit großen Augenringen sah der Mann die Seherin an. Der Teller vor ihm war noch fast ganz mit Schinken belegt. Holda trat dicht zu ihm und fühlte seine Stirn. Fieber, ganz eindeutig, der Mann hatte Fieber. Sie schickte den Wirt sofort kochendes Wasser für ihre Kräuter zu holen, erst dann setzte sie sich zu dem Händler.

„Hast du den Rauch eingeatmet, der vom Meer wieder ins Land zieht?“, wandte sie sich an ihn.

Er nickte erschöpft und keuchte mehr als er sprach. „Jaa ... man kriegt keine Luft ... und kann kaum ... essen. Es sind ... viele tot.“

„Meine Kräuter werden dir Linderung verschaffen. Bitte erzähl mir genau, was da an der Küste passiert.“

„Überall Rauch und Nebel, die Wirbelstürme ..., treiben sie auf die Dörfer zu. Nahe Westende ... sind fast alle überrannt. Das Meer ist voll Ruß. Ganz schwarz ist es ... in die Teiche und Gräben ... hineingeschwappt. Viele Häuser sind ... zerstört. Die Blitze schlagen überall ein. Alles brennt, besonders das pechgetränkte Holz für die Deiche ... Schwarz legt sich ... Nebel auf die Felder. Drei Tage danach ... sind die meisten Leute krank oder tot. Nur Wibbel, das Dorf, ... mit eignem dichten Wald, ... da wurde keiner krank“, erschöpft schloss er die Augen.

„Wieso liegt da Holz für die Deiche? Die sollten doch mit Sand und Steinen ausgebaut werden? Das war mein Ratschlag, der noch befolgt wurde, bevor ich den Herrn zu teuer wurde!“

„Die Deiche werden erneuert ... mit Bollwerk. Das Holz haben sie schon gelagert ... Für die Bauarbeiten ... reicht das Geld nicht mehr.“

Holda drückte dem Wirt Kräuter in die Hand, rief im Laufen zurück: „Tee, alle halbe Stunde“, schon war sie zur

Tür hinaus. Ohne auf ihre alten Knochen zu achten, rannte sie zum Königshof. Die Wachen kannten sie noch zu gut und ließen sie ungefragt durch. Doch Minister und König waren nicht zu sprechen. Gerade holte sie Luft, um richtig zu toben, da sah sie die lange Gestalt Hubert von Paschs um eine Ecke biegen. Sofort stürzte sie auf ihn zu.

„Na, so bald sieht man sich wieder", grinste er auf ihre Finger herab, die sie in seine Weste gekrallt hatte.

„Hubert, es ist eilig, eine Vision zeigte mir eine drohende Katastrophe und ein kranker Händler von der Küste hat alles bestätigt. Wir müssen etwas tun, sofort."

„Tja, holde Holda, da ist eine Gebühr fällig, wenn du das Gespräch mit mir suchst", unterbreitete er ihr Hände reibend.

Seit wann musste sie dafür bezahlen, mit einem Amtsträger zu reden? Diese Geldgier war wohl nicht mehr zu überbieten! „Wie viel?", presste sie zwischen den Zähnen hervor.

Sie musste mit ihm reden. Vier Finger seiner Hand schnellten hoch. Holda zahlte, innerlich kochend, die verlangten Taler.

In Huberts prunkvoll überladenem Zimmer war kaum Platz zu finden. Holda schob Pergamentrollen von einem Stuhl und setzte sich. Sie legte schon los, noch bevor Hubert richtig auf dem riesigen Sessel hinter seinem Schreibtisch saß.

„Hast du von den Wirbelstürmen und Unwettern an der Küste gehört? Blitze schlagen in das verpichte Holz, das da rum liegt, damit es in Deiche eingebaut wird. Dazu solltet ihr doch Steine und Sand benutzen." Aufgebracht wiederholte sie, was sie in ihrer Vision gesehen hatte. Sie kam bis: „Nur wenn ein Wald ..."

„Halt, du alte Hexe, halt", unterbrach sie Hubert, „nicht schon wieder deine alte Leier von den aufgeforsteten

Wäldern. Damit hast du mir lange genug das Leben vermiest. Bäume wachsen von allein. Der Ausbau der Deiche läuft wie geschmiert. Holz ist viel billiger als Steine zu brechen. Es wird zwar noch einige Zeit dauern, weil die Baukosten höher sind, als wir dachten, doch wir haben immerhin das Holz schon geliefert. Sobald die neuen Steuern wieder Geld bringen, machen wir weiter. Also, wieso interessiert dich das?"

„Erstens habe ich erfahren, dass noch fast keine Deiche erneuert worden sind, weshalb die Sturmfluten die Küste voll überspülen konnten. Zweitens habt ihr schon wieder sinnlos Wälder abgeholzt, anstatt Steine zu brechen. Ich muss mit Minister Ergol oder noch besser gleich mit dem König reden. Wir müssen uns beeilen, die Katastrophe droht!"

„Immer mit der Ruhe. Der Minister fühlt sich unpässlich und der König ist auf einer Jagd. Du wirst also mit mir Vorlieb nehmen."

„Doch du hast nicht vor, etwas zu tun, oder? Denn nach deiner Meinung habt ihr ja genug getan. Ich will sofort zu Ergol von Wankel!", verlangte Holda stur. „Was kostet das?"

„Zwölf", knurrte Hubert, „es geht ihm gar nicht gut." Schnell verschwanden auch diese Taler in Huberts Beutel.

Schon von fern hörte Holda das Niesen des Ministers. Unter einer Unzahl von Decken war er kaum zu sehen. „Ahh, da is' ja unsre liebe Holda", schniefte er, als sie dicht vor ihm stand. „Ich bin trotz Krankheit im Amt, aber ich kann nix tun. Die Amtsgeschäfte führt der Hubert." Mit einer Kaskade von Niesern tauchte er unter seine Decken und begann zu schnarchen. Holda war kein einziges Wort losgeworden. Hubert war natürlich auch wie vom Erdboden verschluckt.

Fast wäre sie über Angus gestolpert, der sie schon gesucht hatte. „Das war ja ein Reinfall", überfiel sie ihn gleich. „Pah, die Staatenlenker helfen? Hätt' ich doch nie wieder mit diesen Hornochsen geredet! ... Aber was nun? Irgendetwas muss ich doch tun ..."

„Stell dir vor", nutzte er ihre Pause, „um die Ecke gibt es einen Park. Ein paar knorrige alte Bäume, unter denen die Dachse sich einbuddeln können, einige Sträucher, für die Elfen, die ein Blätterdach brauchen, viele Beeren und eine saftige Wiese um einen Brunnen. Da können wir uns ausruhen. Du bist herzlich eingeladen, ... wenn du Trost suchst."

„Ach Angus, danke. Geh du nur zu den anderen Elfen. Der Weg war ganz umsonst. Nicht einmal jetzt wollen sie etwas tun. Ich muss erst einmal schlafen." Mit hängenden Schultern schlurfte sie zu einer nahen Herberge. Nur weil der Wirt sie gut kannte und gerne mochte, bekam sie noch ein Zimmerchen. Die Herberge war voll, ja sogar übervoll. Überall traf sie auf Schmiede.

Holda sah sich um, vielleicht war von ihnen Hilfe zu erwarten? Bald hatte sie die beiden Schmiede von unterwegs entdeckt. Der Kleinere zog sie gleich auf die Seite. „Komm, ich kann dich zu Finn bringen, du weißt schon der Vetter des Königs, der wird der Regierung zeigen, was sie tun muss."

Neugierig, ob denn hier ein künftiger Staatenlenker zu finden war, der ihr zuhörte, folgte ihm Holda in den Saal.

Alle riefen durcheinander. Holda vernahm wütende Satzfetzen, die sich laut übertönten. „Was der König macht, gehört verboten ...", „... kann sich keiner mehr was leisten mit den vielen Steuern", „Metall und gute Holzkohle für unsere Arbeit bekommen und richtige Bezahlung. Das ist viel wichtiger ..."

„Sie alle haben alle recht", beugte sich der muskelbepackte Riese, den sie Finn nannten, zu Holda hinab. „Was der König und die Minister in letzter Zeit machen, kann niemand mehr ertragen. Wir werden das gründlich ändern. Was kann ich für dich tun?"

„Ein schlimmes Unheil ...", wieder einmal begann Holda alles zu erzählen. Doch bald wurde sie gestört, denn alle applaudierten einem alten Schmied, der nach vorne trat. „Freunde, Finn wird uns retten", alle erhoben die Krüge und jubelten. „Er wird König Liam davon überzeugen, dass nur niedrigere Steuern und einwandfreies Material für erstklassige Produkte den guten Ruf unseres Landes bewahren können. Und wenn der König nicht hört, dann legen alle Schmiede die Arbeit nieder, oder machen unseren Finn selbst zum König. Lasst uns nun dem großen Finn lauschen."

Tosender Applaus begleitete Finn auf seinem Weg nach vorne. „Freunde, so geht es nicht weiter. Wir alle müssen und wir können etwas tun. Vor allem müssen wir dafür sorgen, dass wir wieder richtig arbeiten können ..."

Holda folgte der Rede Finns aufmerksam. Könnte er vielleicht ein neuer Staatenlenker werden? Wenn er den König stürzen wollte, was würde er dann wohl machen? Wäre er zu überzeugen, das Notwendige zu tun?

„... unser aller Leben sollte zählen. Doch die neueste Steuer zwingt die Leute sogar, die Glück bringenden Elfen von ihrem Land zu vertreiben. Deshalb bringt die Steuer des Königs nur Unglück über das Land und muss wieder aufgehoben werden ..."

Was hatte er gesagt? Holda hörte nicht mehr zu. Die Vertreibung der Elfen als Ursache des Unglücks? Das war ... Ja, was war das? Vielleicht die Antwort auf ihre Fragen? Waren gar die Elfen heimlich die Lenker des Landes? Das war nicht möglich! Oder doch? Darüber musste sie sofort mit Angus und Tinne reden. Die alte Seherin erhob sich leise und schlich aus dem Saal.

Atemlos kam sie am Lagerplatz der Elfen an. Die saßen um ein Feuer, über dem ein kleiner Kessel heißer Met bis zu ihr duftete, und lauschten einer Geschichte über die Abenteuer großer Elfenhelden. Als die Erzählung geendet hatte, ergriff Holda das Wort.

„Ich war gerade bei der Versammlung der Schmiede – vergesst es, die werden das Unheil auch nicht verhindern. Aber sie haben gesagt, dass das Unheil kommt, weil ihr vertrieben werdet! Ist das wahr?“

„Jaaa, jaaa“, scholl es ihr im Chor entgegen.

Holda schluckte. Sie brauchte Antworten kein ja, ja. „Warum habt ihr mir das nicht gesagt? Ich habe euch doch von meiner Vision erzählt?“

Tinne legte ihre kleine Hand auf Holdas Arm. „Du weißt doch, dass Visionen erst begriffen werden müssen, sonst taugen sie nicht. Wir sind doch mit dir gekommen, dir zu helfen, sobald du es erkennst. Beith hat dir unser Glück zugesagt und sie steht zu ihrem Wort. Doch so einfach ist das leider nicht. Wir können Glück bringen und das Wetter und die Natur beeinflussen, und so die Geschicke in einem Land lenken, aber bornierte Politiker überzeugen, das können wir nicht. Das kannst nur du.“

„Aber ich habe euch doch erzählt, wie ich gestern abgeblitzt bin.“ Holda stützte ihren Kopf sorgenvoll in die Hände. „Aber wartet mal.“ Ihre Augen blitzten vor Begeisterung. „Ihr Elfen bringt doch auch Glück, indem ihr einem Menschen Elfengold gebt, das sich von selbst vermehrt?“

„Jaaa, jaaa“, erklang es wieder im Chor.

„Nur wenn der Mensch selbst etwas Gold mit in den Beutel legt“, schränkte Angus ein.

„Richtig! Wenn ich Hubert überzeugen will dann nur dadurch, dass sich sein Gold und das Gold in der Staatskasse wundersam vermehrt. Er ist der ehrgeizigste Kerl, den ich kenne und wenn er den Staatsschatz vermehren kann, dann wird er erster Minister. Doch halt! Besitzt ihr denn Elfengold? Oder haben das nur ganz bestimmte Elfen?“

„Wir haben Elfengold, das schon. Doch was willst du damit tun?“

„Seid ihr bereit, mir davon etwas zu geben? Dann gebe ich es Hubert – für ihn selbst und für die Staatskasse. Natürlich nur, wenn für euer Wohl gesorgt wird, ganz egal ob in den Wäldern oder auf den Feldern.“

„Jaaa!“, jubelten die Elfen ihr entgegen. „Holda will unser Glück, wir geben es tausendfach zurück!“

Im Nu hatte Holda drei blitzend blinkende Taler in der Hand und feierte mit den Elfen bis in den Morgen. Kurz nach Sonnenaufgang machte sich Holda zusammen mit den Elfen wieder auf zum Hof. Die kleinen Wesen kamen von den Wachen unbemerkt durch die Fenster während Holda stolz durch das große Tor schritt. Ohne sich mit Klopfen aufzuhalten, stürmte Holda in das Zimmer von Hubert von Pasche. Fast wäre ihm vor Schreck das Wachs, mit dem er seinen großen Schnurbart gerade in Form brachte, in den Mund gefallen.

„Was ... was willst du denn schon wieder!?“

„Dein Glück, du alter Tunichtgut. Komm her“, Holda zerrte ihn zu dem großen Tisch und wischte alle Pergamente und Papiere zu Boden, begleitet von dem Gekicher der Elfen, die es sich auf Aktenstapeln, Prunkrüstungen und Bücherbergen bequem machten. Bevor Hubert sich wehren konnte, saß er auf seinem Stuhl ihr gegenüber. Holda streckte ihm einen Taler Elfengold hin.

„Steck das ein und stell dein Säckel auf den Tisch“, befahl sie ihm.

Ohne jede Gegenwehr gehorchte der Staatssekretär und bald wurde er blass, denn sein Säckel wuchs und wuchs. Bald platzte es und immer mehr Goldtaler rollten über den Tisch.

„Welchen Taler hast du mir da gegeben? Sie werden mehr. Sind es ... ist es ... Elfengold?“, flüsterte er am Schluss kaum hörbar.

Holda nickte.

„Das gibt es wirklich?", fuhr er immer noch fast ohne Stimme fort. „Die alten Geschichten darüber stimmen?"

Holda nickte wieder, während die Elfen vor Lachen schier von ihren hohen Plätzen purzelten.

„Du hast die alten Weisheiten über die Elfen ebenso wenig geglaubt wie meinen Visionen. Dazu fehlt dir einfach die Fantasie."

„Gar nichts fehlt mir. Das kann doch gar nicht wahr ...", vorsichtig ließ er seinen Finger durch den Münzberg gleiten, während seine Augen schier aus den Höhlen zu fallen schienen.

„Du meinst das Gold verschwindet nicht wieder über Nacht? Es gehört mir? ... ganz allein?" Immer wieder fuhr Huberts Zunge über seine trockenen Lippen. „Was wollt ihr dafür von mir?" Alles würde er dafür tun, alles.

„Nun ich habe noch zwei Elfengoldtaler. Wenn du tust, was ich verlange, kannst du die in den Staatsschatz stekken."

Holda konnte richtig hören, wie es in Huberts Kopf arbeitete. Nach einer langen Pause fiel endlich der Groschen an die Stelle, die die Seherin wollte.

„Du meinst die würden sich auch vermehren, so ganz ohne Steuern und für immer?"

„Nein nicht für immer. Der Staatsschatz würde nicht leer werden, aber er würde sich nicht unendlich vermehren. Das nicht."

„Was muss ich dafür tun? Sag schnell", bittend legte Hubert seine von der Berührung des vielen Goldes leicht zitternden Hände auf Holdas Arm.

„Nun ich war gestern hier, um dir von dem Unheil an der Küste bei Westende zu berichten. Eine Katastrophe, die du dir gar nicht richtig vorstellen kannst, denn sonst hättest du mich nicht so abgewimmelt. Dieses Unheil kommt nur davon, dass eure Steuer die Elfen vertreibt. Das Glück unseres Landes ist vom Heil der Elfen abhängig, wie du wahrscheinlich schon als Kind gehört und wieder vergessen hast. Ach, wenn ich schon dabei bin. Von wem stammt eigentlich diese unsäglich dumme Steuer auf die Elfen, von dir oder Ergol?"

„Ergol." Hubert brachte fast keinen Ton heraus.

„Du verstehst, dass sie rückgängig gemacht werden muss? Am besten muss auch Ergol gleich abgesetzt werden. Du verstehst?" Mit den Augen auf ihre Lippen gebannt, nickte er nur. „Ohne meine Ratschläge und Visionen bist du aber aufgeschmissen. Du bemerkst Gefahren grundsätzlich zu spät oder ziehst falsche Schlüsse daraus." Hubert schüttelte schwach den Kopf, doch bald wurde es ein Kreisen, dann ein Nicken.

Erst danach fuhr Holda fort: „Du wirst alles in deiner Macht stehende tun, damit es den Elfen in unserem Land wieder gut geht! Dazu gehört auch das Aufforsten der Wälder und eine Belohnung für die Bauern, die Elfen auf ihrem Land wohnen lassen. Und du wirst mich auf Lebenszeit zur Beraterin und Seherin für die Regierung ernennen, sobald König Liam dich zum ersten Minister macht."

„Wie!? Wieso soll König Liam mich zum ersten Minister machen? Das ist doch Ergol. Ich bin doch nur sein Sekretär ..."

„Dem er aber alle Arbeiten überlässt, wie ich mich ja gestern überzeugen konnte. König Liam muss endlich eigene Minister ernennen und nicht die Mannschaft seines Vaters auf Lebenszeit behalten. Davon müssen wir beide ihn überzeugen!"

„Wie sollen ausgerechnet wir ihn davon überzeugen? Holda das funktioniert nicht. Nein, ganz sicher nicht!" Hubert schüttelte sich fest, als wolle er den Zauber der

Situation abschütteln. Da fiel sein Blick wieder auf den Berg Goldmünzen auf dem Tisch. Kling, rutschte die erste hinab, kling, kling, kling ... folgten immer mehr. Sollten sie doch die Möglichkeit haben? Zweifelnd blickte er wieder in Holdas runzelige, strahlende Miene.

„Zum einen können wir ihm Gold bieten für seine ganzen Wünsche und Spielereien – das hat schon eine enorme Überzeugungskraft. Oder etwa nicht? Und dann habe ich noch ein Geheimnis erfahren, das ihn restlos überzeugen wird. Wir sollten gleich aufbrechen, ihn zu besuchen."

„Welches Geheimnis!? Welches Geheimnis? Sag es mir bitte. Ich tue alles was du verlangst!"

So hatte Holda den stolzen Staatssekretär noch nie erlebt. Einen kurzen Moment war sie geneigt, ihn einfach schmoren zu lassen, für all den Ärger, den er ihr gebracht hatte. Dann horchte sie auf das Kichern eines kleinen Elfen, der sich in einem einsamen Lichtstrahl der Sonne drehte. Rache ist schön, aber etwas zu erreichen ist viel schöner.

„Weißt du davon, dass ein Schmied und Vetter des Königs einen Aufstand will? Die Schmiede wollen besseres Material für ihre Arbeit, denn so wie es ist, können sie nichts Richtiges schmieden. Sie sind stolze Leute und ein Vetter des Königs könnte ohne weiteres König werden."

„Bei allen Göttern! Du meinst wirklich?"

„Ja und wir beide werden das verhindern. Ist das klar? Komm wir brechen auf."

Benommen stand Hubert auf. Er konnte sich der Energie Holdas nicht mehr entziehen. Wenn er versuchte, seine alte spöttische Art ihr gegenüber hervorzukramen, leuchteten die goldenen Taler vor seinen Augen. Die Elfen jubelten und lachten wieder rings um ihn. Der Staatssekretär straffte seien hohe Gestalt und verneigte sich in alle Richtungen vor den Elfen. „Verzeiht mir bitte, dass ich euch so lange missachtet und verfolgt habe. Und doch gebt ihr mir euer wunderbares Gold. Danke! Ich werde alles in meiner Macht stehende tun, um euch ein angenehmes Leben in unserem Land zu ermöglichen.“

Innerhalb einer Stunde schrieb Hubert den Erlass, die Elfensteuer zu widerrufen. Noch am selben Tag eilten Holda und er zu Finn, und sie verhandelten die Änderung der Steuern und die Aufhebung des königlichen Metallmonopols. Zu was sonst hatte Hubert die Amtsgeschäfte in Händen. Finn war ein harter Verhandlungspartner und verlangte viele Zugeständnisse von Hubert. Am Schluss war er aber froh, dass er kein König werden musste, denn eigentlich war er nichts lieber als ein Schmied.

Als nächstes mussten Holda und Hubert zum König. Auf der Fahrt grübelten sie, wer als Minister in Frage kam und Hubert schrieb schöne Ernennungsurkunden. Sie wollten König Liam ja gute Vorschläge machen.

Hubert schmeichelte erst dem König, dann berichtete er von dem drohenden Unheil, der Ursache und der möglichen Abhilfe. Als König Liam immer noch gelangweilt an einem halben Fasan knabberte, brachte er den drohenden Aufstand der Schmiede vor. Das ließ den König immerhin aufhorchen und die Aussicht auf das Elfengold im Staatsschatz, brachte endlich seine uneingeschränkte Aufmerksamkeit. Hubert überreichte seinem Herrn zwei Säcke aus seinem neuen Goldreichtum und Holda hielt ihm die zwei Elfenmünzen vor die Nase. Ohne auch nur die fettigen Finger abzuwaschen, unterzeichnete König Liam alles was sie ihm vorlegten. Holda überreichte feierlich die zwei Elfentaler und schon war sie mit dem neuen ersten Minister wieder auf den Rückweg.

Am nächsten Tag ritten Herolde ins ganze Land und überall wurde die Ernennung der neuen Regierung gefeiert. Die alten Minister durften endlich auf ihren Stammsitzen den Ruhestand genießen und keiner fragte mehr nach ihnen. Die Menschen feierten die Rücknahme der vielen unsinnigen Steuern mit Tanz und Musik. Met und Bier flossen in Strömen. Jubel brach aus, als die Leute erfuhren, dass es für das Pflanzen und Pflegen der Wälder und für das Beherbergen von Elfen Prämien gab. Bisher mussten doch immer sie für den König zahlen, nie umgekehrt. Die Elfen waren bei jedem Fest Ehrengäste und durch sie hatte es sich bald herumgesprochen, dass ohne Holda kein Regierungswechsel stattgefunden hätte. Da wurden Lobgesänge und Tänze zu Holdas Ehren gesungen und aufgeführt, dass ihr die Ohren von den Glückwünschen und Danksagungen nur so klingen mussten. Sie aber kümmerte sich nicht darum, sondern war gleich mit einigen Elfen nach Westende gereist und überwachte dort die Aufforstungen und den Deichbau. Die Wirbelstürme und Sturmfluten waren zwar vorbei, doch auch den alten Schlendrian und die klüngelige Misswirtschaft wollte Holda besiegen, zumindest so lange sie oberste Beraterin des Königs und der Regierung war. So jung wie sie sich nun plötzlich fühlte, würde das auch noch eine Weile so bleiben.

Tempel der Reue

Manuela Forst

Imposant und anmutig erhob er sich in die blauen Gefilde des Himmels, der Phra Pathom Chedi, der höchste buddhistische Tempelbau seiner Art hier, im Herzen Thailands. Wie eine Glocke aus Marmor war er weit über die Stadt Nakhon Pathom zu sehen.

Die Tropensonne brannte auf mich nieder, als ich die breite Treppe zu dem Bauwerk emporstieg. Touristen liefen um mich her, auf und ab, vor und zurück, stetig auf der Suche nach dem besten Standort für ein gelungenes Urlaubsfotos. Wieder andere posierten vor der Sehenswürdigkeit. Ihr aufgeregtes Stimmengewirr summte in der Luft.

Nachdenklich beobachtete ich die rastlose Menge. Ich warf einen Blick empor zu der zentralen Buddhastatue, die beteiligungslos über die Leute hinwegblickte, und hinab auf die Räucherstäbchen und Lotusknospen, die ihr als Opfergabe dargebracht worden waren. Nur noch stumme Zeugen schienen sie mir zu sein, die letzten Reste religiöser Ehrfurcht. Das aufgeschreckte Geschnatter der Touristen rollte wie eine Brandung heran und riss jeden Ansatz stiller Besinnung fort, erstickte andächtiges Gedenken im Keim.

Ich wandte mich von dem bunten Treiben ab und schlenderte zwischen den Mauern des Tempels umher. Hier war es kühler und angenehm still. Die Stimmen der Menschen drangen nicht in den rückwärtigen Teil der Anlage vor.

Ein einzelner Fragipani-Baum stand da in einer Ecke, einsam und unbeachtet. Gedankenversunken betrachtete ich seine weißen Blüten. Man sah solch eine Pflanze selten in diesem Land. Denn ihr thailändischer Name bedeutet *Trauer*. Trauer ... ich fand, dass dies ein nur zu passender Name war, bedachte man die Geschichte, welche mit diesem Gebäude, dem Phra Pathom Chedi, verwoben war.

Mein Blick glitt hin zur Vorderfront des Tempels, wo sich die Touristen drängten. War sich irgendeiner von ihnen noch dieser Geschichte bewusst? Dieser alten Legende, die so weit zurück in die Vergangenheit reichte, zu einer Zeit vor Christi Geburt, als es das Reich des heutigen Thailands noch gar nicht gab.

Der betörende Duft der Blüten hüllte mich ein und meine Gedanken wurden fort getragen. Wie von fern hörte ich eine Stimme.

Dir wird ein Kind geboren werden, ein Sohn. Er wird heranwachsen zu einem stolzen Mann. Und du wirst durch seine Hand den Tod finden.

Die Worte klangen Unheil verkündend in seinem Geist nach. Unentwegt rasten sie durch seinen Kopf, ließen ihm keine Ruhe, verfolgten ihn bei Tag und im Schlafe.

Phya Kong stapfte gereizt die Korridore seines Palastes auf und ab. Wie sehr hatte er doch einen Erben herbeigesehnt, einen Thronfolger, der eines Tages die Regentschaft über das Königreich Suvamabhumi antreten würde. Nun hätte es sein Herz mit Freude und Stolz erfüllen müssen, dass seine Frau ihm einen Sohn geboren hatte. Sein Wunsch war in Erfüllung gegangen. Doch stattdessen empfand er eine nagende Unruhe, die ihn quälte und ihm Nacht für Nacht den Schlaf raubte. Denn nun hatte ihm der Astrologe offenbart, dass eben dieses Kind seinen Tod bringen würde. Sein Sohn würde heranwachsen, um ihn zu ermorden! Phya Kong hätte es wohl niemals zugegeben, doch der Gedanke machte ihm Angst, versetzte ihn geradezu in Panik. Zu gerne hätte er die Vorsehung der Sterne als belanglosen Hokuspokus abgetan. Doch er konnte die Warnung nicht ignorieren. Er hatte dem Astrologen sein Leben lang großen Respekt gezollt. Er vertraute seinen Weissagungen. Die Sterne logen nie. Niemals.

Phya Kong war klar, welche Konsequenzen er ziehen musste. Ja, die Lösung seines Problems war ganz offenkundig. Dennoch widerstrebte es ihm, sie durchzuführen. Lief er nicht Gefahr, mit einem Mord Buddhas Weg zu verlassen?

Doch die Alternative war inakzeptabel! Er hatte keine Wahl! Es ging um sein Leben! Instinktiv legte Phya Kong die Hand um das Heft seines Schwertes. Seine Schritte wurden merkbar entschlossener. Er eilte die Gänge entlang und stürmte in die Gemächer seiner Gemahlin. Die Frau sah ihn irritiert an, doch er würdigte sie keines Blickes, durchschritt den Raum und packte das Kind, das dort zum Schlaf gebettet lag. Phya Kong riss es aus den Decken hoch. Seine Klinge würde leicht die Brust des Neugeborenen durchdringen und das Schicksal hier und jetzt besiegeln. Dass seine Gemahlin Zeugin dieses Kindermordes werden würde, störte ihn nicht. Nein, er verschwendete keinen einzigen Gedanken an sie. Sie vermochte ohnehin nichts gegen ihn auszurichten.

Phya Kong packte sein Schwert fester. Irgendwo in seinem Inneren schrie eine leise Stimme vergebens auf – die Stimme seines Gewissens. Doch sie war zu schwach, um sich durch den Panzer aus Kaltblütigkeit und Furcht zu kämpfen, den Phya Kong um sein Herz aufgebaut hatte.

Da fiel sein Blick auf die Augen des Kindes, die ihn anstarrten, groß und voll Staunen – die Augen seines Sohnes. Es lag eine Reinheit und Unschuld in ihnen, welche die Worte des Astrologen Lügen strafte. Der Anblick erschütterte Phya Kongs seelischen Schutzwall und stahl ihm den Atem. Sollten diese dunklen Mandelaugen eines Mordes fähig sein? Natürlich! Phya Kong machte sich keine Illusionen, dass dieses Kind eines Tages nicht zu einem

Mann heranwachsen könnte, einem Mann, der nach der Herrschaft über Suvamabhumi trachtete und bereit war, dafür zu töten. Doch war er selbst, Phya Kong, dazu fähig? Konnte er das Leben aus diesen leuchtenden Kinderaugen rauben? Ein einziger Streich seiner Klinge würde sein Problem hier und jetzt aus der Welt schaffen. Nur eine kurze, ruckartige Bewegung.

Seine Hand glitt vom Griff des Schwertes. Er setzte das Kind in die Wiege ab. Wütend über seine eigene Schwäche wandte er sich ab und rannte aus dem Raum. Er floh vor diesen unschuldigen Kinderaugen. Doch die Bedrohung blieb präsent. Er musste einen Weg finden, das Leben seines Sohnes zu beenden, oder sein eigenes war verwirkt.

Der Reiter stürmte zwischen den Reisfeldern hindurch – ein Schatten in der Abenddämmerung. Die Hufe seines Pferdes peitschten die feuchten Gräser. Schlamm spritzte auf. Der Befehl seines Herrn trieb den Mann zur Eile.

Vor sich auf den Sattel hatte er ein Bündel gepackt. Saubere Tücher umschlangen einen zerbrechlichen Körper und verhüllten ihn vor neugierigen Blicken. Nur gelegentliche Bewegungen verrieten, dass sich Leben darin verbarg.

Der Reiter zügelte den Galopp seines Pferdes kaum, als er den Saum des Waldes erreichte, und preschte zwischen den Bäumen hindurch.

Phya Kong verharrte noch lange am Fenster seines Palastes und starrte zum nahen Waldrand, wo der Reiter seinem Blick entschwunden war. Seine Miene war eisern, eine Maske aus Kaltblütigkeit. Er war entschlossen, die Wehmut ausgesperrt zu lassen, die nach seinem Herzen griff, und er war gewillt, jegliche Gewissensbisse im Keim zu erstikken. Er spürte, dass er gegen sein Herz gehandelt hatte. Doch ein Mann, und vor allem ein Herrscher, musste oft schmerzhafte Entscheidungen treffen, zugunsten des langfristigen Wohles. Dies war die beste Lösung gewesen, sich des Kindes zu entledigen. Er würde seine Hände nicht mit Blut beflecken. Sollten die Tiger sich seines Problems annehmen. Morgen Früh wollte er im Tempel Lotusblüten als Opfer darbringen, um für seine Tat Buße zu tun. Seiner Gemahlin würde er erzählen, dass er für das Schicksal ihres verschwundenen Sohnes betete.

Doch wie oft sich Phya Kong auch ins Gedächtnis rief, dass die tödliche Bedrohung nun abgewandt war, er fühlte sich dennoch nicht erleichtert.

Yai Hom hielt inne und lauschte aufmerksam. Dunkelheit hatte sich über den Wald gelegt, sowie die Sonne zum westlichen Horizont niedergesunken war. Und mit ihr waren auch die geheimnisvollen Geräusche der Nacht gekommen. Irgendwo in den dichten Baumkronen sang ungesehen ein Vogel sein abendliches Klagelied. Von fern hallte das Gezeter einiger Affen. Doch über all dem erklang ein rhythmisches Schlagen, ein Geräusch, das fremd war in diesem Wald. Angestrengt starrte Yai Hom in die Dunkelheit. In dem Dickicht aus Farnkraut und Luftwurzeln konnte sie keine Bewegung ausmachen. Doch war sie sich sicher, dass ihre Ohren sie nicht betrogen. Sie kannte dieses Geräusch. Es war der Hufschlag eines Pferdes. Und es kam unmittelbar auf sie zu! Die Frau sah sich aufgeschreckt um, nach einem Ort suchend, wo sie sich verstecken konnte. Selbst wenn die Zeit schon lange verstrichen war, da sie ein attraktives Mädchen gewesen war, so fühlte sie sich doch nicht sicher, allein in den Abendstunden im Wald.

Sie verbarg sich unter Farnen, eng an den Boden geduckt, in dem Moment, als das Pferd durch das Dickicht brach. Verschreckt spähte Yai Hom zu dem Mann hoch, der erhobenen Hauptes im Sattel saß. Er war bewaffnet und seine Kleidung wies ihn als einen Soldat im Dienste des Königshauses aus.

Der Reiter zügelte sein Pferd und stieg ab. Hom wagte nicht zu atmen und beobachtete ihn angespannt. Er trug ein großes Bündel unterm Arm, das er zwischen den Wurzeln eines Baumes ablegte. Dann saß er wieder auf. Kurze Zeit später war der Schlag der Hufe und das Rascheln der Blätter verklungen.

Yai Hom beschloss, sich auf den Heimweg zu machen. Sie war nicht im Mindesten neugierig auf den Inhalt des Paketes dort auf dem Boden. Nein, es war besser, wenn sie sich nicht in die Angelegenheiten des Königshofes mischte. Es stand ihr nicht zu.

Schon wandte sie sich ab und bahnte sich ihren Weg durch Gestrüpp, als hinter ihr ein gequälter Schrei ertönte. Yai Hom schrak zusammen und fuhr herum. Entsetzt blickte sie zu dem Stoffbündel hinüber, von dem jetzt ein leises Raunzen ausging. Es klang wie das Weinen eines Kindes. Doch nein, das war nicht möglich. Eilig hastete Yai Hom zu dem Baum und kniete neben dem quengelnden Paket nieder. Sie zögerte, doch dann schlug sie die Tücher auseinander.

Große Augen blickten zu ihr auf. Yai Hom starrte das Kind entgeistert an. Behutsam hob sie es hoch und sah sich ratlos zwischen den Bäumen um. Der Reiter hatte das Neugeborene hier zurückgelassen. Er hatte es ausgesetzt, hier, mitten im Wald! Genauso gut hätte er es an die wilden Tiere verfüttern können. Das Kind hatte Glück gehabt, dass sie in der Nähe gewesen war, sonst hätte es den nächsten Morgen wohl nicht erlebt.

Doch was sollte sie nun mit ihm machen? Sie konnte kaum die Spur des Reiters zurückverfolgen, an seine Tür klopfen und ihm das Kind zurückgeben. Er hatte es ein Mal dem Tode überlassen, er würde es wieder tun. Auch hatte sie keine Ahnung, wo sich die Mutter des Kleinen aufhalten mochte. Wer sie wohl war? Saß sie jetzt vielleicht irgendwo und weinte herzzerreißend um ihr Kind? Oder war sie womöglich nicht mehr am Leben? Hatte sie gar selbst veranlasst, ihr Neugeborenes auszusetzen? Nein. Yai Hom verwarf den letzten Gedanken wieder. Sie konnte sich nicht vorstellen, dass eine Frau dazu im Stande sein könnte.

Seufzend stand sie auf. Das Kind auf ihrem Arm weinte, es schrie um seine Mutter. Es blieb Yai Hom für diesen Abend wohl nichts anderes zu tun, als es mit zu sich in ihre bescheidene Hütte zu nehmen. Vielleicht erfuhr sie morgen auf dem Markt von jemandem, der das Kind vermisste. Die Händler auf den Booten kannten stets den neuesten Tratsch. Bis sie seine Eltern gefunden hatte, würde sie sich selbst seiner annehmen.

Keiner der Händler hatte eine herzerweichende Geschichte über ein geraubtes Kleinkind zum Besten zu geben. So blieb der Junge in Yai Homs Obhut. Sie taufte ihn auf den Namen Pan und umsorgte ihn, als wäre er ihr leibliches Kind. Ihre kleine Holzhütte am Waldrand, wo sie seit vielen Jahren allein gelebt hatte, wurde sein neues zu Hause.

Monate verflossen zu Jahren und Pan wuchs zu einem kräftigen, jungen Mann heran.

Das hölzerne Boot glitt beinahe lautlos durch den Fluss. Es war klein, gerade breit genug für eine Person, um darin zu sitzen. Viele Jahre des Gebrauchs hatten unübersehbare Spuren an den bereits beängstigend morschen Holzlatten hinterlassen.

Das Boot lag tief im Wasser. Eine einzige Welle hätte es zum Kentern bringen können. Doch die Oberfläche des Flusses war spiegelglatt, eine Strömung kaum wahrnehmbar. Gelegentlich malten die Bewegungen eines Fisches kleine Kringel auf das trübe Wasser oder zog ein Waran seine Spur von einem Ufer zum anderen.

Pan stieß den Stock, der ihm zum Steuern des kleinen Bootes diente, in den schlammigen Boden, um seine gemächliche Fahrt voranzutreiben. Er genoss diese Zeit, die er für sich alleine war, bis er den Markt erreichte, wo er die Reissäcke, die er vor sich geladen hatte, eintauschen wollte. Hier, auf dem Fluss, nur umgeben von dem Geschnatter der Vögel, die im Dickicht der Uferböschung nisteten, konnte er die harte Arbeit und die Sorgen des Alltags, die sich fast immer um die Existenz erhaltenden Probleme der Kleinbauern drehten, vergessen. Hier konnte er seinen Träumen freien Lauf lassen. Sein Blick glitt über die verschlungenen Wurzeln der Bäume am Ufer und in die Schatten, die dahinter lagen. Welche Geheimnisse mochte der Wald vor ihm verbergen? Welche Gefahren lauerten hinter dieser scheinbaren Ruhe der Uferböschung? Und welche Abenteuer hielt das weite Land, das sich dahinter erstreckte, für ihn bereit?

Die wilde Natur des Urwaldes verlieh Pans Phantasie Flügel. Er sah sich gegen hungrige Tiger kämpfen und um die Gunst schöner Adelsmädchen werben. Gefährliche Abenteuer und ruhmreiche Schlachten! Pans Herz schlug schneller, wenn er nur daran dachte. Doch es waren nur Träume – die Träume eines armen Bauernsohns, der sein Leben auf den Reisfeldern und den Klongs verbrachte. Das Abenteuer des weiten Landes! Es war ein Traum und das würde es wohl auch bleiben.

„He! Pass doch auf!“

Pan schrak hoch. Völlig in Gedanken versunken, hatte er nicht gemerkt, dass er bereits den Wald verlassen hatte. Der Fluss mündete hier in ein Netzwerk aus Klongs. Die künstlich angelegten Wasserstraßen waren ein sicheres Zeichen, dass Pan sich in unmittelbarer Umgebung des Marktes befand. Aus einem der Seitenarme kam ein Händler in rascher Fahrt heran. Pan stemmte seinen Stock gegen den Grund des Flusses, um sein Boot abzubremsen, konnte jedoch eine Kollision nicht mehr verhindern. Wasser spritzte und Latten krachten beunruhigend, als das Boot des Händlers das seine an der Längsseite rammte. Der Mann fluchte und schimpfte. Doch Pan achtete kaum auf ihn und murmelte nur eine flüchtige Entschuldigung, während er verzweifelt versuchte, seine Ladung in Sicherheit zu bringen. Wasser war über den Rand seines Bootes geschwappt und ein Gutteil der Säcke war völlig durchnässt. Pan hievte, was er noch retten konnte, auf die Querlatte, die ihm als Sitzbank diente. Wütend auf sich selbst schalt er sich für seine Unachtsamkeit. Der Umstand, dass der Reis nun nass war, würde ihm sicherlich in eine schlechtere Verhandlungsposition bringen und den Preis drücken.

Als Pan seine Fahrt fortsetzte, war der fremde Händler bereits außer Sicht. Missmutig planschte Pan mit den nackten Füßen im Wasser, das fast knöcheltief in seinem Boot stand.

Von fern drangen aufgeregte Stimmen zu ihm herüber und verrieten ihm, dass er sich nahe seines Zieles befand. Der Wasserlauf wand sich hier in zahlreichen engen Schlaufen. Gelegentlich standen auf Stelzen errichtete Häuser am Ufer. Pan bog um eine weitere Kurve. Und unmittelbar fand er sich inmitten eines Massenauflaufs wieder. Unzählige Boote drängten sich auf dem Gewässer und binnen weniger Augenblicke hatten sie Pan eingekeilt.

Dies war einer der größten Schwimmenden Märkte im Umkreis von vielen Kilometern. Händler schrieen lautstark durcheinander und priesen ihre Waren an. Hier konnte man alles für das tägliche Leben erwerben. Frauen bereiteten einfache Gerichte in flachen Pfannen zu und verkauften sie, in Palmblätter gewickelt, von ihren Booten aus. Geflügel schnatterte eng zusammengepfercht in Holzkisten. Es gab Kokosnüsse und Zuckerrohr ebenso, wie Kleidung, Flechtkörbe und Eisennägel.

Pan entdeckte ein ihm vertrautes Gesicht und schob sein Boot durch die Menge vorwärts auf den Händler zu. Dieser rief einen freudigen Gruß, als er ihn erkannte.

„Hallo, Junge! Ich habe dich lange nicht mehr hier gesehen. Nun, was hast du mir anzubieten?“

Pan wies auf die Reissäcke, die er geladen hatte. „Nicht viel“, kommentierte er und Missmut spiegelte sich auf seiner Miene wider. Die Ernte war in dieser Saison kläglich ausgefallen. Der Monsunregen hatte länger angedauert, als erwartet, und die Erträge erheblich geschmälert.

Der Händler griff sich einen Sack von Pans Boot, öffnete die Verschnürung und begutachtete die Ware. „Junge, was soll ich damit? Das ist alles feucht!“ Er ließ den Reis durch die Finger rieseln und hielt Pan vorwurfsvoll die Hand hin, auf der die feuchten Körner haften blieben.

Pan senkte betroffen den Kopf. „Es gab einen kleinen Unfall“, erklärte er kleinlaut. Wie zur Bestätigung zerrte er am Stoff seiner Hose, welche das Wasser, das in dem Boot stand, immer mehr aufsaugte und mittlerweile unangenehm auf der Haut klebte.

Der Händler band den Sack zu und warf ihn zurück. „Komm wieder, wenn du die Ware getrocknet hast!“

„Aber ...“ Pan suchte fieberhaft nach Argumenten. Als er keine fand, sagte er: „Wir brauchen das Geld! Könnte ich vielleicht einen Vorschuss ... Ich komme verlässlich nächste Woche wieder ... mit dem trockenen Reis!“ Er sah den Händler flehend an, doch dieser schüttelte nur den Kopf.

„Wie stellst du dir das vor, Junge? Es ist ohnehin eine reine Gefälligkeit gegenüber der alten Hom, dass ich eure Ernte überhaupt annehme. Euer Reis ist von geringer Qualität.“

„Aber wir haben hart für diese Ernte gearbeitet“, protestierte Pan, obgleich er wusste, dass sein verzweifelter Versuch sinnlos war.

Der Händler zuckte nur die Schultern. Er mochte den Jungen und auch die alte Frau, bei der dieser lebte. Doch er hatte seine eigenen Sorgen.

Niedergeschlagen starrte Pan auf die Reissäcke vor sich. Sein Boot wurde abgedrängt, doch es kümmerte ihn nicht. Natürlich gab es zahlreiche andere Händler auf dem Markt, bei denen er sein Glück versuchen konnte, doch Pan wusste, dass seine Chancen schlecht standen. Letztendlich würde ihm nichts anderes übrig bleiben, als unverrichteter Dinge nach Hause zurück zu kehren. Der Reisanbau war die einzige Einkommensquelle für ihn und Yai Hom. Ihre Existenz hing vom Verkauf ihrer Ernte ab.

Das kleine Boot war den Wasserlauf hinab getrudelt und entfernte sich vom Zentrum des Marktes. Es schien, als wolle es Pan die Entscheidung abnehmen, und trieb von ganz alleine in Richtung Heimat.

„... Und dann hat er mir doch tatsächlich ins Gesicht gesagt, er wolle mich verlassen und mit diesem Fremden gehen. Da ist ihr König zu schwach und feige, dieses Land zu erobern, und nun schickt er seine Militärs, um unsere Söhne zu rauben!“

„Ich habe gehört, dass man als Soldat dort guten Sold erhält. Du solltest stolz auf deinen Sohn sein! Wenn er dir das erste Geld schickt, ist es dir egal, von welchem König es stammt.“

Pan horchte auf und wandte sich um. In einiger Entfernung saßen zwei Männer in ihren Booten, die sie aneinander festgemacht hatten, um nicht abgetrieben zu werden, und unterhielten sich hitzig.

„Wenn er so lange überlebt!“, rief der eine und rang aufgebracht die Arme. „Er hat doch überhaupt keine Erfahrung im Kampf.“

„Ich bin sicher, dass man ihn gut ausbilden wird", versuchte der andere zu beruhigen.

„Trotzdem haben diese Männer kein Recht, unsere Jungend zu rekrutieren!"

Pan mühte sich ab, sein Boot zum gegenüberliegenden Ufer zu lenken, um der Unterhaltung besser lauschen zu können. Doch er wurde immer wieder abgedrängt und es war ihm unmöglich, den Markt quer zum Hauptstrom der Händler zu passieren. Schließlich gab Pan auf und lenkte das Boot auf das offene Wasser außerhalb des Marktes und den Fluss entlang nach Hause. Doch die Unterhaltung der beiden Männer wollte ihm nicht aus dem Kopf gehen. Ein König suchte Soldaten? Ob er vielleicht jemanden wie ihn ...? Dann würde er kämpfen lernen, Abenteuer erleben und große Heldentaten vollbringen!

Zweifelnd blickte Pan auf die Reissäcke nieder. Nein, er konnte Yai Hom nicht im Stich lassen.

„Reiter aus Ratchaburi", kommentierte Yai Hom und trat hinter Pan, der an einen Baum gelehnt stand und fasziniert die Männer beobachtete. Sie trugen prächtige Gewänder, Uniformen, die sie als Diener des Herrschers von Ratchaburi auswiesen. An ihren Hüften waren lange Klingen in verzierten Scheiden befestigt. Ihre kräftigen Pferde sprengten über die Felder und setzten über kleinere Wasserläufe hinweg.

Pan stieß einen Seufzer aus und sah ihnen sehnsüchtig hinterher, als sie Richtung Westen davonjagten. Wie viele kühne Taten hatten diese Männer wohl begangen? Wie viele nervenaufreibende Schlachten hatten sie geschlagen? Sicherlich erzitterten die Menschen, wenn nur ihre Namen genannt wurden!

Er blickte an sich selbst herab. Seine Kleidung war staubig, zerlumpt und abgetragen. Sie verhüllte seinen schlanken, jedoch kräftigen Körper. Doch seine stählernen Muskeln waren nicht das Resultat jahrelangen Kampftrainings. Sie zeugten nicht von kriegerischen Taten, sondern von tagtäglicher harter Knochenarbeit auf schlammigen Feldern.

Pan sah auf und nach Westen. Er seufzte erneut. „Ich wünschte, ich könnte werden wie sie", sagte er bei sich. Er musste wieder an das Gespräch denken, das er auf dem Markt belauscht hatte. Für einen kurzen Augenblick sah er sich selbst auf einem stolzen Pferd über die Ebene reiten, ein Schwert an die Hüfte gegürtet. Doch nein, es war wohl nur der Traum eines einfachen Bauernjungen von Ruhm und Ehre.

Yai Hom betrachtete ihren Ziehsohn aufmerksam von der Seite. Sie wusste, dass sie ihn nicht ewig würde zurückhalten können. Zwar war sie heilfroh, ihn bei sich zu haben, da er Arbeiten erledigen konnte, zu denen sie in ihrem Alter nicht mehr fähig war. Doch sie hatte nicht das Recht, seine ungestüme Jugend hier in Ketten zu legen. Er war ja nicht einmal ihr eigener Sohn, auch wenn sie ihn wie einen solchen liebte.

„Wenn du ihnen folgen willst, kann ich dich nicht aufhalten", sagte sie leise.

Pan wandte sich zu ihr um, und das Leuchten in seinen Augen genügte ihr, um zu wissen, dass es Zeit war, sich zu verabschieden.

Pan wich Schritt um Schritt zurück, verzweifelt mit den Füßen Halt auf dem schlüpfrigen Boden suchend. Hektisch mühte er sich, die Angriffe seines Gegenübers abzuwehren, die Schläge zu parieren und auf Distanz zu halten. Doch er war dem Ansturm an Hieben, der auf ihn niederging, nicht annähernd gewachsen. Er war wie benommen von dem verwirrenden Tanz, den die Waffe seines Gegners vollführte, bevor sie erneut mit einer Geschwindigkeit auf ihn zusauste, der Pan nichts entgegenzusetzen hatte. Der dichte Regen, der unermüdlich vom Himmel prasselte, nahm ihm fast völlig die Sicht. Pan wusste, dass er so gut wie geschlagen war. In einer hilflosen Geste hob er die Arme schützend vors Gesicht. Die Waffe krachte gegen seine Hüfte. Pan taumelte rückwärts und stürzte in den Schlamm, wo er stöhnend liegen blieb. Jede einzelne Faser seines Körpers tat ihm weh. Wie von fern drangen die Worte seines Lehrers an sein Ohr. „Der Nächste!"

Es kostete Pan einiges an Selbstbeherrschung, seine gemarterten Muskeln unter seine Gewalt zu zwingen. Mit zusammengebissenen Zähnen schleppte er sich vom Übungsplatz. Er konnte die Blicke der übrigen Rekruten auf sich ruhen spüren. Doch keiner lachte oder wagte es, eine gehässige Bemerkung über sein Versagen zu verlieren. Sie alle wussten, dass die Waffe ihres Lehrers sie letztendlich ebenso erbarmungslos bedrängen würde.

Pan ließ sich erschöpft gegen einen abseits stehenden Baum sinken, dessen ausladende Krone ihm jedoch keinen Schutz vor dem in Sturmböen herabprasselnden Monsunregen bot. Er konnte nicht leugnen, dass er sich den Traum vom großen Krieger etwas anders vorgestellt hatte. Noch vor wenigen Wochen war er begierig auf seine ersten Trainingsstunden gewesen. Nun schmerzte sein Körper von unzähligen Prellungen, die er von den gnadenlosen Lektionen seines Lehrers davontrug. Dennoch blieb Pans Kampfwille ungebrochen. Er empfand seine Niederlagen nicht als Demütigung. Sie stachelten vielmehr seinen Ehrgeiz an. Nein, er würde nicht aufgeben. Er würde kämpfen und eines Tages würde er es sein, der seinen Lehrer auf die Knie zwang. Ja, eines Tages ...

Pan blickte gelangweilt auf die unförmige, graue Masse direkt vor ihm, die unentwegt von einer Seite zur anderen wankte, während er vorwärts trottete. Seit Kilometern genoss er diesen wenig abwechslungsreichen Ausblick auf das faltige Hinterteil des Elefanten. Wie fast drei Dutzend weiterer Soldaten marschierte Pan dem Dickhäuter hinterher, ohne genau zu wissen, warum und wohin. Er hatte gehört, dass sein König auf Drohungen eines burmesischen Widersachers reagieren wollte, eine Information, die ihm wenig Aufschluss über ihr Ziel gab. Dennoch war seine Aufgabe klar. Was auch immer sie erwartete, er selbst hatte den Mann da oben auf dem Elefanten, den König, mit seinem Leben zu schützen. Mehr hatte ihn als Soldat nicht zu interessieren. Pan spielte seine Rolle, obgleich er eigentlich ganz anderer Meinung war. Zu gerne hätte er mehr über Machtverhältnisse und territoriale Ansprüche gewusst. Denn waren es nicht erst das Wissen um die Gefahr und hochgesteckte Ziele, die ein Abenteuer zu einem solchen machten? Pan merkte, wie sich seine Gedanken wieder einmal in Träumereien verloren. Er malte sich allerlei mögliche und unmögliche Bedrohungen aus, die zu beiden Seiten von ihm gerade in diesem Moment lauern mochten. Den Elefantenhintern vor sich nahm er schon gar nicht mehr wahr ... bis er beinahe dagegen lief.

Die gesamte Gruppe hatte plötzlich angehalten. Pan sah sich irritiert um. Jeder um ihn her stand völlig regungslos, den Blick nach vorne gerichtet. Unbändige Neugierde packte Pan. Er musste erfahren, was da vor sich ging. Da er kein Aufsehen erregen wollte, indem er seine Position verließ, ging Pan in die Knie und spähte zwischen den baumstammdicken Beinen des Dickhäuters vor ihm hindurch. Was er sah, raubte ihm den Atem. Kaum fünfzig Meter vor ihm stand ein riesiger Weißer Elefant, reich mit kostbaren Stoffen geschmückt. Auf diesem erhabenen Tier, das nur eines Königs würdig war, thronte ein Mann unter einem goldenen Baldachin. Um ihn her scharte sich sein

Gefolge, in eindrucksvolle Gewänder gekleidet. Pan fragte sich, wie viele feindliche Soldaten allein aufgrund dieses Anblicks ihre Waffen niederlegten und sich dem burmesischen Herrscher vor die Füße warfen.

Der Weiße Elefant kam jetzt näher heran. Pan stand auf, da er sich seines unangemessenen Verhaltens bewusst wurde. Doch so war es ihm nicht möglich zu sehen, was da vor ihm geschah. Er konnte nur annehmen, dass die beiden Herrscher eine mit endlosen Höflichkeitsfloskeln geschmückte Unterredung halten würden, um im Grunde nur zu bekunden, dass keiner von beiden von seinem Standpunkt zu weichen gedachte. So etwas pflegte meist Stunden anzudauern und Pan stellte sich bereits auf einen ereignislosen Nachmittag ein, den er stehend hinter einem Elefantenhintern verbringen würde.

Umso überraschter war er daher, als er plötzlich das unverkennbare Klirren von Waffen unmittelbar vor ... nein, über sich hörte. Und ehe er sich noch bewusst wurde, was geschah, war um ihn her ein wilder Kampf ausgebrochen. Pan zog sein Schwert und blickte sich unschlüssig um. Er war sich nicht ganz sicher, was er tun sollte. Am liebsten hätte er sich einfach ins Getümmel geworfen. Doch es war seine vorrangige Pflicht, den König zu schützen, weshalb er es nicht wagte, seine Stellung aufzugeben.

Die Entscheidung wurde ihm abgenommen, als ein feindlicher Soldat direkt auf ihn zukam. Pan nahm eine kampfbereite Position ein und wartete angespannt den Angriff seines Gegners ab.

In dem Moment stieß der Elefant hinter ihm einen erschrocken Laut aus. Pan, der sich nicht umzudrehen und seinen Feind aus den Augen zu lassen wagte, konnte nur vermuten, dass das Tier verletzt worden war. Deutlich hörte er das aufgeregte Stampfen des Tieres hinter sich auf dem Boden. Die Erde schien zu vibrieren. Pan wurde sich der Gefahr in seinem Rücken erst bewusst, als es bereits zu spät war. Ein wuchtiger Schlag von hinten presste ihm mit einem Male die Luft aus den Lungen. Pan merkte noch, dass ihm der Boden plötzlich entgegen sprang. Dann war nur noch Dunkelheit.

Völlig benommen rollte sich Pan zur Seite. Was war nur geschehen? Wo war er? Er blinzelte angestrengt, bis sich die wirren Farbflecken vor seinen Augen zu einem scharfen Bild seiner Umgebung gewandelt hatten. Vor ihm zeichnete sich das blutüberströmte Gesicht eines seiner Kameraden ab. Leere Augen starrten ihn ausdruckslos an. Pan schrak hoch. Doch ein stechender Schmerz fuhr durch seinen Kopf und ließ ihn wieder zu Boden sacken. Einen langen Moment verharrte er zusammengekrümmt und versuchte sich die letzten Ereignisse, bevor er das Bewusstsein verloren hatte, wieder ins Gedächtnis zu rufen. Vorsichtig betastete er seinen Hinterkopf, wo Blut seine Haare verklebte.

Sich mühsam hochrappelnd blickte er sich um. Die Elefanten waren verschwunden – vermutlich durchgegangen. Reste ihres Schmuckes lagen verstreut zwischen unzähligen erschlagenen Männern. Pan wurde einer Bewegung gewahr und duckte sich nieder. Einige feindliche Soldaten untersuchten auf der gegenüberliegenden Seite des Schlachtfeldes die Leichen. Sie nicht aus den Augen lassend, robbte Pan langsam vorwärts. Ihm war etwas in einigen Metern vor ihm aufgefallen, ein mit Gold verzierter Seidenstoff, der sich weich fließend über eine Gestalt legte. Der König!

Pan arbeitete sich Zentimeter um Zentimeter weiter, inständig betend, dass die Soldaten nicht merkten, dass er noch am Leben war. Die Burmesen genossen den Ruf, nicht zimperlich mit ihren Feinden umzugehen. Endlich hatte er das Knäuel aus zerrissener Brokatseide erreicht und zerrte den Stoff zur Seite. Seine Augen wurden groß, als die Gestalt darunter ein ersticktes Stöhnen von sich gab. Der König blutete aus mehreren Wunden, doch er lebte ... noch.

Pan blickte sich suchend um. Ihm war klar, was er zu tun hatte. Er musste seinen König von hier fortschaffen. Das Gelände bot ihm über viele Meter keine Deckung, doch Pan blieb keine Wahl. Wenn die Soldaten herausfanden, dass der König ... Pan hielt es für das Beste, den Gedanken nicht zu Ende zu führen. Einen letzten, absichernden Blick auf seine Gegner werfend, hievte er den Körper des Königs umständlich auf seinen Rücken und stolperte geduckt vorwärts. Zum ersten Mal seit er seinen Dienst beim Militär begonnen hatte, lobpreiste er die harten Trainingsstunden seines Lehrers, die ihm abgesehen vom Kampf auch eines gelehrt hatten: Schmerzen zu ertragen. Sein Kopf dröhnte, und der Rücken tat ihm von der ungewohnten Last des Mannes auf seinen Schultern weh. Doch Pan setzte unermüdlich einen Fuß vor den anderen. Er konzentrierte sich einzig darauf, weiterzugehen, ignorierte seine Umgebung und seinen protestierenden Körper. Nur immer weiter ...

Pan war sich nicht sicher, ob Stunden oder nur Minuten vergangen waren, als ihm bewusst wurde, dass er das Schlachtfeld bereits weit hinter sich gelassen hatte. Doch er blieb nicht stehen. Irgendwo da vorne musste Ratchaburi liegen. Irgendwo hinter Kilometern von Wäldern und Reisfeldern.

Pans Hände waren kalt vor Nervosität, als er durch die Gänge des Palastes auf die Thronhalle zuschritt. Noch vor kurzem, als er ein einfacher Reisbauer gewesen war, hätte man ihm den Zutritt zu diesen Räumen verwehrt, ihn mit gezückten Waffen fortgescheucht. Nun folgte er einer persönlichen Einladung des Königs. Doch es war nicht so, dass sich Pan hier, in diesen prunkvollen Räumen, fehl am Platze fühlte. Nein, er sah sich vielmehr ein Stück näher dem Ziel seiner Träume.

Pan bemühte sich, nicht die reich verzierten Wände zu bewundern, als er die Thronhalle betrat, sondern hielt den Blick stur geradeaus gerichtet, heftete ihn direkt auf den König. Ihm fielen die deutlich sichtbaren Spuren des Gefechts auf, die den Herrscher zeichneten und die selbst dessen ausladende Gewänder nicht zu verdecken vermochten. Unzählige Schrammen und Kratzer verunzierten das königliche Gesicht. Pan trat vor den Thron und ließ sich dort auf die Knie fallen, die Stirn bis auf den Boden gesenkt.

„Erhebe dich, Soldat!“ Der König bedeutete ihm mit der Linken, aufzustehen. Sein rechter Arm lag in einer Schlinge.

Pan zögerte. Es gab strikte Verhaltensregeln bezüglich des Zusammentreffens mit dem Herrscher, die jeder Soldat auswendig zu können hatte.

Der König wurde ungeduldig. „Ich wünsche demjenigen ins Gesicht zu sehen, dem ich mein Leben verdanke. Nun steh auf!“

Erschrocken über den befehlenden Ton, sprang Pan auf die Füße.

„Wie ist dein Name?“ Interessiert beugte sich der König vor und musterte den Soldaten eingehend.

„Pan.“ Verärgert über das leichte Zittern in seiner Stimme straffte Pan seinen Körper. Es war nicht seine Art, Nervosität oder gar Furcht zuzugeben.

Der König schickte sich an, aufzustehen, verzog jedoch schmerzerfüllt das Gesicht und ließ sich wieder auf seinen Thron fallen. „Die Burmesen haben Ratchaburi mit ihren Handlungen beleidigt und verspottet. Diese Wilden müssen für ihre Frechheit zur Rechenschaft gezogen werden." Die Augen des Königs glühten vor Zorn. Pan hatte das Gefühl, der Blick seines Herrschers könne Löcher in seinen Körper brennen. Er stand völlig regungslos und wagte kaum zu atmen. „Ich fordere Rache für die Schande, die sie über mich gebracht haben. Ich fordere Vergeltung. Verstehst du das?" Pan zwang sich zu einem leichten Nicken. „Unglücklicherweise", fuhr der König fort und warf einen kurzen, beinahe wehmütigen Blick auf seinen verwundeten Schwertarm, „ist es mir nicht möglich, den Rachefeldzug selbst zu führen. Ich brauche einen würdigen Vertreter. Ich wünsche, dass du den Vergeltungsschlag gegen die Burmesen anführst. Ich gebe dir dreißig fähige Männer unter deinen Befehl."

Pan schnappte nach Luft. „Ich?", stieß er hervor. „Aber Herr, Ihr habt doch andere, fähigere als mich, Eure Generäle ..." Er brach ab. Genau genommen hatte er sich nichts sehnlicher gewünscht, als ein angesehener Kriegsführer zu werden. Doch nun, da ihm alle Tore offen standen, glaubte er, dass ihm solch eine Ehre nicht zustand. Er war doch nur ein einfacher Soldat, ein dahergelaufener Bauernsohn ...

Die Augen des Königs verengten sich zu Schlitzen. „Ratchaburi hat es dir zu verdanken, nicht in die Hände der Burmesen gefallen zu sein. Du hast deinen Wert bewiesen. Wagst du es, meine Entscheidung anzuzweifeln?"

Pan beeilte sich, den Kopf zu schütteln. „Nein. Ich werde Euch dienen so gut ich kann."

Der König nickte. „Geh jetzt!"

Der König von Ratchaburi musterte seinen jungen Feldherrn neugierig. Er konnte nicht abstreiten, dass er gegenüber dem jungen Mann, der einer seiner beherztesten Krieger war, Sympathie empfand. Doch der Vorschlag, den dieser ihm nun unterbreitete, war doch zu kühn.

„Was könnte ich aus diesem Krieg mit Suvamabhumi gewinnen?“, fragte der König, wobei er sein Interesse nicht völlig zu verbergen vermochte.

Pan blickte seinem Herrscher selbstsicher ins Gesicht und antwortete mit einer Gegenfrage: „Warum solltet Ihr Euch weiterhin vor einem Lehnsherrn verneigen und Phya Kongs unangemessenen Forderungen gehorchen? Ratchaburi ist mächtig genug, um ein unabhängiges Königreich zu sein.“ Als sein Befehlsgeber zögerte, fügte er hinzu: „Habe ich Euch jemals enttäuscht?“

Nein, das hatte er in der Tat nicht, und der König war geneigt zu glauben, dass Pan auch dieses Mal seine Schar zum Sieg führen würde. Doch er hatte Bedenken ganz anderer Art. „Und wenn es dir gelingen sollte, Suvamabhumis König zu stürzen, würdest du dich selbst auf seinen Thron setzen? Würdest du den Namen Phya Pan beanspruchen?“ Es war weniger eine Frage als eine Feststellung gewesen und ein „Nein“ hätte ihn wahrlich verwundert. Er kannte den Ehrgeiz des jungen Mannes, der diesen in seiner Laufbahn beim Militär von Ratchaburi weit nach oben gebracht hatte. Der König war der Meinung, dass es ein Segen war, diesen Mann auf seiner Seite zu haben, doch es konnte sich zu einem Fluch entwickeln, sollte er sein Widersacher werden.

„Wäre es nicht ein Vorteil für Euch, das benachbarte Reich als einen Verbündeten zu wissen?“, fragte Pan und ein siegessicheres Lächeln umspielte seine Lippen.

Die Kriegerschar aus Ratchaburi brachte Leid und Tod nach Suvamabhumi. Doch die Verteidiger hielten sich tapfer und sie waren den Angreifern zahlenmäßig überlegen. Pan wusste, dass seine Männer die Schlacht kaum für sich entscheiden konnten. Auch wenn sie dem Feind erhebliche Verluste beibrachten, würden sie letztendlich doch geschlagen werden. Doch Pan hatte von Anfang an nur einen Weg gesehen, den Sieg davonzutragen.

Darauf erpicht, seinen kühnen Plan umzusetzen, suchte er aufmerksam die Umgebung ab. Der Kampf, der um ihn her wütete, kümmerte ihn nicht. Er hatte nur Interesse an einem einzigen Mann – ein einziger Mann, der zwischen ihm und dem Thron stand. Und da erspähte er ihn. Am Rande des Schlachtfeldes stand der König von Suvamabhumi und beobachtete mit besorgter Miene das Geschehen.

Pan eilte zielstrebig auf ihn zu und baute sich vor ihm auf. „Nun stehen wir uns endlich gegenüber, Phya Kong!" Er richtete sein Schwert dem König entgegen. „Betrachte diesen Tag als den letzten deiner Herrschaft!"

Phya Kong reagierte auf die Worte mit Gelassenheit. Er war nicht gewillt, seinem Herausforderer die Genugtuung zu gönnen, Furcht zu zeigen. Interessiert musterte er sein Gegenüber. Er schien noch sehr jung für den militärischen Rang, den er genoss. Seine Haltung war herablassend und unterstrich seine scheinbare Furchtlosigkeit, doch sein Blick war wach und aufmerksam. Der Soldat war eindeutig ein Krieger aus Ratchaburi und Phya Kong hätte schwören können, ihm niemals zuvor begegnet zu sein. Und trotzdem ... Es war etwas in den Augen des Mannes, das ihm vertraut erschien. Es war dieses unbestimmte Gefühl, dass sie sich völlig fremd waren und dennoch schon seit Ewigkeiten kannten. Phya Kong verdrängte den Gedanken, der ihn zu verunsichern drohte, und besann sich auf seine Situation. Dieser Krieger hatte eine klare Herausforderung gegen ihn gesprochen. Seine Ehre verlangte, dass Phya Kong ihm im Duell entgegentrat.

„So willst du mich also bezwingen, um meinen Platz einzunehmen und mein Reich, meinen Palast und meine Frau dein Eigen zu nennen?" Phya Kong schien es unwahrscheinlich, dass seinem Kontrahenten dies gelingen könnte. Die Sterne standen für ihn. Die Weissagungen hätten ihn gewarnt, müsste er mit Gefahr von außerhalb rechnen. Seine Soldaten schlugen sich gut und von diesem hitzköpfigen Jungen hier hatte er wohl kaum etwas zu befürchten.

Pan funkelte ihn drohend an. „Ich werde dein Blut auf diesem Feld vergießen und mir nehmen, was dem Sieger rechtmäßig zusteht."

Phya Kong zog mit einer herausfordernden Ruhe sein Schwert. „Dann lass uns sehen, ob deine Klinge zu ebenso großen Taten fähig ist, wie deine Zunge behauptet!" Er wusste, dass er diesen Kampf nicht umgehen konnte, so hielt er es für das Beste, seinen Gegner aus der Reserve zu locken. Er hoffte, sich die Überheblichkeit des jungen Mannes zu Nutze machen zu können.

Und Pan griff ungestüm an.

Phya Kong hatte den Vorteil jahrelanger Kampferfahrung auf seiner Seite und sein Schwert fand jede Lücke in der nachlässigen Deckung seines Gegners. Doch die harmlosen Schnittwunden, die Pan einstecken musste, beeinträchtigten ihn kaum. Und während er immer wieder unermüdlich angriff, verließ Phya Kong, der um viele Jahre älter war, bald die Kraft. Die Schläge des Königs kamen immer langsamer und seine Parade war weniger treffsicher platziert. Sein Schwertarm begann unter der Anstrengung der kräftigen Hiebe seines Kontrahenten zu schmerzen.

Phya Kongs Zuversicht, als Sieger aus diesem Duell hervorzutreten, schwand von Minute zu Minute, die der Kampf andauerte. Scheinbar hatte er seinen Gegner unterschätzt. Sein Leben war in ernsthafter Gefahr. Angst stieg in ihm hoch. Sollte ihn das Schicksal dermaßen betrogen haben und er seine Herrschaft und sein Leben an diesen dahergelaufenen Jungen aus Ratchaburi verlieren? Nein, das konnte ... durfte nicht sein!

Der junge Krieger bedrängte ihn immer mehr. Angstschweiß trat auf Phya Kongs Stirn. Er begriff, dass die Zeit gegen ihn arbeitete. Deshalb startete er einen Versuch, der reiner Verzweiflung entsprang, sammelte seine letzten Kraftreserven und griff an. Doch Pan blockte ihn ab und schlug ihm das Schwert aus der Hand.

Phya Kong wusste, dass sein Schicksal besiegelt war, noch ehe er den kalten Stahl der Klinge brennend zwischen den Rippen spürte. Gewillt, mit der Würde eines Königs zu sterben, hielt er seinen Blick fest auf den seines Feindes gerichtet. Der Schmerz in seinem Brustkorb hinderte ihn am Atmen und Blut quoll in seinen Mund. Sein Gesicht verzerrte sich unter den Todesqualen, doch Phya Kong hielt sich aufrecht. Angst und Verzweiflung schienen mit einem Male Empfindungen aus einer anderen Welt zu sein, einer Welt, der er nicht länger angehörte. Er heftete seine ganze Willenskraft auf die Augen seines Gegners – diese dunklen Mandelaugen. Und plötzlich, an der Schwelle zwischen Leben und Tod, sah er die Antwort ganz deutlich. Mit einem Schlag wurde ihm klar, wo er diese Augen schon einmal gesehen hatte. Es waren die Augen seines Sohnes, des verstoßenen Kindes, das er dem Tode überlassen hatte. Die Prophezeiung des Astrologen hatte sich erfüllt. Wie sehr hatte sich Phya Kong gegen sein Schicksal aufzulehnen versucht, nur um letztendlich dennoch durch die Hand seines eigenen Fleisch und Blutes zu sterben. Er hatte die schwerste Entscheidung seines Lebens getroffen und auf alles verzichtet, was einen Vater mit Freude und Stolz erfüllt hätte. Er hatte seinen eigenen Sohn zum Tode verurteilt. Doch trotz allem hatte er seinem Schicksal nicht entrinnen können. Die Prophezeiung hatte sich erfüllt. War das Streben des Einzelnen dermaßen sinnlos? Waren all seine Sorgen, Bemühungen und Verzichte umsonst gewesen?

Phya Kong merkte nicht, wie er vornüber auf die Knie sackte.

Nein, nicht trotz seiner Entscheidung hatte sich das Schicksal erfüllt, sondern gerade wegen dieser. War es möglich, dass seine Reaktion auf die Wahrsagung sein Leben auf eine Bahn gebracht hatte, die für die Erfüllung notwendig war? Er hatte Buddhas Weg verlassen und es hatte ihm Verderben gebracht. Er hatte den Weg seines Herzens verlassen und es hatte ihn ins Unglück gestürzt. Er hätte eine glückliche Zeit mit einem Sohn verbringen und für seine Erziehung sorgen können. Vielleicht würden sie sich jetzt nicht als Feinde gegenüberstehen, hätte er gegen das gehandelt, was die Weissagung von ihm verlangt hatte. Doch selbst wenn es tatsächlich keinen Weg für den Menschen gab, das Schicksal zu beeinflussen, so würde er jetzt zumindest mit der Erinnerung an viele glückliche Jahre als Vater und mit einem reinen Gewissen sterben.

Phya Kong sah ein letztes Mal auf, mit einem Blick, der seinen Sohn um Verzeihung bat – sein eigenes Herz um Verzeihung bat. Dann wurde es dunkel vor seinen Augen.

Eine einzelne Blüte löste sich von den Ästen des Frangipani-Baumes und trudelte nieder zur Erde. Gedankenversunken blickte ich ihr hinterdrein. Blüte der Trauer. Vergängliche Schönheit.

„Entschuldigung, könnten Sie ein Foto von uns machen?“

Irritiert sah ich auf. Da stand ein Pärchen vor mir und hielt mir auffordernd einen Fotoapparat hin. Ich nickte geistesabwesend. Durch den Sucher beobachtete ich, wie sie emsig in Pose vor dem Chedi rückten und mich schließlich fröhlich angrinsten. „Klick.“ Während ich die Kamera zurückgab, überlegte ich, welch peppiger Spruch sich wohl in ihr Fotoalbum unter dieses Bild verirren würde, um eine Erinnerung an einen sorgenfreien Urlaubstag zu werden. So, wie dieser Tempel eine Erinnerung war – eine Erinnerung an die Reue eines Mannes.

Denn die Siegesfreude des neuen Herrschers von Suvamabhumi war vergänglich gewesen. Als Phya Pan und rechtmäßiger König beanspruchte er Kongs Land, seinen Palast und seine Gemahlin. Doch von ihr sollte er erfahren, dass sie in Wahrheit seine leibliche Mutter war und er mit Kong seinen eigenen Vater ermordet hatte. Phya Pan ließ daraufhin seine gesamte Enttäuschung und Frustration an seiner Ziehmutter Yai Hom aus und tötete sie. Doch die Rache erleichterte seine Seele nicht. Die Mönche beauftragten ihn, zur Sühne einen Tempel zu errichten, so hoch wie der Flug eines Vogels.

Das Reich Suvamabhumi war heute nicht mehr als verblasste Erinnerung, Pans Taten waren zu einer Legende geworden, die der Vergessenheit Einheim fiel. Doch der Phra Pathom Chedi überdauerte die Zeit – ein stummer Zeuge tiefer Reue.

Null Bock!

Silke Hameister

Das wohl größte Wunder dieser Welt beginnt. Doch sie bemerkt nichts. Für sie ist es ein Tag wie jeder andere. Aber in ihrem Körper geschieht das Unbegreifliche:

Neues Leben entsteht!

Darf ich mich vorstellen? Ich bin Frieda. Zukünftige Nobelpreisträgerin. Na ja, potentiell zukünftige Nobelpreisträgerin. Denn genau genommen bin ich zwar schon Frieda, aber erst eine 5 mm große Frieda. Und von dem Nobelpreis ist auch noch keine Spur. Aber das ist kein Problem für mich! Ich bin gerade mal 6 Wochen alt und habe eben erst als vollwertig befruchtete Eizelle meine Wanderung zur Gebärmutter angetreten.

Es ist stockfinster um mich herum. Nicht dass ich mich beschweren will. Nein! Das habe ich mir ja so ausgesucht.

„Okay“, hatte ich leichtsinniger Weise umherposaunt, „Ich möchte die Chance ergreifen, geboren zu werden!“, und flupp, ehe ich mich versah, war es auch schon passiert: Ich fand mich in einem Bauch wieder.

Nun habe ich mich erst einmal an der Gebärmutterschleimhaut festgekrallt. Ich bin ständiger Zellteilung ausgesetzt! – Dazu noch dieser Dunkelheit ...

Ihr könnt mir glauben, man hat es als Fötus nicht leicht und zudem hier drinnen viel Zeit zum Grübeln.

Das geballte Wissen um die Zustände auf der Erde flattert unaufhörlich in mein Gehirn. Diese Fähigkeit nennt man Kollektives Gedächtnis oder auch vorgeburtlich komplexes Erinnerungsvermögen. Die Anlage hat jeder Fötus im Mutterleib. Sie verliert sich erst mit dem Austreten aus dem

Geburtskanal und dem Durchtrennen der Nabelschnur. Unser erster Schrei ist nichts weiter als der verbalisierte Ausdruck des Schocks darüber, von einer Sekunde auf die andere vom kollektiven Gedächtnis ausgeschlossen zu werden. Alles muss man noch einmal erlernen, obwohl man es eigentlich schon seit Ewigkeiten weiß. Die Bezeichnung Geburtstrauma trifft den Nagel auf den Kopf!

Hat man dieses erst überstanden, glaubt man felsenfest daran, noch niemals zuvor auf der Welt gewesen zu sein. Es ist alles futsch!

Aber noch weiß ich es besser, denn ich bin Frieda, Nobelpreisträgerin in spe!

Vorhin, als sich meine Gehirnzellen mal wieder fleißig teilten, erfuhr ich zufällig, wo ich zur Welt kommen sollte:

Deutschland – Ostdeutschland – sehr, sehr weit östlich in Ostdeutschland.

„Ja, na Hurra!“, dachte ich mir spontan, „Was will ein Mensch mehr?“

Ich frage mich, ob ich nicht doch besser da geblieben wäre, wo ich herkam.

Wenigstens hätte ich meine Eltern alleine wählen sollen, statt mich auf ein Russisches Roulette einzulassen.

Das ganze Desaster fängt doch schon vor der Geburt an.

Die erste Frage, die ich mir stelle, ist, ob meine Mutter gesetzlich oder privat versichert ist.

Ja, auch in punkto Gesundheit greift in dieser Welt das System vom Geben und Nehmen. – Ich nehme dein Geld und gebe dir dafür medizinische Versorgung. So einfach ist das.

Gottlob haben wir noch die gesetzliche Krankenversicherung!

Wenn bei uns niemand per Gesetz dazu verdonnert wird, sich einer Zwangs-KV zu unterwerfen, bricht das Chaos aus:

Das Heer der Gammelzahnträger würde sich mit den, an bereits ausgerottet geglaubten Krankheiten, Leidenden ein zahlenmäßiges Duell auf Messers Schneide liefern. Einer nach dem anderen würde über die Klinge hopsen! Das Bestattungswesen wäre der Wirtschaftszweig mit dem meisten Umsatzzuwachs!

Und warum wäre das so?

Weil sich jeder sagen würde: „Ach, was soll die KV? Ich bin gesund und jung! Da spar ich mir die hunderte von Euronen im Monat!"

Womöglich geht auch alles eine Zeit lang gut. Aber wehe jemand hat einen Unfall oder eine OP! Schaffen wir die gesetzliche KV ab, dann kriegen die es glatt fertig und lassen einen am Straßenrand liegen. Ich meine, solch ein Krankenhaus ist doch auch nur ein Wirtschaftsunternehmen wie jedes andere. Warum sollten die denn auch alles sponsern?

Ich sehe sie schon genau vor mir – die Neuerungen im Gesundheits-System:

Es wird neben der elektronisch gesicherten Tür zur Notaufnahme ein Kartenlesegerät installiert: „American-Express or KV-Royal-Mastercard ONLY!", wird da stehen. Und wenn du die Schnelle-Medizinische-Hilfe zu dir rufen willst, musst du zuerst deine Kreditkartennummer angeben. Sonst stellt man dich erst gar nicht durch. – Da ist der natürlich gut dran, dessen Atem noch dafür reicht.

Aber das ist Zukunftsmusik. Bis jetzt!

Ich Frieda, bin mir einigermaßen sicher, dass meine Mutter zu dem Kreis der wenigen Personen gehört, denen in unserem Land die freie Wahl zwischen gesetzlicher, privater oder gar keiner Krankenversicherung gelassen wurde, denn ich vernahm neulich ein mir verdächtig erscheinendes Krachen und Rascheln, welches ich unter Zuhilfenahme meines kollektiven Bewusstseins sofort dem Kniefall des einen roten Teppich ausrollenden medizinisch-technischen Vorstubenpersonals zuordnen konnte. Es verstummte relativ schnell und wurde durch Behandlungsübereifer abgelöst.

Das waren eindeutige Zeichen. – Sie ist privat versichert!

Oh, ich kann mir schon vorstellen, was auf mich zukommt:

Alle naselang wird mich der Gynäkologe ihres Vertrauens mit dem Ultraschallgerät wecken. Ich werde dann lächeln müssen. Meine Mutter wird glücklich sein, wenn ich auf den hunderten von vorgeburtlichen Schnappschüssen gut aussehe.

Wenn ich diesen Prozedurmarathon hinter mir habe, bin ich ein nervliches Wrack. Ich werde bereits eine neunmonatige Kariere als Fotomodell hinter mir haben, bevor ich zum ersten Mal die Sonne sehe!

Es braucht sich wirklich keiner zu wundern, dass alle Babys blaue Augen haben. Die Iris ist ein empfindsames Pflänzchen. Im gynäkologischen Blitzlichtgewitter kann die gar nicht ausreifen!

Aber ob arm, ob reich, ob gesetzliche, private oder gar keine KV, wir alle sind irgendwie auf diese Welt gepresst, gesogen, gezogen, geschnitten, entnommen oder auf anderweitig einfallsreiche Weise befördert werden.

Es wird niedergekommen auf Baby-komm-raus. Drinnen geblieben ist noch keiner!

Trotzdem kommen bei mir immer mehr Zweifel auf, ob ich überhaupt geboren werden will. – Noch bin ich 5 mm groß. Das ist nicht viel. Wenn ich will, kann ich mich noch in Nichts zurückbilden, einfach sang- und klanglos den Rückzug antreten, bevor jemand von meiner Existenz Kenntnis nimmt.

Hops, da teilen sich doch schon wieder meine Zellen.

Was passiert wohl, wenn meine Mutter wieder arbeiten will, aber keinen Kindergarten für mich findet?

Na, das würde mir noch fehlen, eine Mutter, die keiner Beschäftigung nachgeht und ihren eigenen Anspruch auf Sandkastendeckelhöhe herab fährt!

Nicht dass sie etwa meinetwegen warten muss, bis ich groß genug bin und in die Schule komme. Na, dann kann es für mich ja erst richtig bunt werden!

Andauernd basteln die Politiker der einzelnen Bundesländer an ihren eigenen Bildungsgesetzen herum. An ihren eigenen Lehrplänen, ihren eigenen Richtlinien, ihren eigenen Unterrichtsschwerpunkten.

He, da freut sich doch ein jeder Schüler, der in ein anderes Bundesland ziehen muss, schon jetzt auf den problemlosen Wiedereinstieg. Kinder sind total flexibel!

Ich muss das wissen, denn ich habe die Informationen aus erster Hand. Sie schwirren losgelöst von Zeit und Raum geradewegs in mein kleines Gehirn.

Es wird darüber debattiert, ob sie bis zur vierten Klasse gemeinsam zur Grundschule gehen sollten und dann, der Schullaufbahnempfehlung möglichst Folge leistend, entweder zur Haupt-, Realschule oder zum Gymnasium oder doch besser 6 oder 8 oder 9 Jahre gemeinsam zur Schule und dann erst die Trennung nach dem individuellen Leistungsvermögen? 12 oder doch besser 13 Jahre bis zum Abitur? Und vielleicht auch eine Anti-Möchtegern-Zwischenprüfung in der 10. Klasse der gymnasialen Oberstufe?

Ob Haupt- oder Realschule, im Prinzip ist das sowieso egal.

Wenn die Politiker erst einmal das Gesetz zur Vorschulpflicht ab dem 4. Lebensjahr durchgesetzt haben, dann können die Kinder sogar schon ihre Konfirmation gemeinsam in der Schlange vorm Arbeitsamt feiern!

Das soll nicht heißen, dass es den Gymnasiasten zwingend anders ergehen muss!

Ich denke da nur an die geplanten Studiengebühren. Was ist, wenn meine Eltern es sich trotz Bafög nicht leisten können, mich studieren zu lassen? Wie bitte soll ich, Frieda, da Nobelpreisträgerin werden?

Glaubt mir, ich weiß es ganz genau. Die Hirne meiner Mitmenschen verrieten es mir, bevor ich es mir in der Gebärmutter so richtig bequem machen konnte.

Ich müsste unter Umständen Müllverwertungstransportg ehilfsassistentin werden. Und das, wo ich doch das genetische Potential zum Nobelpreisträger habe!

Oder ich hoffe auf eine glückliche Fügung des Schicksals.

Die dritte Variante wäre noch, dass ich mich dem Selbigen ergebe, und mich in das Heer der 5,2 Millionen Arbeitslosen einreihe.

Na, das wird lustig. Meine freien Stunden verbringe ich dann im Gruselkabinett des Arbeitsamtslabyrinths bei der Zwangsbetrachtung entarteter Kunst.

Man präsentiert dort dem Volke die Möglichkeiten moderner Bildbearbeitung anhand von Portraitdrucken unseres Bundeskanzlers und seiner Führungsriege. Wobei das seiner weiblichen Kontrahentin als ganz besonders mühevolle Retusche hervorzuheben ist.

Ach, was sollen sie auch tun? Da würde ich auch Tränensäcke bekommen und gucken wie ein Kugelfisch vorm Herzinfarkt, wenn ich mir immer neue Pseudo-Strategien zur Bekämpfung der Arbeitslosigkeit aushecken sollte.

Aus inoffizieller Quelle weiß ich, dass gerade heute, also genau in diesem Moment, wo ich mich so im Bauch von meiner kleinen Fruchthülle umgeben zellteile, 6,5 Millionen Menschen drastische Probleme am Arbeitsmarkt haben. Die Dunkelziffer liegt sogar bei 8 Millionen ohne regelmäßige Beschäftigung. – Acht Millionen!

Da habe ich wirklich keine Lust darauf, die 8 Millionen und erste zu sein, der Regierung und Union bei der Besteigung ihres Reformgipfels zuschauen muss.

Ich sehe es auch so schon vor mir:

Da krauchen sie. Der Schweiß trieft, die Sonne sticht. Man droht sich gegenseitig. Ein Jeder beschließt, dem anderen bei der erst besten Gelegenheit ein Bein zu stellen. Alle wollen als Reinholdt-Politik-Messner in die Analen eingehen.

Na, ich applaudiere jetzt schon mal.

Wer hätte das gedacht? Sie stehen vor dem Verhungern. Sie können nicht klar denken. Und Saatkörner haben sie schon gar keine. Aber sie wollen jetzt wirklich anfangen, den Acker auf dem kahlen Berg bestellen. –

Da zeigt ihnen jeder Bauer einen Vogel!

Auf den Höhen des politischen Olymps ist die Sauerstoffkonzentration definitiv zu gering. – Als Nobelpreisträgerin in spe muss ich das wissen. – Neueste Messungen haben ergeben, dass der Stickstoffgehalt dort in gefährlicher Dosierung vorliegt! Gerade Stickstoff ist mordsgefährlich! Der erstickt den Stoff, der für Denkprozesse notwendig ist, wenn man nicht rechtzeitig die Kurve kriegt.

Es wundert mich vor diesem Hintergrund gar nicht, dass die Politikergehirne anders funktionieren MÜSSEN, als die der gemeinen Bevölkerung.

Ja, das erklärt auch viele ihrer Ideen. Also Respekt! Da muss man erst einmal drauf kommen, neu aus dem Boden gestampfte wirtschaftspolitische Erleichterungen, durch ein Konzept der Gegenfinanzierung überkompensieren zu wollen! Frei nach dem Motto: „Wenn ich dir in Zukunft nicht mehr als drei Eier wegnehme, statt wie bisher vier, dann kannst du mir glauben, dass ich mir das fehlende Ei zuzüglich eines weiteren von dem hole, von dem ich bis dato noch gar keines haben wollte."

Ach ja, Politiker sind auch nur ganz, ganz arme Menschen. Die opfern sich für uns auf! Vielleicht täte ihnen ein wenig frische Arbeiterluft gut?

Mein Gott, Bock habe ich wirklich nicht darauf.

Vielleicht wird es ja irgendwann wieder besser?

Vielleicht aber auch nicht.

Vielleicht wird es sogar noch schlimmer?

Was soll ich nur tun? Soll ich mich einfach so, blauäugig auf die Welt pressen lassen?

Die Wirtschaft baut immer mehr Arbeitsplätze ab. Die gleiche Produktivität wird mit weniger Menschen auch erreicht. Die Inlandskonsumenten werden unwichtiger. Ihr könnt mir glauben, ich muss es wissen, immerhin habe ich den ultimativen Durchblick.

Wie steht es um die Kontakte zur Weltwirtschaft? –

Oh, ich weiß von der Idee, potentielle Investoren anderer Nationen zu allererst für den deutschen Bürokratismus begeistern zu wollen! Immerhin ist das ein Teil unseres Brauchtums. Mit Sicherheit geraten sie, mit ihren Plänen und Konzepten in der Hand, genau so wie wir Deutschen in orgastisches Verzücken, wenn sie Formularberge ausfüllen, und vor Amtsstuben um Anhörung betteln dürfen.

In dem behördlichen Rundschreiben E-2 Anlage 1005 hieß es dazu:

Man wollte:

- erstens den Beweis antreten, dass es nicht nur den wahrhaftig deutschesten der Deutschen im Blute läge, bei dieser Handlung: „Oh ja, mehr, mehr ... !“, zu brüllen und
- zweitens ihr Durchhaltevermögen testen. Nicht jeder soll sich hier einfach so ansiedeln und womöglich auch noch Arbeitsplätze schaffen.

Ich wünsche viel Erfolg!

Mit was sich mein Gehirnchen schon umher plagen muss! – Aber ich will mich plagen, denn ich muss mich jetzt bald entscheiden.

Ach ja, die Demokratie! – Pah! Was ist schon von der „Volksherrschaft“ übrig?

Der Pöbel hat davon doch sowieso keine Ahnung und wer keine Ahnung hat, der braucht keine Stimme und wer keine Stimme hat, der kann lange nach Gleichheit und Freiheit schreien, Transparente bemalen und damit die Straße auf und ab laufen!

Also, ich komme mir jetzt schon vor, wie ein mit verbundenem Mund lebendig im Sarg Liegender. He, das kann ich nachfühlen! – Mein kollektives Gedächtnis! –

Da kannst du noch so viel am Sargdeckel kratzen und strampeln. Das bringt gar nichts! Kommunen, Bundesländer und Bundesregierung stehen einen halben Meter über dir und üben sich im Wehgesang. Mit dem Gewicht ihrer Irrtümer beladen, wird auch noch der letzte Lebenssaft aus dem zu ihren Füßen liegenden Bürger gepresst. Und was ist, wenn da nichts mehr kommt?

Ja, da hilft doch nur eins: Fantasie!

Wir Deutschen sind ein ganz besonders fantasiebegabtes Völkchen.

Über Jahrhunderte hinweg haben wir dieses durch das Erfinden von Auslegungsabänderungsvorschriften zu bestehenden Gesetzen bewiesen. Unsere Bundesrepublik hat so viele Steuergesetze wie alle anderen Länder der Welt zusammen. Damit stehen wir sogar im Guinnes-Buch der Rekorde! Eine weitere Steuer bringt da noch mal zusätzlich Punkte!

Oh, es blubbt gerade wieder an mir. – Hubs, eine neue Zelle entsteht.

Na, nun wird es aber bald höchste Zeit für mich. Wie soll ich mich bloß entscheiden?

2,1 Kinder pro Frau sind notwendig, damit sich die Bevölkerung Deutschlands reproduziert. Im Durchschnitt hat jedoch jede Frau nur 1,4 Kinder.

Was passiert dann also, wenn ich einmal alt bin? – Vorausgesetzt ich erlebe mein Rentenalter noch, denn das hat man dann wahrscheinlich gerade von 65 auf 67 Jahre heraufgesetzt.

„Ja", wird man mir im Amt sagen, „Die fast 20 % Ihres Bruttoverdienstes, die Sie Ihr Leben lang eingezahlt haben, sind schon lange verpulvert! Die staatlich diktierte Zwangsabgabe von Neueinzahlungen deckt nur noch die unumgängliche Restrentenzahlung an hartnäckig Langlebige ab."

Es ist aber auch schon ein Kreuz, mit ansehen zu müssen, dass die Menschen immer älter werden!

Es blubbert gerade wieder in meinem Gehirn. Ah, das kollektive Gedächtnis beschert mir die aktuellsten Erkenntnisse:

Demografische Studien belegen, dass bis zu meinem planungsmäßigen Renteneintrittsberechtigungsalter alle unter 50jährigen in die Altbundesländer abgewandert sind, weil es dort noch Arbeit gibt.

Deutschland wird sich, das kann ich jetzt schon einmal verraten, von ganz alleine wieder in zwei Hälften teilen.

Natürlich muss das noch per Gesetz geregelt werden. Die Osthälfte ist dann das Rentenviertel. Alle Ruheständler müssen dorthin übersiedeln und das notwendige Pflegepersonal, das versteht sich von selbst.

Ganze Heerscharen von Architekten und Ingenieuren arbeiten bereits an der bauseitigen Planung von Alters- und Pflegeheim-Ballungszentren. Und wem haben wir das alles zu verdanken? – Den Eskimos!

Da fliegen die Bundestagsmannen zum Karnevalsauftakt ins ewige Eis, um endlich ungestört zu feiern und schon ist eine neue Idee geboren!

Nicht grundlos, haben sie sich gesagt, praktizieren die Eskimos ihr Rentner-Aussiedlungs-Prinzip schon seit Anbeginn der Menschheit. Wenn auch zugegebener Maßen auf sehr schlichte Weise:

Alter Eskimo sagt: *„Bye, bye!“*, kehrt seiner Familie den Rücken, um ihnen nicht mehr zur Last zu fallen, schlendert zur nächsten Eisscholle, meditiert mit den Geistern seiner Ahnen. Eisbär kommt, frisst Eskimo. Junger Eskimo kommt, tötet Eisbären. Viele Eskimos – das sind im Schnitt fünf – kommen, fressen Eisbären.

Das ist gut! Das ist ein ökologischer Kreislauf!

Aber ganz so geht das bei uns nicht!

Deswegen zerbrechen die Politiker sich ja auch die Gehirne. Hier geht keiner freiwillig und die einheimischen Bären haben wir alle schon sehr, sehr voreilig abgemurkst!

Ich sehe aber durchaus die Möglichkeit eines neuen Gesetzesentwurfs vor mir, der das Ableben ganz kurzfristig umsetzbar gewinnbringend regeln kann:

Es wird zwangsverfügt, dass sich alle Bürger nach Beendigung ihres Arbeitslebens, also im Schnitt mit 64 Jahren, einer kollektiven Opferungszeremonie anzuschließen haben. – So viel Nationalbewusstsein muss jeder bis dahin haben, sich zum Wohle des deutschen Volkes freiwillig auszuklinken.

Milliarden Euros fänden auf diese Weise ihren Weg in das nimmersatte Staatssäckel. Lasst mich das mal kurz überschlagen:

Die durchschnittliche Lebenserwartung beträgt 85 Jahre.

Dann hätte also noch jeder Rentner statistisch betrachtet einundzwanzig Jahre zu leben. – 21 Jahre also, in denen ihm Rente zusteht.

Pro Monat erhält der Rentner nach aktuellsten Erhebungen durchschnittlich 1.000 Euro Rente. – Multipliziert man dieses mit 12, dann wären es also 12.000 Euro Rente pro Jahr. – Das Ganze mal 21 Bezugsjahre, würde pro Bezugsberechtigtem ein ihm zustehendes Gesamtvolumen von 252.000 Euro ergeben.

Da im Moment in etwa 20 Millionen Rentner in der Bundesrepublik Deutschland leben, wären es 5,04 Billionen Euro, die der Staat einsparen und anderweitig verwenden könnte.

„Ja, halleluja!", sage ich nur. Gottlob sind die Politiker noch nicht auf diese Chaussee gekommen, bei ihrer ständigen Suche nach Wegen aus der Finanzmisere.

Natürlich wäre dann fraglich, ob man die Rentenversicherung überhaupt noch so nennen dürfte. Aber ich bin mir ganz sicher, dass im Fall der Fälle sehr schnell der passende Name gefunden werden würde. –

Vielleicht Ablebeversicherung oder Lebensaustrittsbeitrag?

Oh, oh, ich muss vorsichtig sein. Das kollektive Bewusstsein! Nicht umsonst heißt das so. Was ich weiß, woran ich mich erinnere, an was ich denke, das schwirrt zeitgleich auch in den kleinen Gehirnen von Millionen Föten umher.

Man kann nie wissen, ob ein Verräter darunter ist, dessen Zugang zum kollektiven Erinnerungsvermögen nicht bei der Geburt erlischt.

Es wird so seltsam laut um mich herum.

Jemand sagt: „Der Test ist positiv. Sie sind demnach mit größter Wahrscheinlichkeit schwanger. Aber das Ultraschallbild wird uns einen sichereren Befund liefern. Bitte machen Sie sich frei!“

So, jetzt ist es soweit. Ich hab's mir doch überlegt: ich will jetzt wirklich nicht geboren werden und mache mich lieber vom Acker! Noch ist Zeit. Immerhin bin ich erst 7 mm groß. Ich hoffe, dass das spontane Rückbildungszeremoniell auf Anhieb klappt, bevor der Dok mit seinem Ultraschallstab nach mir fahndet.

Noch kennt mich meine Mutter nicht. Noch hat sie mich nicht gesehen. Noch tut es ihr bestimmt nicht so sehr weh, wenn ich einfach nicht da bin.

Ich hoffe, sie verzeiht mir!

Vielleicht komme ich später noch einmal wieder.

Auf 3 geht's los:

„1 ... 2 ... 3 ... – frei!“

Nicht geboren zu werden ist unbestreitbar die beste Lösung, die es gibt.

Leider steht sie in Niemands Macht.

(E. M. Cioran)

KANTONGA

Christine Figueiredo

1

Ich hatte noch zwei Tage bis zu meinem Rückflug nach Europa, eine Abreise, die ich nicht bedauerte. Die Arbeit hier war schwierig und erschöpfend gewesen, und meist war ich am Abend todmüde ins Bett gefallen. Von Land und Leuten hatte ich kaum etwas gesehen. Der tägliche Windmühlenkampf mit der Bürokratie um das Objekt beanspruchte mich selbst jetzt noch.

„Senhora!"

Samuel, mein Hausboy, stand vor mir.

„Was gibt's?"

„Sie haben mir gesagt, Sie würden gern einige Andenken kaufen."

Ich nickte.

„Wir könnten jetzt nach Kantonga fahren. Dort gibt es einen Markt für Kunsthandwerk, und die Sachen sind billiger als in den Stadtgeschäften."

Der Markt war groß und rechteckig, eine Seite von der Landstrasse begrenzt, die anderen drei von Bretterbuden. Hinter den Verkaufstischen saßen Landfrauen. Vor ihnen aufgestapelt Getränkedosen und einige Lebensmittel wie Weißbrot und Bananen, schmale Streifen von getrocknetem Fisch, der unangenehm roch. Das Angebot war nicht überwältigend. Dementsprechend teilnahmslos saßen sie vor den Waren, beobachteten mich aus schwarzen Augen in braunen Gesichtern, regungslose Gestalten in dunklen Kattunstoffen.

Die Stände für die Kunstobjekte waren besser ausgerichtet. Sie nahmen den größten Teil des Platzes ein. In ordentlichen Reihen standen sie einander gegenüber. Der Platz dazwischen war breit genug, dass zwei oder drei Kauflustige nebeneinander spazieren konnten.

Wir waren die einzigen Kunden. Samuel ging neben mir, blieb stehen, wenn ich etwas betrachten wollte, wehrte die Kinder ab, die uns seit dem Zeitpunkt unserer Ankunft begleiteten. Ich brauchte ihn als Dolmetsch, da ich die Amtssprache nur mangelhaft beherrschte. Es gab geschnitzte Giraffen, Elefanten und Nashörner im Überfluss. Dazwischen menschliche Skulpturen aus schwarzem Holz, Jäger mit Speeren in der erhobenen Faust, Bauernfrauen mit Ackergeräten in der Hand und einem Kind auf dem Rücken. Es waren dieselben wiederkehrenden Motive, auf jedem Tisch, an dem ich vorbei ging, bis ich es sah, das Löwenpaar. Zwei Löwen. Der eine bog seinen Körper nach rechts, der andere nach links. Es wirkte, als würden sich die zwei belauern, die Mäuler geöffnet, die Fangzähne exakt wiedergegeben. Die kraftvollen Leiber aus glatt poliertem Holz, das in einer merkwürdig grünlich grauen Farbe schimmerte. Der Künstler hatte sie derart naturalistisch gestaltet, dass sie wie Miniaturausgaben der Originale wirkten, jederzeit bereit zuzubeißen. Scherzhaft streckte ich meinen kleinen Finger durch das geöffnete Maul des einen. Er hielt sich mit seinen spitzen Fangzähnen fest, als ich ihn emporhob.

„Samuel, die zwei da kaufe ich. Feilschen Sie mit dem Verkäufer."

Während mein Hausboy zu verhandeln begann, schlenderte ich weiter. Die Kinder waren zurückgeblieben.

„Amiga!"

Jemand zupfte an meinem Hosenbein. Ich drehte mich um und zuckte zusammen. Fünf Wochen war ich meist nur mit farbigen Menschen zusammen gewesen, doch das hinter mir? Ich war nie einem Albino begegnet, aber das hier war einer, ein etwa sechsjähriger Junge. Er zeigte die negroiden Züge seiner Rasse. Die Haut war fahlweiß, ein ungesundes Weiß, das ich widerwillig betrachtete. Weißblond die Wimpern und das Kraushaar, die Augenbrauen nicht erkennbar. Mein Unwohlgefühl verstärkte sich, wie ich in die wasserhellen Augen blickte. Als würde mich ein toter Fisch anstarren.

„O que?"

Ich wusste, was er wollte. Um Geld betteln, so wie die anderen.

„Um pouco dinheiro, amiga!"

Ich war nicht seine Freundin, und ich hatte nicht das kleinste Bisschen an Landeswährung, nicht einen einzigen Kwanza. Samuel besorgte alles mit Dollar, die ich ihm gab.

„Nada, nada!"

Wie sollte ich ihm begreiflich machen, dass ich tatsächlich nichts hatte?

„Só um pouco para o minho neto!"

Eine alte Frau war aufgetaucht, die Großmutter. Wie die Marktfrauen war sie in Stoffe in den traditionellen Mustern gehüllt. Vorgebeugt, auf einen Stock gestützt, bettelte sie für ihren Enkel. Zwar war sie kein Albino, aber sie hatte die gleichen wasserhellen Augen, die aus dem dunklen Gesicht merkwürdig heraus stachen. Und jetzt legte sie ihre Hand auf meinen Arm.

Ich sah mich um Hilfe um. Samuel war mit dem Verkäufer zu meinem Jeep gegangen. Die anderen Händler sahen zu uns, beobachteten meinen Disput mit der Alten. Einer sagte etwas, doch die Alte antwortete ihm derart scharf, dass er sich umdrehte und seine Holzfiguren zu ordnen begann.

„Amiga!"

Abermals zerrte das Kind an meinem Hosenbein. Sollte ich um Hilfe rufen? Würde ich mich lächerlich machen?

Ich schaute in meine Handtasche, ob sich dort etwas fände, mit dem ich das Kind und seine Großmutter zufrieden stellen konnte. Drei Bonbons in Silberpapier waren die klägliche Ausbeute, und die beiden waren nicht zufrieden.

„Vai!"

Ich schob den Jungen zur Seite, wobei er zu brüllen anfing, drängte mich an der Großmutter vorbei, lief mehr als ich ging zum Jeep zurück. Samuel und der Verkäufer hatten sich auf eine Summe geeinigt. Die zwei Löwen lagen in Zeitungspapier gewickelt auf dem Rücksitz.

„Los, Samuel, fahren wir!"

Ich scheuchte die Kinder fort, die das Auto umlagerten, kletterte auf den Fahrersitz. Etwas schlug gegen die Tür. Es war der Stock der alten Frau.

„Was will die von mir, Samuel?"

„Was will sie schon, Geld."

„Haben Sie keine Kwanza, ein paar Münzen, damit sich die Frau beruhigt?"

Er schüttelte den Kopf.

„Fahren Sie los, Senhora!"

Ich legte den Retourgang ein, fuhr vorsichtig vom Parkplatz weg, schaltete erleichtert in den ersten Gang, danach in den zweiten, sah in den Rückspiegel. Für den Bruchteil einer Ewigkeit schrie Samuel zu spät auf. Von wo der Albino plötzlich gekommen war, ich wusste es nicht. Da stand er mit einemmal, wurde von der Kühlerhaube erfasst und zur Seite geschleudert.

„Fahren Sie weiter, Senhora!"

„Ich kann nicht. Wir müssen Polizei und Rettung verständigen."

Doch er kannte die Verhältnisse des Landes besser. Rettung würde keine kommen, und die Polizei würde nur ihren eigenen Vorteil in dem Unfall suchen.

Obwohl er protestierte, riss ich die Fahrertür auf, sprang ins Freie, rannte zu dem Kind. Es lag still da, den Kopf in einem spitzen Winkel zum Körper gedreht, die wasserhellen Augen offen. Sie starrten zum Himmel. Ich hörte, wie andere näher kamen, langsam, zögerlich.

„Mein Gott!"

Samuel kniete neben dem Jungen, hob den schlaffen Körper an den Schultern hoch. Der Kopf fiel kraftlos zurück.

„Ist er tot?"

„Ich glaube schon, Senhora."

Aus den Augenwinkeln bemerkte ich, wie sich die anderen in einem Halbkreis um uns sammelten. Es waren nicht viele. Die Marktfrauen waren bei ihren Waren sitzen geblieben, und auch die meisten Händler standen bei ihren Verkaufstischen. Nur die Kinder waren gekommen, stießen sich gegenseitig an, wisperten, und hie und da klang es, als würde eines von ihnen trotz der grässlichen Situation kichern.

„Was soll ich tun, Samuel?"

Er sah zu mir hoch, aber noch ehe er antworten konnte, humpelte die Großmutter daher, drängte die Kinder fort, die ihr im Weg standen. Als sie den leblosen Jungen sah, fing sie zu meinem Erstaunen nicht zu jammern oder schreien an. Sie zischte etwas zu mir und Samuel, stieß ihn hierauf grob mit dem Stock zur Seite, ließ sich auf die Knie.

„Was sollen wir tun, Samuel?" Hilflos wie ich war, konnte ich nichts anderes fragen.

Ich fühlte mich erbärmlich. Ich hatte ein Kind getötet. Auch wenn es ein Unfall gewesen war, so war ich diejenige, die den Unfall verursacht hatte. Gefängnis oder noch Schlimmeres würden auf mich warten. Ob mich die Botschaft schützen würde, das wusste ich nicht. Mir war zum Erbrechen übel. Ein Ziehen setzte ein, das meine

Beine entlang kroch, meinen Körper durchdrang, sich über die Arme bis zu den Fingerspitzen ausbreitete und sich in meinem Bauch einnistete.

„Geben Sie der Alten etwas Geld. Es war ihre Schuld. Sie hätte auf das Kind acht geben müssen."

Seine Worte sollten mich beruhigen, aber sie taten es nicht. Ein Mann kam zu uns, begann mit meinem Begleiter zu reden. Ich verstand nicht viel, aber einige Worte fing ich auf, und die machten mich nervös.

„Senhora, das ist der Aufseher des Marktplatzes. Er sagt, mit dreihundert Dollar würde die Sache erledigt sein."

Würde ich mich um diesen Preis tatsächlich freikaufen können? Dreihundert Dollar für ein bisschen Menschenleben?

Ich reichte ihm die Scheine, und Samuel ging zu der Frau, die noch immer auf den Knien lag und ihren toten Enkel betrachtete. Er murmelte etwas, wedelte mit den Banknoten vor ihrem Gesicht. Sie sah hoch, griff nach ihrem Stock, schlug gegen seine Hand, dass die Scheine zu Boden flatterten. Hilflos zuckte er die Schultern, hob das Geld auf, bot es ihr nochmals an. Sie sah ihn an, danach zu mir. Diese hellen Augen in dem dunklen Gesicht! Es war wahrscheinlich die Sonne gewesen, die diesen Eindruck hervorgerufen hatte, doch mir war, als würde es aus ihren Augen blitzen, rötlich. Mühsam erhob sie sich, humpelte ein paar Schritte auf uns zu, und dann schrie sie. Ich begriff kein einziges Wort.

„Was schreit sie, Samuel?"

„Sie spricht Kimbundu. Das verstehe ich nicht."

Doch etwas schien er verstanden zu haben, denn er bekreuzigte sich zweimal. Sie stand da mit erhobenem Stock, rief in den Himmel und gegen den Boden, deutete auf uns. Das waren Verwünschungen. Das begriff auch ich.

„Fahren Sie!"

Der Aufseher deutete auf den Jeep. Samuel zeigte auf die aufgebrachte Frau, drückte ihm die Dollar in die Hand. Wir sprangen in den Wagen, fuhren los. Im Rückspiegel sah ich den Mann, wie er das Geld einsteckte und die Frau, die wie eine Rachegöttin die Arme zum Himmel reckte.

„Was hat Ihnen der Mann gesagt? Ich habe etwas von „Bruxeria“ verstanden. Das heißt doch Hexerei.“

Samuel druckte herum. „Er hat gesagt, die Alte ist eine Hexe. Die Marktleute fürchten sich vor ihr. Aber alles Unsinn, Senhora.“ Er lachte auf. Es sollte wohl befreiend klingen, doch mir schien, er wollte seine Angst mit dem Lachen niederringen.

2

Endlich wieder daheim!

Das erste war, nachdem ich meine Koffer abgestellt hatte, in die Dusche zu steigen. Ich wusch den Reisestaub ab und versuchte auch, damit die Erinnerung an den Unfall vor zwei Tagen fortzuspülen. Es war zu keinem Problem gekommen, zu keinem Eingreifen der Behörde. Der schreckliche Vorfall war Samuels und mein Geheimnis geblieben.

Die beiden Löwen wickelte ich aus dem Zeitungspapier, stellte sie vor eine Tischlampe auf einen kleinen Glastisch. Das Licht beschien ihre Körper von oben, unterstrich die Maserung auf dem grünlich grauen Holz. Der Holzschnitzer hatte es meisterhaft verstanden, die Mähnen detailgetreu wiederzugeben, die kräftige Muskulatur der Hinterläufe zu betonen. Selbst die Geschlechtsteile waren akkurat aus dem Holz geschnitzt. Abermals steckte ich meinen kleinen Finger in das Maul des einen. Nur die beiden Fangzähne im Oberkiefer hielten das Gewicht des Körpers. Einer der Zähne war derart scharf gefeilt, dass er die Haut des Fingers aufritzte und dieser ein wenig zu bluten begann.

„Blutrünstige Bestien“, murmelte ich, während ich ein Taschentuch suchte.

Der Alltag hatte mich erneut. Die Erinnerung an den Tod des Kindes fing zu verblassen an, je weiter ich von Zeit und Ort des Geschehens entfern war. Ich begann das Projekt zu verbessern, das der Grund für meine Reise gewesen war. Die Ergebnisse schickte ich danach stets an Bill Leary, unserem Projektleiter in Afrika.

Es war in der zweiten Woche seit meiner Rückkehr, als die merkwürdigen Vorfälle begannen. Einen Stapel von Unterlagen auf den Knien saß ich auf meinem Bett und studierte die Notizen, die ich gemacht hatte. Ein Geräusch schreckte mich hoch. Durch die offene Tür des Schlafzimmers blickte ich in den Wohnraum, als der Schatten eines Löwen auftauchte, der an der Tür vorbei schlich. Hinterläufe und der Schweif waren es gewesen, die ich für den Bruchteil einer Sekunde zu sehen geglaubt hatte. Trotzdem war ich vor Schreck wie gelähmt.

Unsinn, in meiner Wohnung rennt kein Löwe herum! Im Unterbewusstsein war ich mit meinen Gedanken in jener Gegend gewesen, in der das Projekt realisiert werden sollte. Wiederum konzentrierte ich mich auf einige Zahlen, als ich es hörte. Ein Stuhl wurde auf dem Parkettboden verrückt. Holz schleifte über Holz. Die Aufzeichnungen flatterten auf den Boden, ich sprang zur Tür. Das Wohnzimmer lag im Halbdunkeln. Zwei kleine Tischlampen leuchteten. Im warmen Schein glänzte das glatt polierte Holz der Löwenleiber. Was hatte ich gesehen und was gehört? Meine Wohnung war überschaubar, bestand aus drei kleinen Zimmern. Dennoch ging ich überall herum, prüfte selbst das Schloss an der Eingangstür. Ich kam zu dem Ergebnis, ich war überarbeitet und ermüdete deshalb so oft. Der Schatten des Tierkörpers war vom Lampenlicht an die gegenüber liegende Wand projektiert worden, und das Geräusch kam von der Wohnung über mir.

In der Nacht hatte ich einen wunderbaren aber seltsam realistischen Traum.

Die Tür meines Schlafzimmers war geöffnet. In ihrem Rahmen stand ein Mann. Sein Gesicht war in Dunkelheit getaucht, doch sein Körper schimmerte im goldigen Ton, beleuchtet von der kleinen Tischlampe im Wohnzimmer. Seine Glieder waren fest und geschmeidig. Wie Samt fühlte sich seine Haut unter meinen Fingerspitzen an, und ich erstickte beinahe in der Flut seiner Haare, wenn er sich über mich beugte und mich küsste. Wir sprachen nicht miteinander. Das war nicht notwendig. Wir wollten uns nur lieben, und wenn er seinen Höhepunkt erreicht hatte, hörte ich ihn leise knurren.

Später kam ein zweiter Mann ins Zimmer, von der gleichen Leidenschaft und der gleichen Glut. Verspielt biss er in meine Schulter und meine Brüste, dass ich seine Zähne spürte. Seine Augen funkelten, sein heißer Atem strich über meine Haut wie Savannenfeuer. Die Glieder von uns dreien waren ineinander verstrickt, und ich wollte dieser Umklammerung nicht mehr entkommen, wollte die Welt für diesen Moment anhalten.

Als ich erwachte, blinzelte ich in die Sonne. Mein Körper war schwer. Eine seltsame Süße brannte in mir. Tropfenweise stieg die Erinnerung an den Traum an die Oberfläche meines Bewusstseins. Er war derart realistisch gewesen, dass ich noch jetzt glaubte, die Leiber der zwei Körper auf mir zu spüren, wie mich ihr Gewicht auf das Bett niederdrückte.

Der Traum kehrte nicht mehr wieder, auch wenn ich ihn mir jede Nacht vor dem Einschlafen wünschte. Zwar kam es mir an manchen Abenden vor, als würde sich ein Körper in den dunklen Räumen bewegen, doch knipste ich das Licht an, stellte ich stets fest, dass ich allein war.

Einmal kam ich nach Hause und sah einen zerbrochenen Blumentopf am Boden, die Erde über das Parkett verstreut. Die Topfpalme lag niedergedrückt zwischen den Scherben, ganz so, als wäre ein schwerer Fuß auf sie gestiegen. Ein Fuß, der – ich konnte es nicht anders beschreiben – Krallen hatte. Wie feine Fäden zogen sich ihre Spuren über das Holz, endeten vor meinem Schlafzimmer. Eine Erklärung fand ich nicht. Ratlos kehrte ich die Erde zusammen, bis ich das offene Küchenfenster bemerkte. Es war Nachbars Katze gewesen, die mich besucht hatte.

Ich weiß nicht, wann ich das Fehlen des Löwenpaares bemerkte, doch eines Tages standen sie nicht mehr auf dem Glastisch. Zwar hatte ich Freunde geladen gehabt, aber keinem einzigen traute ich zu, die Figuren entwendet zu haben. Oder war es doch einer von ihnen gewesen? Bewundert hatten sie jedenfalls diese beiden Erinnerungsstücke und die Arbeit des Künstlers gelobt. Aber vielleicht war es auch besser, dass die Löwen verschwunden waren. Dadurch erinnerte mich nichts mehr an den Unfall.

Da ich bereits Erfahrung gesammelt hatte, war mir ein zweites Projekt anvertraut worden. Intensiv korrespondierte ich mit Bill Leary, um mögliche zukünftige Fehler bereits im Ansatz zu korrigieren. Die Arbeit war derart verantwortungsvoll, dass ich mich beinahe Tag und Nacht mit ihr beschäftigte. Wochen vergingen, in denen das Projekt immer deutlichere Form annahm. Ich ignorierte Zeichen meiner körperlichen Schwäche, bis ich die Signale nicht mehr übersehen konnte. Meine Brüste schmerzten. Ich fühlte mich oft schwach. Durch ständiges Arbeiten im Büro hatte ich auch nichts für meine Beweglichkeit getan.

Dass ich an Gewicht zugenommen hatte, bestätigte die Waage. Ein Arztbesuch war die vernünftige Lösung.

„Ich muss Ihnen mitteilen, Sie sind schwanger."

„Nein!"

Mein 'Nein' war ein Aufschrei, dem der Arzt mit hochgezogenen Augenbrauen begegnete. „Sie sind im fünften Monat schwanger."

„Das ist unmöglich. Ich habe mit keinem Mann geschlafen."

Die Miene des Arztes sagte, dass er mir nicht glaubte.

„Hören Sie. Ich hatte jeden Monat meine, Sie verstehen, meine Angelegenheit. Wie sollte ich da schwanger sein?"

„Monatsblutungen können sich auch während einer Schwangerschaft fortsetzen."

„Aber ich hatte mit keinem Mann eine intime Begegnung."

„Denken Sie nach. Wahrscheinlich ein so genannter One-Night-Stand. Aber ich kann Ihnen nicht helfen. Die Schwangerschaft ist schon zu weit fortgeschritten. Ein gesetzlich erlaubter Abbruch kommt nicht mehr in Frage."

In meinem Badezimmer starrte ich in den Spiegel. Plötzlich schoss ein Schmerz durch mich, als würde das sprichwörtlich siedende Öl über mich ausgegossen werden. Genauso hatte ich nach jenem wunderbaren Traum am folgenden Morgen in den Spiegel geblickt. Kratzspuren waren über meine Brüste und meinen Bauch gezogen gewesen. Meine Traumliebhaber hatten kräftig zugepackt. Doch die Kratzer hatte ich meinen eigenen Fingernägeln zugeschoben.

Diese Hexe!

Mit einemmal wusste ich, wer alle merkwürdigen Ereignisse heraufbeschworen hatte, die alte Frau auf dem Markt von Kantonga. Über Dimensionen hinweg rächte sie sich für den Tod ihres Enkels. Und ich hatte geglaubt, durch meine Abreise von der Verantwortung befreit worden zu sein.

Kantonga!

Unter allen Umständen musste ich sie wieder finden. Sie konnte nicht so grausam sein und mich mit einem Fluch behaften, der mich in den Abgrund stürzen würde.

Ich telefonierte mit Bill. Die Flüge zur Hauptstadt waren überbucht wie immer. Mit Mühe bekam ich ein Ticket für einen Flug in drei Wochen.

3

Schon von weitem erkannte ich Bill Leary am Flughafen, einen großen, kräftigen Kanadier. Sein rotes Haar leuchtete aus dem Gewirr der schwarzen Köpfe, Zeichen seiner Abstammung von irischen Auswanderern. Sofort bemerkten seine blauen Augen meinen Bauch.

„Elsa, in diesem Zustand bist du hierher geflogen? Einen acht Stunden Flug solltest du dir jetzt nicht zumuten."

„Gerade der Zustand ist es, warum ich gekommen bin. Ich muss mit Samuel reden."

„Deinem ehemaligen Hausboy?"

„Ja."

Die blauen Augen verdunkelten sich. „Ich muss dir etwas Schlimmes sagen." Er stockte, um mich auf das Kommende vorzubereiten. „Samuel ist tot. Er ist vor drei Wochen zu seinem Dorf in der Nähe von Dondo gefahren. Als er am Abend von den Feldern nach Hause gehen wollte, haben ihn zwei Löwen angefallen. Es soll von ihm nicht viel übrig geblieben sein. Die Löwen sind den Dorfbewohnern ein Rätsel. Seit Jahren treiben sie sich um Dondo nicht mehr herum, seit sich der so genannte Fortschritt mit seinen Rodungen dort breitgemacht hat."

Hätte ich mich nicht an Bill festgehalten, ich hätte mit den grauen Bodenplatten am Flughafen Bekanntschaft gemacht.

„Was hast du, Elsa?"
"Hör mir zu. Fahr mich so schnell als möglich nach Kantonga. Während der Fahrt erzähle ich dir alles."

Der Marktplatz war der gleiche, dieselben Buden, dieselben Stände. Nur der Platzaufseher war ein anderer.
„Das ist nicht der Mann, dem Samuel damals die dreihundert Dollar gegeben hat."
Bill redete sehr schnell mit dem Aufseher. Da kam ich nicht mit.
„Elsa, sein Vorgänger ist vor fünf Monaten von einem Lastwagen überfahren worden."
„Tot?"
Er nickte.
Diese verdammte Hexe! Sie verstand es, sich gründlich zu rächen. Das Kind in meinem Bauch bewegte sich.
„Bill, ich erinnere mich an zwei Worte, die sie immer wieder geschrieen hat. Samuel sagte, er versteht Kimbundu nicht. Du kannst die Sprache. Ständig wiederholte sie: Diala und Hoggi."
„Sie sprach von einem Löwenmann."
„Bist du sicher?"
„Diala heißt Mann und Hoggi ist der Name für den Löwen." Für einen Augenblick schwieg er, sah zu den Buden, danach zu Boden, dann wieder mir in die Augen. „Weißt du, Elsa, langsam glaube ich, dass an den alten afrikanischen Sagen doch etwas Wahres ist. Deine Geschichte klingt zu unglaublich. Aber du bist der Beweis für sie."
„Ich muss die Frau finden. Sie muss den Fluch von mir nehmen."
Bill befragte jeden einzelnen Händler, jede einzelne Marktfrau. Niemand wollte die Alte gekannt haben. Später sprach eine der Marktfrauen widerwillig, und auch nur, als Bill ihre Bereitschaft mit hundert Dollar unterstützte.

„Die alte Hexe, wie du sie bezeichnest, soll in ihr Dorf in der Nähe von Malanje zurückgegangen sein."

„Dann fahren wir hin."

„In deinem Zustand? Wir werden vier Tage mit dem Jeep unterwegs sein."

„Das ist mir egal. Ich will mit der Frau reden. Ich will wissen, was sie mir zugedacht hat."

Er sah mich eindringlich an. „Einverstanden, Elsa. Ich besorge Schlafsäcke und Proviant. Aber die Fahrt wird für dich kein Honiglecken werden. Wenn wir draußen in der Provinz sind, werden wir meist auf unbefestigten Straßen fahren."

In der zweiten Nacht schreckte mich ein unbestimmtes Gefühl aus dem Schlaf. Der Mond schien. Bill atmete neben mir ruhig und regelmäßig. Trotz seiner Größe hatte er es geschafft, den Umständen entsprechend bequem in seinem Schlafsack zu liegen. Ich dankte dem Schicksal für diesen uneigennützigen Freund, der mir in einer Situation wie dieser ohne Ausflüchte zur Seite stand. Meine Hände lagen auf meinem Bauch. Er war seit dem Arztbesuch erstaunlich gewachsen, gerade so, als dürfe er jetzt erlaubter weise größer werden, jetzt, wo die Existenz der Schwangerschaft bestätigt worden war. Das Ungeborene bewegte sich. Für dieses Wesen empfand ich keine Liebe nur Angst und Hass auf die Alte, die eigentliche Verursacherin seiner Existenz.

Wie sollte ich mich verhalten, wenn ich auf sie treffen würde. Jedenfalls stand sie in der Rolle der Überlegenen da. Ich war von ihrer Gnade abhängig, und wie! Eine Schwangerschaft, die merkwürdigen Umstände, die dazu geführt hatten. Die Zukunft wollte ich mir gar nicht ausmalen. So wie meine wohlgeordnete Vergangenheit gewesen war, eine kurze Ehe, Scheidung in beidseitigem Einverständnis, danach ein beruflich erfülltes Leben, das würde es nicht mehr sein. Was hatte sie davon, wenn sie mich demütigte? Ihr Enkel wurde dadurch nicht mehr lebendig. Diese verdammte alte Frau!

Der Jeep schaukelte ein wenig, als wäre ein schwerer Körper dagegen gestoßen. Ich hob den Kopf und blickte durch die Windschutzscheibe. Die Decke, die ich bis zu meiner Nasenspitze gezogen hatte, verhinderte, dass ich aufschrie. Quer über die Motorhaube gestreckt lag ein Löwe. Er blickte in die Nacht, doch dann, gerade so, als würde er spüren, dass ich ihn beobachtete, wendete er den Kopf, sah durch die Scheibe zu mir. In der Dunkelheit leuchteten seine gelben Augen.

Wiederum schaukelte der Jeep, und zu meinem Entsetzen tauchte ein zweiter Löwe auf, der sich mit den Vorderpranken am Kotflügel aufstützte. Auch er starrte zu mir herein. Sie witterten uns. Für etwas Frischluft hatten wir beide Seitenfenster einen Spalt herunter gekurbelt.

Der zweite Löwe ließ sich zu Boden sinken, sprang danach abermals hoch. Diesmal stützte er sich gegen die Autotüre. Ich hörte seine Krallen am Lack entlang kratzen. Seine Katzenaugen beobachteten mich, so, als würde er mich prüfen. Einige Haare seiner struppigen Mähne drängten sich durch den Spalt unterhalb des Fensterrahmens. Ich betete, dass Bill nicht erwachte. Die Augen schillerten. Manchmal schoben sich die Lider darüber, und ich bemerkte Wimpern an ihnen. Langsam drang sein Raubtiergeruch in den Wagen.

Wollten sie uns fressen? Der Jeep war bestimmt leicht zu knacken wie eine Konservenbüchse. Wir besaßen nichts zu unserer Verteidigung. Bill hatte eine Pistole mitgenommen, doch nur eine großkalibrige Waffe würde die zwei in Schach halten. War das mein Ende? Hatte mir das die Alte vorhergesagt?

Eine Pranke klatschte gegen die Fensterscheibe. Er wollte das Glas eindrücken. Einmal hatte ich gelesen,

Großkatzen scheuen Feuer. Doch wo sollte ich das hernehmen? Bill hatte ein Feuerzeug, aber wir besaßen weder eine Fackel, die die zwei vielleicht hätte beeindrucken können, noch Papier, um Feuer anzuzünden. Wiederum bewegte sich das Kind in meinem Leib, stieß mit den Beinchen heftig gegen die Bauchdecke. Unerwartet reckten sich die Löwen, verschwanden mit einem Satz in der Dunkelheit.

Das Dorf war eine Anhäufung von zehn Hütten. Dazwischen führte die holprige Straße, die in Brachland überging. Ein schrottreifer Lastwagen stand dort, markierte ihr Ende. Wir waren an kleinen Feldern mit Mais und Manioka vorbeigefahren, deren Erträge gerade ausreichten, um die Einwohner zu sättigen. Sie sahen auch nicht sehr wohlgenährt aus. Misstrauisch blickten sie uns entgegen, als wir aus dem Jeep stiegen. Mein Kreuz schmerzte. Bill begann sich mit ihnen in der Amtssprache zu unterhalten. Da sie diese genauso mangelhaft sprachen wie ich, setzte er das Palaver in Kimbundu fort.

Sie schüttelten die Köpfe, immer wieder, bis er auf mich deutete. Zwei Frauen bekreuzigten sich, ein Mann spuckte dreimal auf den Boden.

„Elsa, sie geben zwar zu, dass die alte Frau hier gelebt hat, sagen aber, sie sei verschwunden."

„Bei ihren Hexenkünsten wundert mich das nicht. Frag sie, ob sie uns die Hütte zeigen, wo die Frau gewohnt hat. Und biete ihnen Geld an. Das wirkt stets Wunder."

In diesem Fall tat es das nicht. Die Leute stellten sich stur. Enttäuscht kletterte ich in den Jeep. Im Rückspiegel sah ich, wie sie uns nachblickten, so lange, bis der holprige Weg einen Bogen machte. Unerwartet stieg Bill auf die Bremse. Ein Jugendlicher war aus dem Urwald auf die Straße gelaufen und winkte.

„Vielleicht war unsere Reise doch nicht umsonst, Elsa. Der Bursche will uns etwas zeigen, freilich nur, wenn wir hundert Dollar locker machen."

„Und wenn es eine Falle ist?"

Noch ehe Bill etwas entgegnen konnte, trat zwischen den Bäumen eine Frau heraus.

„Seine Mutter", dolmetschte mein Begleiter. „Sie sagt, sie kennt die Hütte der Hexe."

„Hat sie wirklich Hexe gesagt?"

„Ja, und sie sagt, das ganze Dorf hat sich gefürchtet."

„Fällt es dir auf? Sie spricht in der Vergangenheit. Was ist geschehen? Wo mag die Alte hingegangen sein. Vielleicht finden wir in der Hütte einen Hinweis."

Bill fuhr den Jeep in eine Ausbuchtung der Landstraße, packte seinen Rucksack auf den Rücken, schob die Pistole unauffällig in den Hosenbund.

„Befürchtest du etwas?"

„Die Leute sind arm. Du weißt nicht, was in ihren Köpfen vorgeht."

Der Junge und seine Mutter warteten, gingen danach schweigend einen Pfad entlang, der sich zwischen den Bäumen wand. Er war nicht oft begangen. Teilweise verdeckte ihn Unkraut. Vögel tschilpten, der Wind rauschte in den Wipfeln der hohen Bäume. Nach einiger Zeit erreichten wir eine Lichtung. Eine Strohhütte stand dort. Daneben ein kleiner verwilderter Garten. Um die Hütte war das Gras niedergetreten. Ein dunkler Fleck zeigte, dass hier vor kurzer Zeit etwas verbrannt worden war. Bill hob einen Erdklumpen auf, zerrieb ihn zwischen den Fingern, roch daran.

„Petroleum!"

Er wandte sich an unsere Begleiter, die in einem Respektabstand zu der Hütte und dem Fleck standen. Sie palaverten eine Weile, in der sich die Frau immer wieder bekreuzigte und auf die Behausung deutete.

„Was sagen sie?“

„Elsa, halte dich fest!“ Er kam rasch auf mich zu, hielt meinen Arm. „Die Frau, die dich verflucht hat, sie dürfte ganz schrecklich gewesen sein. Zumindest behaupten das die zwei. Sie hat eine Frau und ihre zwei Kinder verwünscht, die verrückt wurden und das Vieh des Dorf-ältesten, und-“ Er stockte für einen Augenblick, um mir Zeit zu geben, mich für das Kommende zu wappnen. „Sie haben sie vor drei Tagen verbrannt, hier an dieser Stelle.“

Ich sank nicht zusammen, ich schrie nicht, ich war wie gelähmt. Meine Hoffnung, sie irgendwann stellen zu können, um ihre Gnade zu erbitten, diese Hoffnung war durch die Nachricht ausgelöscht.

Der Wind heulte plötzlich auf, kalt und böse, verfing sich in den Wipfeln der Bäume, die um die Lichtung standen. Der Bursche und seine Mutter blickten zum Himmel, schrieen etwas, aus dem ich nur ‚Dollar‘ heraushörte. Bill griff in seine Jackentasche. Also hier hatte die abscheuliche Frau ihr Ende gefunden. Ich trat auf den verbrannten Fleck, wollte wissen, wie sich der Boden anfühlte, auf dem sie sich gewunden haben mochte. Eine kleine, nichtige Genugtuung.

„Hilfe!“

Ein rasender Schmerz explodierte in meinem Bauch. Als würden sich zwei Bestien zerfleischen. Wieder und wieder fielen sie einander an.

„Bill, ich glaube, die Wehen haben eingesetzt!“

„Verdammt!“ Für einen Augenblick verlor er die Beherrschung. „Setz dich, Elsa!“

Aber nicht auf diesen Boden, nicht auf diesen verfluchten Boden. Ich spürte die Hitze der Flammen, die an den Beinen der alten Hexe hoch gekrochen waren, doch es war Fruchtwasser, das heiß an meinen Schenkeln entlang floss. Mühsam schleppte ich mich zur Hütte, ließ mich an der Außenwand zu Boden.

Bill verhandelte mit den zweien, zeigte ihnen Geld, deutete auf mich. Der Bursche rannte davon, seine Mutter kam zögernd näher.

„Elsa, er läuft zum Dorf und suchte eine Bahre, damit wir dich transportieren können."

Ich vermochte nicht zu antworten, denn abermals fraß sich der Schmerz durch mich wie ein wildes Tier, wie ein hungriger Löwe.

War es das, was die Alte gewollt hatte, mich in Qualen winden? Ich hatte ihren Schmerz beim Anblick ihres toten Enkels nicht begriffen. Rächte sie sich aus dem Jenseits und ließ mich fühlen, wie es sein mochte, an der Schwelle des Todes zu stehen? Wieder und wieder zerfleischten sich die Dämonen in mir. Das Kind wollte heraus, sollte mit seinem Dasein beweisen, wie die Frau über mich triumphierte.

„Elsa!" Bill drang in meine Gedanken und meine Schreie. „Halte durch. Ich bleibe bei dir."

Reden, das war mir nicht möglich. Ich wollte weg, wollte nicht auf den Flecken verbrannte Erde starren. Wie sich ein Tier in seine Höhle verkriecht, versuchte ich, in die Hütte zu gelangen, mich auf den Händen dorthin zu schleppen. Bill half mir.

"Elsa, die Frau sagt, du sollst knien. Dann geht es schneller."

Nie hatte ich mir eine Geburt unter solchen Umständen vorgestellt. Nicht einmal meiner ärgsten Feindin würde ich das gewünscht haben. Aber die alte Hexe hatte mit mir kein Mitleid. Für einen Augenblick kam mir zu Bewusstsein, wie entwürdigend die Lage für mich sein musste, ich der Barmherzigkeit eines Mannes ausgeliefert, der allenfalls ein guter Kamerad war. Doch erneut tauchte ich in einen Ozean voll Schmerzen, der meine Bedenken hinwegschwemmte.

Ich schrie und schrie, und irgendwann schrie nicht mehr ich. Ein von Blut und Schleim verschmiertes Stück lebendiges Fleisch lag am Boden. Bill zog es von mir weg. Ärmchen und Beinchen begannen sich zu bewegen.

„Elsa, schau nur – oh mein Gott!“

Ich war ausgelaugt, atmete schwer, aber durch den Schleier meiner Erschöpfung sah ich, was Bill meinte. Mit Fingerchen und Zehen krallte sich das Neugeborene im wahrsten Sinn an Bills Arm fest. Es waren kleine, bereits ausgebildete Krallen, die es in die Haut meines Begleiters bohrte. Dann öffnete es den Mund, fauchte, und ich sah deutlich zwei gebogene Eckzähne wie Fänge aus dem Kiefer ragen.

„Was habe ich zur Welt gebracht, Bill!“

Das Kleine gab die Antwort. Es schob die zu den Schläfen hin spitz geformten Lider einen Spalt hoch. Für einen Augenblick sah ich gelb schillernde Augen, dann schlossen sich die Lider erneut. Es knurrte.

Die Frau neben mir wiederholte immer wieder die gleichen Sätze, wollte vor Entsetzen aufspringen und davon rennen. Doch Bill packte sie mit der freien Hand, herrschte sie an, mir zu helfen. Er hatte auch allen Grund, denn erneut setzten die Wehen ein.

Diese Vorbotin der Hölle! Zwei Männer hatte sie mir im Traum geschickt, zwei Löwenmänner, und zwei Kinder hatte ich von ihnen empfangen. Die Frau kauerte am Boden, sah auf die Zwitterwesen und wimmerte. Bill hielt die Neugeborenen in seinen Armen. Obwohl kaum auf der Welt, krallten sie sich mit tierischem Instinkt bereits an seinem Hemd fest. Fassungslos murmelte er: „Jesus und Maria!“ Dann wurde er still. Auch die Frau verstummte. Nur die Kleinen gaben Laute von sich, schnurrten leise.

In der Nähe hörte ich einen Löwen brüllen, und ein zweiter antwortete.

ENDE

Falks Lebensplan

Maike Schneider

Falk saß am Steuer seines Autos, fuhr gemächlich in der Kolonne die Autobahn entlang und dachte an den gestrigen Abend. Lächelnd erinnerte er sich an die kleine Brünette, die er an der Hotelbar kennen gelernt hatte ... Solch kleine Eskapaden liebte er, sein Job im Außendienst bot ihm perfekte Ausreden dafür. Heute hier, Morgen dort – wie die Matrosen früher. *Und zu Hause ein Liebchen.* Fröhlich pfiff er den Song im Radio mit.

Als er jedoch an zu Hause dachte, schwand sein Lächeln. Sophie wartete dort auf ihn, seine Freundin. Sie wollte mit ihm reden, hatte sie ihm vor dieser Tour gesagt. Falk ahnte, um was es ging. In letzter Zeit war es immer darum gegangen. ‚Er sei einfach kein Mann für eine Frau', hatte sie ihm zuletzt an den Kopf geworfen. ‚Er wolle sich nicht binden' – *Nicht einsperren lassen trifft es eher,* dachte er und wand sich unbehaglich auf dem Sitz.

Er liebte Sophie, da war er sich ziemlich sicher. Die Fesseln der Ehe wollte er sich aber ganz bestimmt nicht anlegen lassen. Er hatte an seiner Mutter gesehen, dass die Ehe eine Hölle sein konnte. Das war nichts für ihn. Nun aber war Sophie schwanger. War das etwa ein Erpressungsversuch, um ihn doch noch unter die Haube zu bekommen? Da hatte Sophie sich aber geschnitten. Wenn es nach ihm ginge, dann würde dieses Kind nicht das Licht der Welt erblicken. Er war doch noch jung, weshalb sich das Leben jetzt schon ruinieren lassen? Falk gähnte. Nein, wahrscheinlich würde er Sophie in die Riege seiner verflossenen Freundinnen einreihen, am Besten gleich heute Abend – damit hätte sich das Thema Kind sowieso erledigt. Diese Erfahrung hatte er schon ein paar Mal gemacht. So blöd, ein Kind alleine aufzuziehen, war bisher keine gewesen – zumindest wusste er nichts davon. Es interessierte ihn auch nicht wirklich.

An der nächsten Raststätte gönnte Falk sich einen Kaffee. Er sah sich neugierig um. Eine hübsche junge Frau fiel ihm sofort auf. Gelassen saß sie allein an einem Tisch und trank einen Kaffee. Falk setzte sein charmantestes Lächeln ein und sich mit einem lockeren Spruch auf den Lippen zu ihr.

Schnell kamen sie ins Gespräch. Im Hintergrund lief leise Musik, die er kaum wahrnahm. Doch irgendwann drang eine Melodie an sein Ohr, schien sich zu wiederholen. Er versuchte die Musik aus seinem Kopf zu bekommen und konzentrierte sich wieder auf die sexy Frau, die ihm seltsam vertraut vorkam. Falk fühlte sich ihr näher als den anderen, die gewöhnlich zu seinem One-Night-Stand wurden. Vielleicht würde sie die Nachfolgerin von Sophie werden?

Falk versuchte ihr weiß zu machen, dass sie beide vielleicht seelenverwandt waren, weil er sie so unglaublich sympathisch fände und das Gefühl hätte, sie schon lange zu kennen.

„Ehrlich!" Er lächelte charmant. „Ich könnte wetten, dass du und ich ... wie in einer magischen Verbindung ..." Falk brach ab und bemerkte, wie sie ihn musternd ansah. Wenn sie jetzt mit einem Scherz reagierte, dann hatte er gewonnen. Doch sie schien ein wenig nachdenklich, dann wurde ihr Gesicht erschreckend ernst.

„Meinst du das tatsächlich?", fragte sie.

Falk legte die Hand auf sein Herz und strahlte sie an. „Ich schwöre!"

Doch sie lächelte bedauernd. „Ja, ich glaube, du hast Recht. Scheinst ein Teil meines Schicksals zu sein. Wer weiß?"

„Dann könnten wir es doch ... noch einmal miteinander ..." Er ließ den Satz offen und legte eine Hand auf die ihre. *Komm schon,* dachte er, *stell dich nicht so an.*

Sie zog ihre Finger unter seinen hervor. „Heute, mein Lieber, steht es nicht in deinen Möglichkeiten, mich noch einmal in dein Leben hinein zu ziehen."

Er lachte unsicher auf.

„Falk", erklärte sie ihm weiter, während im Hintergrund die Musik ein wenig lauter wurde, „Falk, wir entscheiden von Leben zu Leben. Mein Leben hat sich endlich geändert. Deines anscheinend nicht."

„Woher willst du das wissen?", fragte er verwirrt, während die Musik ihm zuraunte ‚remember'. Er verstand kein Wort. Machte sie sich über ihn lustig?

„Ich bin anscheinend hier, damit du endlich etwas lernst." Ihre strahlenden Augen blickten ihn unverwandt an und Falk wurde schwindelig. *Wie kann man nur so blaue Augen haben?*, dachte er verwirrt.

„Lernen?" Zweifelnd sah er sie an. Schrecklich ernst schien es ihr zu sein.

„Ja, solange du es nicht lernst, wird es wieder geschehen."

„Wieder geschehen?" *Erst sieht sie aus, als wäre sie ein erstklassiges Sahneschnittchen,* dachte Falk, *dann entpuppt sie sich als Spinnerin. Vielleicht sollte ich besser gehen, die hat ja wohl nicht alle Tassen im ...* „Was soll denn wieder geschehen?", fragte er fast ärgerlich und griff nach seinen Schlüsseln, die auf dem Tisch lagen.

„Alles."

Ihre sanfte Stimme verklang im Song, der auf einmal lauter wurde. Die leichte Klaviermelodie wirbelte seine Gedanken auf und schien den turbulenten Rasthof in ein ruhiges, sanftwarmes Licht zu tauchen. Alles außer der Melodie wurde leise – verschwand irgendwie. Dann setzte eine volle Männerstimme ein: „Try to remember the kind of September, when life was slow and oh so mellow ..."

Eine Frauenstimme übernahm die Melodie – das Mädchen ihm gegenüber – blond, wunderschön, mit leuchtend blauen Augen, jetzt in einem bodenlangen, sattgrünen Kleid. Sie lächelte und streckte die Hand nach ihm aus – und sang.

„Try to remember when life was so tender, when noone wept except the willow ...“

Falk trat einen Schritt näher, um ihre Hand zu ergreifen und ihm war, als würden die Klaviertöne sie beide mitnehmen, durch einen zarten Nebel, der kühl seine Haut streifte.

„Deep in December it‘s nice to remember. Although you know the snow will follow ... Deep in December our hearts should remember and follow, follow.“

Gemeinsam endeten die Stimmen und Falk sah sich erstaunt um.

Neben ihm stand die wunderschöne Blonde aus dem Rasthof in ihrem altertümlichen Kleid – aber sie waren nicht mehr dort! Sie befanden sich auf einem schmalen Weg, in einer Landschaft, die ihm seltsam vertraut vorkam, wie ein Déjà-vu.

Wo war der Rasthof, wo die anderen Leute? Kurz kniff er die Augen zusammen und riss sie ruckartig wieder auf, doch nichts von der unwirklichen Szenerie hatte sich verändert. Hügel im herbstlichen Licht. Wind, der erste Blätter vor sich her trieb und mit ihren Haaren spielte. Er kam sich vor, wie in einem Märchenfilm und streckte unbewusst eine Hand aus, um ihr die Strähnen aus dem Gesicht zu streichen.

Wieder ertönten leise die lockenden Klaviertöne.

„Remember ...“, flüsterte sie, „erinnere dich!“

Falk drehte sich verwirrt im Kreis, dann wiederholte er, was er grade im Song gehört hatte. „Es war September?“

Sie nickte.

„Wann? Wann war das?" Falks spürte, wie sich sein Hals verengte. Was war hier los? Träumte er? Er konnte sich nicht daran erinnern, eingeschlafen zu sein. War was in seinem Drink gewesen? Und vor allem: Wer – zum Henker – war diese Frau, und was machte sie mit ihm? Er riss sich zusammen. *Ruhig bleiben,* mahnte er sich, *nicht kopflos werden.*

Sie jedoch sah ihn nur zärtlich an und er konnte in ihren Augen die Wolken ziehen sehen.

„Es ist lange her, Lieber. Wer weiß, wie lange – in einem anderen Leben, an einem anderen Ort."

Sie griff nach seiner Hand, zog ihn mit fort. Als könnte er gar nicht anders, ging er einfach mit. Lange liefen sie, scheinbar ohne Ziel, einfach geradeaus. Falk hatte das Gefühl, den Boden unter seinen Füßen zu verlieren, sollte er nur je ihre Hand loslassen. Er versuchte zu begreifen, was er hier tat. Wo er war. Warum er hier war – und was dieses Mädchen von ihm wollte. Er stellte unzählige Fragen, aber sie antwortete auf keine, bis er es schließlich aufgab. Da sah er auf einem Hügel eine steinerne Festung, eine kleine Burg vielleicht.

„Das ist Wolkenstein, ich kenne dieses Gemäuer!" Erfreut sah Falk das Mädchen an. Er glaubte, sich auch an eine alte Frau zu erinnern, die ihr graues Haar fest in einem schweren Knoten im Nacken zusammengefasst trug und ihn streng ansah. „Meine Mutter ...", stammelte er, „sie ..."

Das Mädchen nickte bedeutsam. „Ja, dort hast du mit ihr gelebt. Erinnere dich!"

„Ich habe dort gelebt? Niemals!" Verwirrt rieb er sich die Stirn.

Sie waren mittlerweile auf eine kleine Anhöhe geklettert und konnten jetzt ein schmales Tal übersehen, durch das ein Fluss führte, an dessen linkem Ufer ein Dorf lag, überschattet von der Festung auf dem Hügel. Etwas weiter rechts erahnte Falk eine kleine Kate, inmitten eines im Herbstlicht leuchtenden Gartens. Er kniff die Augen zusammen. Auch die hatte er schon einmal gesehen. *Verdammt, nur wo?* Falk versuchte krampfhaft sich zu erinnern.

„Das war mein Dorf, hier wuchs ich auf." Ihre Hand wies ihm die Richtung und sein Blick fokussierte sich wieder auf die unscheinbaren Häuser, die sich um einen großen Baum drängten. Ihm wurde übel bei dem Anblick.

„Dort, in dieser kleinen Hütte lebte ich", sie deutete auf das Häuschen abseits. Fast erleichtert betrachtete er die kleine, mittlerweile halb verfallene Kate. Ein warmes Gefühl machte sich in seinem Herzen breit, als hätte er viele glückliche Stunden dort verbracht.

„Meine Mutter starb früh und man gab mich in die Obhut der Frau, die bei meiner Geburt dabei gewesen war." Ihr schmales Gesicht wurde in der Erinnerung weicher. „Ich liebte sie, als wäre sie die Großmutter, die ich nie kennen gelernt hatte. Als Kind", erzählte sie nun lebhafter, „war ich oft mit kranken oder verletzten Tieren zu ihr gekommen, und immer half sie mir, sie gesund zu pflegen. Sie lehrte mich alles, was sie wusste. Kaum war ich in meinem sechzehnten Jahr, schloss auch sie für immer ihre gütigen Augen. Sie hinterließ mir nicht nur ihre Hütte, sondern auch ihre Kräuter und das Wissen um Frauen – und wie Kinder auf die Welt kommen."

Gütige Augen? Solche Augen gibt es nur in Geschichten, dachte Falk belustigt. „Und dann?"

„Du erinnerst dich nicht?", fragte sie und ihre blauen Augen musterten ihn traurig, fast müde – verdüsterten sich, als würden Wolken vor die Sonne ziehen. Mit einem Male war die bisher leichte Stimmung weg und ihn überlief eine Gänsehaut unter ihrem Blick.

„Nein." Er schüttelte den Kopf. Er wusste nichts. Seine Hände wurden schweißnass, er fühlte einen harten Klumpen in seinem Bauch, der ihn jeden Herzschlag spüren ließ.

„Dann lass mich weitererzählen.“ Sie setzte sich ins Gras und lehnte mit dem Rücken an einem Baumstamm. „Ein paar Monate später klopfte es mitten in der Nacht an meine Türe. Es war Vollmond und ich war spät zu Bett gegangen. Ein Knecht war da, in Eile, seine Herrin sollte ein Kind gebären und es wollte nicht auf die Welt kommen, sagte er.“

Falk sah ihn vor sich. Dunkelhaarig, einen struppigen Bart im Gesicht, das Wams nicht richtig zugeknöpft, mit dem schwitzenden Pferd am Zügel.

„Ich war daran gewöhnt, nachts aus dem Bett geholt zu werden. Viele Kinder beschließen, lieber im Dunkel der Nacht in die Welt zu treten.“ Sie lächelte versonnen, pflückte einen langen Halm und spielte damit. „Schnell zog ich mich an, hatte wie immer meinen kleinen Beutel griffbereit gleich neben der Türe stehen. Der Knecht half mir auf sein Pferd und im Galopp eilten wir zu seiner Herrin.“

Falk sah wie im Traum fliegende lange, blonde Haare durch die Nacht wehen, hörte den eilenden Hufschlag.

„Ich erkannte sehr spät, dass wir zu dir unterwegs waren.“

Das Bild der kleinen Festung stand vor seinen Augen, beleuchtet vom runden, schwefelgelben Mond.

„Zu mir?“

Falks Wahrnehmung trübte sich für einen kurzen Augenblick und er sah sich plötzlich bei einer, vom aussichtslosen Kampf verschwitzten jungen Frau im Kindbett, das Leinen vom Blut durchtränkt und von den Dienerinnen längst verlassen. *Was mache ich hier? Wer ist diese Frau?* Er würgte kurz vom rauchigen Gestank des Feuers, das sich mühte, Hitze und Licht in den düsteren, engen Raum zu bringen.

„Der Aberglaube sagt, es bringe Unglück, wenn eine Frau im fruchtbaren Alter am Kindbett einer ist, die darin sterben wird. So hatte man die Gebärende in ihrer schwersten Stunde allein gelassen.“ Die Stimme des Mädchens klang seltsam tonlos und ihn überlief ein kalter Schauer. *Wie barbarisch.* „Selbst die alte Herrin wollte ihr nicht beistehen“, fuhr sie fort. „Sie sagte, die junge Frau wäre nichts wert und ihr Kind auch nicht. Die Herrin schickte selbst die alten Dienerinnen weg.“ Mit plötzlicher Sicherheit wusste Falk, dass die Sterbende seine Frau war – die er gegen den Willen seiner Mutter gewählt hatte – und auch, dass sie ihr Lager nicht mehr lebend verlassen würde, sollte nicht ein Wunder gesehen.

Für einen Moment hob sich Falks Magen und er hatte das Gefühl, als ob er einen Schritt durch dichten, zähen Nebel hindurch gestoßen wurde. Noch während sein Verstand das zu erfassen versuchte, ließ ihn ein Geräusch herumfahren und er sah das Mädchen an der Seite seines Knechtes in die dunkle Kammer treten.

„Was machst du hier?“ Falk schüttelte den Kopf, um wieder klare Gedanken fassen zu können.

„Ich bin die Hebamme, geht beiseite Herr, damit ich Eurer Frau helfen kann.“ Gelassen ging sie an ihm vorbei und er bemerkte ihren sauberen Duft im Gestank der rauchigen, heißen Kammer. „Euer Knecht sollte gehen, Herr. Es schickt sich nicht.“

Mit einem Schulterzucken deutete er dem Knecht, aus dem Raum zu verschwinden und blieb mit beiden Frauen allein zurück. Für einen langen Moment war nur das erschöpfte Keuchen der Gebärenden zu hören, bis sich die Hebamme nach kurzer Untersuchung zu ihm umdrehte.

„Herr!“ Ihre Augen waren vor Entsetzen geweitet. „Warum habt Ihr mich erst so spät holen lassen?“

„Ist es bereits zu spät? Wird dieses unselige Geschöpf endlich das Kind auf die Welt bringen? Warum nur müssen sich Frauen immer so anstellen? Jede Hündin bringt ihre Welpen mit mehr Anstand auf die Welt." Falk hörte selbst, wie grausam kalt und gelassen seine Stimme klang und erschauderte. *Habe ich das wirklich gesagt?* Sie antwortete mit einem Nicken. Wahrscheinlich war es die Antwort auf seine Fragen.

„Ich brauche wenigstens einen Erben, was ist mit dem Kind?" Er presste eine Hand auf den Mund und hatte das Gefühl, als müsste er die Worte zurückhalten, die ihm über die Lippen kamen.

„Lebt schon nicht mehr und vergiftet ihren Leib." Sie schauderte. „Ihr werdet beide verlieren!"

Falk schloss vor Entsetzen die Augen. *Was ist das hier für Albtraum?* „Kannst du etwas für sie tun?" Er flüsterte, kniff die Augen zusammen und versuchte sich einzureden, er würde alles nur träumen. Es fühlte sich nur so real an. Falk starrte das Mädchen an.

Sie nickte, beugte sich dann zur Sterbenden herab, um auch deren Einverständnis zu erhalten. Dann kramte sie kurz in ihrem Beutel und reichte ihm eine kleine Phiole mit einer durchsichtigen Flüssigkeit.

„Gebt es ihr, Herr, dann schläft sie einfach ein."

„Ich?" Seine Finger zitterten, als er ihr das Geschenk des Todes aus den Händen nahm.

Falks Magen krampfte sich vor Übelkeit zusammen und er fand sich im ersten Tageslicht neben ihr auf der Anhöhe wieder. Verwirrt rieb er die Augen und vermeinte, immer noch den Gestank der Kammer an sich zu riechen. Müde ließ er sich neben dem Mädchen ins Gras sinken. Gemeinsam beobachteten sie den aufkommenden Morgen, schweigend ob der Ungerechtigkeit des Lebens und dessen ständigem Fluss.

Hatte er es wirklich getan? Einer – seiner! – Frau das Mittel gegeben, das sie in den Tod schickte? Immer wieder wischte er seine Finger an der Hose ab. War versucht zu beten. Kam sich wie ein Mörder vor.

„Was geschah dann?“ Müde schloss er die Augen und lehnte die Stirn an seine aufgestellten Knie. *Wollte er es wirklich wissen?*

Erneut nahm das Mädchen ihn mit.

Er konnte beobachten, wie er sie in den kommenden Wochen öfter besuchte. Fand sich seltsam ruhig in ihrer Nähe, getröstet, geborgen, wie nie in seinem Leben zuvor. Ein erster Schneefall hielt ihn eine Nacht in ihrer Hütte und er grinste, als er die Leidenschaft sah, zu der er entbrannt war.

Wenig später war sie sicher, sein Kind unter ihrem Herzen zu tragen. Sie sagte ihm jedoch nichts von diesem neuen Leben. So wusste er nur, wie sehr er sie begehrte, diese junge Frau mit dem goldenen Haar und der reinen Seele, die so anders war, als alle Mädchen, die ihm seine Mutter seit dem Tod seiner Frau ins Bett gegeben hatte und die doch namens- und gesichtslos an ihm vorüber zogen.

Wolken überschatteten schnell ihr kurzes Glück. Es blieb den Dörflern nicht verborgen, wie oft er die kleine Kate aufsuchte. Es wurde getuschelt, dass sie es gewesen war, die seine Frau in den Tod geschickt hatte. Hinter vorgehaltener Hand erzählte man es der alten Herrin. Insgeheim war die alte Herrin die Recht sprechende Macht in Wolkenstein – solange Falk lieber auf die Jagd ging und sich vergnügte. Sie erzählten der alten Herrin auch, dass alle Burschen, die sich für die junge Hebamme interessierten, abgewiesen wurden. Es hieß, dass sie, die Hebamme, nur auf Falk, wartete.

Nachdem er wieder einmal bei ihr gewesen war, schlichen sich die Dörfler auf Geheiß seiner Mutter im Dunkel in die Hütte der Hebamme. An den Haaren auf die Burg geschleift, klagte man sie noch in derselben Nacht an. Mit Zustimmung des Priesters der Burg verurteilte Falks Mutter, als Herrin der Burg und der Domäne, die Hebamme zum Tode. Die Herrin hatte bereits ein neues Mädchen als Schwiegertochter auserkoren und hier drohte ein zweites Mal, dass Falks Launen ihre Zukunftspläne verdarben.

Falks Herz wollte stehen bleiben. *Das hatte er nicht gewollt.* In seiner Kehle saß ein Schrei, den er mit aller Macht zu unterdrücken versuchte. Er sah sich, wie er vergebens versuchte, die Menschen abzuwiegeln, die nun aufgehetzt nach Blut dürsteten. Als das nicht gelang, versuchte er, jede mögliche Schuld auf sich selbst zu nehmen – aber seine Mutter sagte, das Mädchen habe ihn verblendet. Ihre schwarzen Künste angewandt, um ihn zu becircen. Ihn hörig gemacht, damit sie selbst die Herrin der Burg werden konnte und sie – seine Mutter! – dann in Schimpf und Schande davon jagen würde. Nein, tobte Falks Mutter wie eine Furie, er könne in diesem Netz von Magie nicht klar denken und so würde sie die Entscheidung treffen – ob es ihm recht war, oder nicht. Alles für sein Wohl und für das der Domäne. Das würde er doch verstehen, oder? Und wenn nicht, müsse sie es ihm ein für alle Mal einbläuen! Ein Exempel statuieren – das Mädchen werde sterben und er sei schuld daran! Er und seine ... männlichen Triebe! Er sei wie sein Vater es gewesen war! Sie würde nicht zulassen, dass er die Domäne ruiniere. Ihre Domäne!

Falks Mutter hatte Schaum vor dem Mund, als sie ihm wutentbrannt hieß, ihre Räume zu verlassen.

Falk war wie betäubt vom Ausbruch seiner Mutter. Dann aber begehrte er auf – und schlich in der Nacht in den Kerker, in den man das Mädchen bis zu ihrer Verbrennung geworfen hatte, löste ihre Fesseln, die sich heiß in die Gelenke gebrannt hatten, küsste ihre Tränen von den Wangen und nahm allen Trost, den sie ihm geben konnte, auch wenn es nicht genug für den Schmerz war, den er empfand. Er hatte das Gefühl, als würde er zum ersten Mal empfinden, was andere Liebe nannten.

„Mein Herz würde zerreißen, wenn ich dich sterben sehen müsste", flüsterte er mit tränenerstickter Stimme in ihr Haar. „Ich werde dafür sorgen, dass du entkommen kannst."

Falk verschaffte ihr die Chance, in dem er sie weit vor dem ersten Morgengrauen fort von den Wachen durch einen geheimen Gang in die Freiheit führte, sie dort verließ und in sein Zuhause zurückkehrte, als ob nichts gewesen wäre. *Sie war zwar allein*, dachte er zufrieden, *aber am Leben. Sie wird es schaffen. So schwer ist es nicht, sich durch zu schlagen. Sie ist eine starke Frau. Ich habe getan, was ich für sie tun konnte.*

Aber statt in sein warmes Bett zurückzukehren, folgten ihr Falks Gedanken. Folgten ihr in die Dunkelheit.

Mühsam rang er nach Atem, als er in ihren Körper gezogen wurde, machtlos miterlebte, wie sie seiner unausgesprochenen Aufforderung folgte, aber nicht zur Flucht nutzte. Warum tat sie das? Falk konnte nicht verstehen, warum sie die Möglichkeit, die er ihr geboten hatte, nicht ergriff. Doch dann ... schob sie seine Einwände beiseite und er spürte, was sie empfand. Es wurde dunkel um ihn, schwarz. Und dann hörte er sie.

Es war Dezember. Überall lag Schnee. Mutlos war sie losgegangen. In ihren Gedanken brannte der Wunsch, nur weg von hier zu kommen. Plötzlich stockte ihr Schritt. Wohin sollte sie gehen? Sie besaß keine Familie mehr, es gab niemanden, zu dem sie gehörte. Niemanden, der sie aufnehmen würde. Wollte sie das überhaupt? Sein Bild stand vor ihren Augen, wie er sie fortgeschickt hatte. Allein, sie war ganz allein. Ein Lächeln überzog ihr erschöpftes Gesicht. Doch, es gab einen Weg für sie.

Am Fluss waren die Ufer mit Eis verkrustet. Der Atem stand in rauchigen Wolken vor ihrem Gesicht, als sie sich langsam, tastend wieder vorwärts bewegte.

Eiskalt strömte das Wasser um ihre Fesseln, glitt geschmeidig wie eine Schlange langsam die Beine hoch und tötete jedes Gefühl darin. Noch einen Schritt trat sie vor, lauernd schlich sich das Wasser in die langen Röcke und nässte sie, als ihre, *seine!* Arme ihren Leib umschlossen, der sich unter ihren kalten Händen schon ein wenig gewölbt anfühlte. Falk vermeinte die ersten Bewegungen des Kindes zu spüren und sein Herz wurde ihm schwer.

Tränen netzten ihre Augen und fielen weich in das tanzende Wasser, das sie umgab. Noch einen Schritt zwang sie sich weiter, fast bis zu den Knien ging es nun und sie fühlte vor Kälte die Füße schon nicht mehr. So würde es sein, einfach versinken in der wirbelnden Tiefe, sich selbst verlieren, sich und das ungeborene Kind. Ihre Hände streichelten das Wasser.

Während ihre Fingerspitzen in die eisige Flut tauchten, verlor sich ihr Blick. Mit den letzten Gedanken starrte sie in den schwankenden Mondschein und die Schatten der Dunkelheit. Das Wasser erreichte ihren Schoß, den er liebkost und der die Frucht seiner Lenden empfangen hatte. Ihr Lächeln galt nun ihm und der Erinnerung an die Berührungen seiner Hände auf ihrer Haut. Fast nachlässig ging sie ein Stück weiter und der winterliche Fluss kühlte ihren Bauch.

Gelassen spielten ihre Hände auf der Oberfläche, als er plötzlich am Ufer stand und panisch ihren Namen schrie. Kurz drehte sie sich um, während ihre Beine sie weiter in die Tiefe brachten. „Bleib bei mir!“, rief er, und sie solle dort wieder herauskommen. Sie antwortete nicht und ließ sich langsam sinken. Die Röcke zerrten im schneller fließenden Wasser und sie schien es fast zu genießen, sich fallen zu lassen. Kalt schwappte es über ihr Gesicht, löste die Haare, floss um sie, fast zärtlich, wie die Hand einer Mutter.

Noch einmal gönnte das barmherzige Wasser ihr ein Atemholen und dann nahm der Tod sie in seine Arme und geleitete sie fort. Sie und sein Kind ... an einen anderen Ort.

„Warum hast du das getan?“ Entsetzt sah Falk auf das Mädchen, das lebendig und ruhig neben ihm auf der kleinen Anhöhe im sonnenwarmen Gras saß. Ihm war eiskalt, als wäre er immer noch im winterlichen Fluss. In seiner Kehle brannte ein ungehörter Schrei.

„Warum?“ Sie lachte leise. „Ich liebte dich. Wie hätte ich leben können ohne dich, wie hätte ich leben sollen mit dir? Wie hätte unser Kind leben sollen?“

„Ich wäre weggegangen, hätte dich gesucht, hätte dich gefunden! Ich hätte für euch gesorgt, dich geheiratet ...“

„Nein.“ Ihre Stimme klang traurig. „Das hättest du nicht und hast du nicht. Das hast du nicht gekonnt.“ Sie stockte. „Vielleicht noch nicht mal gewollt.“

„Doch!“ Falk wollte seine Hände auf seine Ohren pressen. „Ich wusste doch nichts von dem Kind! Ich hätte es nicht im Stich gelassen.“ Er kniff die Augen zu, wollte ihren Worten nicht mehr zuhören, sie nicht mehr sehen.

Leise verklang die Musik mit einem letzten, beinahe nicht mehr wahrnehmbaren ‚remember‘ und alles wurde still.

Falk schüttelte sich verwirrt, dann fiel klirrend ein Löffel auf den Boden. Die Leute am Nebentisch warfen ihm neugierige Blicke zu. Verlegen hob er ihn auf. Er saß alleine am Tisch, niemand war bei ihm. Sein Herz schlug heftig und er spürte den sauren Geschmack der Angst in seinem Mund.

Wo war sie? War das ein Traum gewesen? Hatte er überhaupt geträumt? In Gedanken versuchte er, die unbekannte Frau aus seinem Traum wieder zu finden. Aber seine Sinne verloren sie mit jedem Atemzug mehr und zeigten ihm Sophies Gesicht, das seiner Freundin zu Hause; sein Herz das Kind, das in ihrem Leib heranwuchs, bis er sie nicht mehr unterscheiden konnte.

Mein Kind!

Entschlossen ging er zu seinem Auto zurück. Tief sog er Luft in die Lungen, bevor er einstieg. Sein Herz klopfte laut gegen die Rippen und verwirrt beobachtete er, wie seine Hände zitterten. Für einen Augenblick sah er Sophie, wie sie in den grauen Fluten des Flusses versank.

„Nein!", keuchte er. Nein! Es war genug. Er wollte dieses Kind – und auch die Frau, die ihn liebte. Falk lächelte. Die Frau, die er liebte. Das war ein gutes Gefühl. Es wurde endlich Zeit, sein Leben zu ändern. Für einen Augenblick verspürte er Sehnsucht nach dem Mädchen mit den langen, blonden Haaren. Er wusste, auch ihre Zeit würde wiederkommen.

Zu Hause bemerkte er die Grasflecken auf seiner Hose.

Songtext von ‚try to remember', Harry Belafonte 1972

Neue Wege

Ilkiran Korva

Der Tag begann wie jeder andere.

Ein aufdringlich schriller Ton suchte sich seinen Weg durchs Zimmer und fand in Anjas Gehörgängen sein Ziel.

Benommen tastete sich die Frau durch die zerknautschte Kissen hindurch zu dem Weckgerät und suchte blindgrummelnd das Knöpfchen zum Ausschalten.

Das Ziffernblatt zeigte 6.30.

„Verdammt ..., schon wieder nur fünf Stunden Schlaf ...“

Leises Trappeln nackter Füße aus dem angrenzenden Zimmer zeigten ihr, dass die beiden Kleinen auch schon wach waren.

„Mama! Aufstehen!“ piepste die muntere Stimme des Fünfjährigen, während der um ein Jahr älterer Bruder in seinem Spielzeug kramte, bis die Legokiste mit lautem Getöse umfiel.

Das Gerumpel trieb Anja endgültig aus dem Bett.

„Pscht ... Leise ihr beiden! Unter uns schlafen noch die Leute. Ihr wollt sie doch nicht schon wieder aufwecken! Kommt ins Bad, ihr könnt euch dann Anziehen ...“

Die Zwei wollten jedoch lieber spielen, und so dauerte es seine Zeit, bis sie einigermaßen gewaschen waren und in ihren Sachen steckten. Leise war dieser Vorgang nicht, und Anja musste sie des Öfteren ermahnen, auf die unter ihr wohnenden Nachbarn Rücksicht zu nehmen. Diese fühlten sich gewöhnlich durch das Getrappel über ihren Köpfen gestört, und hatten sich in der Vergangenheit schon öfter beim Vermieter über ihre Kinder beschwert.

Dann bereitete sie das Frühstück. Die üblichen Haferflocken, mit Milch angerührt und einen klein geschnittenen Apfel darunter gemischt, der Vitamine wegen.

Von denen bekamen die Kleinen sonst nicht allzu viele, denn frisches Obst war teuer, und Anjas Finanzen bewegten sich ständig am Limit.

Endlich saßen die beiden Kinder am Tisch und tunkten die Löffel in die Teller.

Ein Familienmitglied fehlte jedoch: Ihre sechzehnjährige Tochter Katrin.

Anja lauschte zu deren Zimmer hin:

Musste da nicht gleich ein Wecker rappeln, um die Große aus den Federn zu scheuchen?

Nein – sie hatte wohl keine Lust. Mal wieder nicht.

Anja überlegte, wann ihre Tochter gestern wohl nach Hause gefunden hatte. Gegen Eins vielleicht? Oder war es noch später geworden?

Sie wusste es nicht genau. Sie hatte schon halb geschlafen und war nur erleichtert gewesen, irgendwann die Eingangstür zu hören, und die bekannten Schritte im Flur. Aber für eine Sechzehnjährige trieb sie sich eindeutig zu lang in der Gegend herum. Freunde hin, gutwilliger Erziehungsstil her – mit der Dame musste ein Wörtchen geredet werden, wenn die Schule nicht ganz den Bach heruntergehen sollte.

Gerade als Anjas Entschluss feststand, ihre Tochter höchstpersönlich und nicht besonders sanft aus dem Bett zu zerren, erzitterte der Tisch und es gab eine mittlere Überschwemmung.

„Mama – der hat mich getreten!" Der Ältere zeigte mit dem Löffel auf seinen Bruder, der sich sofort vehement verteidigte: „Gar nicht wahr, du hast angefangen. Das war mein Müsli!"

„Aber du hast meinen Kakao umgeschmissen. Mit Absicht!"

„Du lügst!"

„Mama ...!“

Der Eine heulte, der Andere war empört. Der Tisch triefte.

Aber selbst dieses lautstarke Chaos ließ Katrin nicht aufwachen.

Zwischen Aufwischen und Kinderberuhigen blickte Anja zur Tür ihrer Tochter. Es wurde höchste Zeit für Katrin, wenn sie ihren Bus zur Schule nicht verpassen sollte, allerhöchste Zeit ...

Der Ärger über das Verhalten ihrer Tochter wuchs und schließlich schleuderte Anja den Lappen ungeachtet des feuchten Fußbodens in seinen Eimer, riss die Zimmertür ihrer Tochter auf:

„Hey! Es ist halb acht! Willst du nicht so langsam aufstehen?“

Sie schaltete das Licht ein und blickte durch das Zimmer: Hier ein paar Bücher auf dem Boden, dort einige Zeitschriften ... dazwischen neue und gebrauchte Kleidungsstücke verschiedenster Art. Quer über dem Schreibtisch lag die Jacke, darunter Hefte und Schulbücher. Vor dem Bett standen schlammige Stiefel in einer Pfütze.

„Verdammt! Es ist Zeit! Aufstehen!“

Ihre Tochter verkroch sich noch ein Stückchen tiefer unter die Decke, antwortete noch nicht einmal.

So ein unverschämtes Weib! Anja war kurz davor, loszubrüllen. Was stellte das Mädchen sich eigentlich vor?! Mit ihren sechzehn Jahren ganze Nächte lang wegzubleiben, sich mit ihren Kumpels herumzutreiben und dabei Familie und Schule zu vergessen!

Sie fegte mit dem Fuß die im Weg liegenden Hosen und Shirts zur Seite, durchmaß den Raum und zog Katrin mit Schwung die Decke vom Bett.

„Los! Sofort raus hier und ab in die Schule!“

Ihre Tochter streckte sich verschlafen und blinzelte sie an, sehr unbeeindruckt.

Aus dem Flur kamen streitende Stimmen und Geräusche, als würde etwas an die Wand geschlagen.

Es klirrte.

„Also? Kommst du jetzt? Oder willst du die Schule ganz abschreiben?"

„Ist mir Scheißegal, da gehe ich nicht mehr hin, wozu auch? Um doch keinen Job zu kriegen oder später so rumzusitzen wie du? Lass mich in Ruhe!"

Das Mädchen riss Anja die Bettdecke aus der Hand und legte sich wieder hin.

„Und jetzt lass mich schlafen! Das ist mein Zimmer!"

Draußen im Flur schluchzte es: „Mama ..."

Es hörte sich dringend an.

Anja stürzte nach draußen, um nachzuschauen und sah die beiden Kinder inmitten eines Scherbensees stehen. Ihr Gerangel um den letzten noch gebrauchsfähigen Schirm hatte dem Garderobenspiegel das Leben gekostet.

Der Jüngste hielt ihr schniefend den Zeigefinger hin: „D-Das war ich aber nicht. Das war der da. Und mein Finger tut weh ..."

Und Anja beeilte sich: Kinder aus der Gefahrenzone befördern, warnende Blicke austeilen, Pflaster holen und auf Schnittwunden aufkleben, Scherben zusammenkehren und Kinder in Mäntel verpacken.

Weiter an Katrin zu denken, blieb ihr keine Zeit, und so verbannte sie ihre Tochter aus den Gedanken. Im letzten Moment erinnerte sie sich an die Haustürschlüssel.

Um 8.00 mussten die Kleinen abgeliefert sein. Der Jüngste im Kindergarten, der Mittlere in der Schule, erste Klasse. Zum Glück lagen beide Institutionen nahe beieinander.

Halt! Die Schultaschen!

Anja eilte zurück, um sich die beiden Taschen zu schnappen.

Halt! Schulbrot!

In der Küche lagen noch ein paar Dauerbrötchen vom Diskount, die sie in die Taschen stopfte. Jedem noch einen kleinen Schokoriegel dazu, dann konnte es losgehen.

Hoffentlich kam sie noch rechtzeitig zur Arbeit!

Nachdem die Kinder in Schule und Kindergarten abgeliefert worden waren, hetzte Anja weiter, jede rote Ampel einzeln verfluchend. Sie konnte nicht schon wieder zu spät zu ihrem Job, oder das, was sich so nannte, erscheinen!

Die Sekretärin des Firmenleiters empfing sie, noch bevor sie sich an ihren Schreibtisch setzen konnte:

„Na ...? Nur zehn Minuten über die Zeit, Anja. Du wirst von Tag zu Tag besser. Aber keine Sorge, es hat keiner gemerkt, auch der Chef nicht. Und damit du sofort anfangen kannst, habe ich dir schon deine Papiere auf den Schreibtisch gelegt. Es sind einige Kundenreklamationen gekommen, und natürlich die Bestellungen. Und vergiss nicht, die neuen Aufträge müssen auch fertig gemacht werden, am besten noch vor Mittag. Schaffst du das?“

Anja starrte ihre Kollegin an. Sie war elegant gekleidet, dezent geschminkt, ein Abbild graziöser Weiblichkeit. In der rechten Hand balancierte sie eine Kaffeetasse, die Linke wedelte mit einigen Blättern vor ihrer Nase herum.

„Was ist, Anja? Die Sachen sollen heute noch weg, es ist hochwichtig. Und was die Beschwerden betrifft – du bist doch so geschickt, wenn es darum geht, mit unzufriedenen Kunden zu verhandeln ... Und bei den Lieferfirmen schlägst du die besten Rabatte heraus. Als hättest du das gelernt ...“

Dann stöckelte sie weiter, ihrem Arbeitstisch zu, der neben dem von Anja stand.

Anja wendete sich ebenfalls ihrem PC zu und schaltete ihn voll unterdrückter Wut ein.

An einen Kaffee wagte sie nicht zu denken, als sie ihr Arbeitspensum grob überflog. Das war mehr als genug, für einen ganzen Tag ...

Sie stürzte sich in ihre Arbeit hinein.

Vorsortieren, eine Liste nach Dringlichkeit anlegen, die Baustoffhändler zuerst. Immerhin waren dort die Büros besetzt, während sie vor nachmittags wohl keinen der Privatleute erreichen würde, die sich von der Firma Manns, in der sie gerade auf Zeit arbeitete, ein supergünstiges Eigenheim in Schnellbauweise errichten ließen.

Sie telefonierte mit den Großhändlern und feilschte um Rabatte.

Zement, Verbundsteine, Bauholz. Anlieferung frei, auf die Baustelle, nein, nicht erst nächste Woche, morgen schon. Morgen!

Anja schrie in den Hörer hinein. „Morgen ist der Termin für das Dachgebälk, nicht erst nächste Woche ... Unsere Dachdecker fangen morgen an! Ist das mein Problem, dass Sie mit der Logistik nicht klarkommen?"

Anja war unkonzentriert. Die Verhandlungen liefen nicht wie sonst.

Keine lustig-launischen Gespräche mit den Angestellten am anderen Ende, mit einen Scherz zwischendurch gewürzt, nein, sie wählte die falschen Worte, drängte zu stark auf Einhaltung irgendwelcher Liefertermine ... Es lief schlecht.

Ihre Kollegin fand das amüsant.

Anja warf ihr zwischendurch verärgerte Blicke zu: Diese Frau war fest angestellt in der Firma und musste nicht für das halbe Geld die doppelte Arbeit machen! Sie hockte vor ihrem PC und kümmerte sich gemütlich um die Lohnabrechnungen, die Präsentationen der Musterhäuser, die Werbung.

Und sie selbst durfte sich mit bärbeißigen Großhändlern und meckernden Bauherren herumschlagen, die sich über den Farbton der eingebauten Badfliesen mokierten, die ihre Kollegin ihnen aufgeschwatzt hatte ...

Sie starrte die Zahlenkolonnen auf dem hellgrauen Bildschirm an.

Grundausstattung, Sonderanfertigungen, Rohbau, schlüsselfertig ...

Das war nicht ihr Traumberuf. Ganz und gar nicht.

„Bist du schon fertig, Anja? Was ist mit der Dachisolation für den Neubau in der Vorderstraße? Die gibt es mit ähnlichem Wärmedämmwert für ganze 10% billiger bei Gräßner, dem Baustoffhändler drei Orte weiter. Früher hatte der uns oft beliefert, für gar nicht so schlechte Konditionen. Vielleicht macht er uns einen Sonderpreis, wenn wir wieder öfter bei ihm kaufen wollen. Spiel unsere Lieferanten gegenseitig aus, da ist noch was drin! Die können noch heruntergehen mit ihren Preisen."

Die Kollegin wandte sich abermals ihrer Kaffeetasse zu.

Anja starrte weiter den Bildschirm an. Ihr Gesicht spiegelte sich darin, undeutlich, verzerrt, von Zahlen und Buchstaben angefressen. Sie betrachtete die Umrisse. Ihre Tochter sei ihr so ähnlich, bekam sie oft gesagt.

Ihre Gedanken wanderten zu ihrer Tochter.

Was tat Katrin wohl gerade? Lag sie noch in ihrem Bett, mit Kopfschmerzen von der durchgemachten Nacht, oder telefonierte sie wieder einmal stundenlang mit einer Freundin, anstatt an die Schule zu denken ...?

Mechanisch wählte Anja die Nummer des Baustoffhändlers.

Katrin konnte doch nicht die Schule schmeißen, mit sechzehn. Und eine Lehre wollte sie auch nicht machen. Nur herumgammeln, abends durchs Viertel ziehen und den Morgen verschlafen.

Warten auf die Stimme am anderen Ende.

Und die beiden Jungen? Nichts als Streit und Lärm in der zu kleinen Wohnung.

Tut – tu-ut

Anja seufzte.

Zu wenig Geld, dafür ein permanent schlechtes Gewissen.

Tut – tut – tut

Arbeit, Stress und kaum noch Kontakte zu den Freundinnen. Aber denen ging es auch nicht wesentlich besser.

„Guten Tag, hier ist Baustoffhandel Gräßner, was kann ich für Sie tun?"

Endlich!

„Guten Tag, hier ist die Firma Manns. Ich rufe an wegen der Dämmplatten ..."

Das Gespräch endete in einem Fiasko. Anja konnte weder einen Sonderpreis heraushandeln, noch den Händler für die Baufirma Manns als Großkunden begeistern. Stattdessen musste sie sich Beschwerden über die Zahlungsmoral ihrer Firma anhören. Vor Jahren hatte es wohl einmal Schwierigkeiten in dieser Hinsicht gegeben, erfuhr sie bei der Gelegenheit beiläufig ...

Nur, das war lange vor ihrer Zeit gewesen! Da war sie noch fröhlich an der Uni herumgelaufen und hatte studiert, Altertumsgeschichte, und Ethnologie.

Das waren sehr interessante Fächer gewesen, ja, aber leider nicht dazu geeignet, eine allein erziehende Mutter mit ihren Kindern zu ernähren.

Und heute? Heute ließ sie sich für ein Bauunternehmen mit Existenznöten ausnutzen, damit sie überhaupt über die Runden kam!

Die Kollegin bekam einen Großteil des Telefonates mit und zuckte nur mit den Schultern: „Die haben aber wirklich ein langes Gedächtnis. Ich hätte nicht gedacht, dass die sich noch an unsere kleinen Zahlungsverzögerungen erinnern würden. Versuche es heute Nachmittag noch einmal, vielleicht sitzt dann jemand anderes im Büro, der nicht mehr daran denkt ..., irgend eine Aushilfe, so wie du."

Anja hörte die Worte, schluckte sie hinunter und arbeitete weiter. Die verborgenen Spitzen im Tonfall der Kollegin setzten sich allerdings fest.

Mobbing nannte man so etwas.

Nichts Außergewöhnliches, außer dass es der Gesundheit schadete. Und der guten Laune sowieso.

Anja grübelte:

Wann hatte sie eigentlich das letzte Mal lachen können? So richtig aus dem Herzen heraus? Wann war sie das letzte Mal fröhlich und unbeschwert gewesen?

Ihre Finger tippten Zahlenkolonnen in den Computer, stellten Kostenberechnungen auf und formatierten Tabellen.

Ihr Kopf machte sich Sorgen.

Katrins Verhalten. Die beiden Kleinen. Ob die Tagesmutter sie wenigstens heute pünktlich abholen würde?

Und wenn sie in der Firma fertig war, warteten die Einkäufe und der Haushalt.

Katrin, einkaufen gehen, die Jungs, Wohnung putzen, verspätete Unterhaltszahlungen, die Tagesmutter, schon wieder Katrin ...

Sie griff nach dem Telefon und rief bei sich zu Hause an. Lange ließ es klingeln. Dann legte sie auf.

Entweder ignorierte ihre Tochter das Telefon, oder sie war doch inzwischen aufgestanden und hatte die Wohnung verlassen. Aber den Weg zur Schule hatte sie sicher nicht gefunden.

Wie konnte sie wieder Zugang zu ihr finden?

In der Mittagspause arbeitete Anja weiter. Automatisch.

Appetit hatte sie nicht.

Spitze Worte der Kollegin, vorüberhuschende Zeichen

auf dem Bildschirm, Katrin, der Hinweis vom Chef, sich bei den Aufstellungen keine Fehler zu erlauben, Katrin – sie nahm doch keine Drogen? – inhaltsloses Geplauder der Kollegin, die sich auf den Feierabend vorbereitete und von ihrem neuen Lebensabschnittspartner erzählte. Sich im Kreis drehende Ausweglosigkeiten, und sie befand sich mittendrin, gefangen.

Endlich konnte Anja gehen.

Das Zuhause wartete in Form einer im Chaos versinkenden dreieinhalb – Zimmerwohnung.

Kaum war Anja mit voll gepackten Einkaufstüten an ihrer Wohnung angelangt und hatte die Eingangstür aufgeschlossen, klingelte es schon. Unten vor dem Haus stand die Tagesmutter.

Die Jungs stürmten nach oben:

„Mama! Der hat ein Glas runter geschmissen, und die Tante war ganz böse gewesen!“

Er deutete auf seinen Bruder, der mit trotziger Miene daneben stand.

„Und seine Aufgaben wollte er auch nicht machen!“

Anja hörte nicht zu, sondern betrachtete die Spur feuchter Schuhabdrücke, die sich über den Fußboden durch den Flur bis zur Eingangstür zog. Sie waren ein deutliches Zeichen dafür, dass Katrin die Wohnung verlassen hatte.

Kopfschüttelnd packte Anja ihre Einkäufe aus und versuchte, ihre Kinder zu beruhigen, den einen zum Hausaufgabenmachen anzuhalten, den anderen daran zu hindern, seinen Bruder beim Lernen zu stören.

Es gelang nur mittelmäßig.

Dann lugte sie in das Zimmer ihrer Tochter.

Es herrschte immer noch dieselbe Unordnung wie morgens, allerdings abzüglich der Stiefel, der Jacke und Katrin selbst, wie sie zuvor schon vermutet hatte.

Anja starrte die nassen Flecken an, die sich auch in diesem Zimmer auf dem Boden verteilten. Sie stellte sich ihre Tochter vor, wie sie sich gegen Mittag aus dem Bett quälte, direkt in ihre Sachen sprang und das Haus verließ, ohne einen Gedanken an ihre Familie zu verschwenden.

Eine Unverschämtheit!

Der Verdacht, eine Drogenabhängige zu beherbergen, verstärkte sich, und nur mit Mühe unterdrückte sie den Impuls, ihre Haushaltskasse zu kontrollieren.

So etwas hatte ihr gerade noch gefehlt! Wie sollte sie darauf reagieren?

Aber zumindest war im Wohnzimmer nun Ruhe. Der Eine machte endlich seine Hausaufgaben, der Andere blätterte in einem Kinderbuch ...

Anja putzte die Fußstapfen im Flur weg.

„Mama! Kannst du mir mal helfen? Ich versteh das nicht!“

Anja setzt sich neben ihren Sohn und rechnete mit ihm die Aufgaben durch.

„Mama! Lies mir vor!“

Anja las ihrem Jüngsten eine Geschichte vor.

Ob sie wegen Katrin zum Jugendamt gehen sollte? Aber was konnten die schon tun ...

Anja füllte die Waschmaschine und stellte einen Topf mit Wasser auf den Herd.

Nudeln sollte es zum Abendessen geben. Wieder einmal.

Das Klingeln an der Tür unterbrach die Vorbereitungen zum Abendessen. Anja öffnete und blickte in das einnehmende Gesicht ihres Nachbarn von untendrunter.

Er beschwerte sich über die morgendliche Ruhestörung: Jeden Morgen in aller Frühe dieses Getrampel in ihrer Wohnung. Ob sie ihre Kinder den nicht anständig erziehen könne? Alleinerziehende halt eben, da fehle der Mann im Haus ..., aber bei Bedarf würde er gerne aushelfen!

Anja schlug dem Mann die Tür vor der Nase zu und eilte in die Küche zurück.

Das Wasser war am Kochen, die Wäsche lief und die Kinder enterten im Wohnzimmer die zum Piratenschiff umfunktionierte Couch.

Anja grinste.

Sollten die dort unten doch denken, gleich stürze die Decke ein! Sie würde ihre Kinder jedenfalls nicht zum Stillsitzen anhalten ...

Abendessen. Ein wenig Fernsehen.

Danach scheuchte sie die Jungen ins Bett, fragte sich, was ihre Tochter in der Zeit wohl triebe, setzte sich an den Küchentisch und wartete auf den Nervenzusammenbruch.

Der ließ sich Zeit. Stattdessen schlichen sich Gedanken an.

Ihr Studium. Eine schöne Zeit war es gewesen, voller anregender und interessanter Inhalte.

Aber längst vorbei, und wenig nützlich für die Gegenwart.

Sie nahm sich liegen gebliebene Briefe vor.

Rechnungen, Mahnungen von der Autowerkstatt, die Unterhaltsklage gegen den Vater ihrer Kinder, der höchstens seinerseits Ansprüche an sie selbst anmeldete, aber nur zögerlich zahlte.

Trostloses Blättern in ihrem Dasein.

Mit einer verzweifelten Bewegung fegte sie die Papiere schließlich vom Tisch und vergrub den Kopf in den Armen.

Das sollte alles gewesen sein? Dieses bisschen armselige Leben in Hektik, Stress und voll von Missachtung?

Die erste Träne suchte sich ihren Weg unter den Lidern hervor und fiel auf die Tischplatte. Und es folgten noch viele, bis Anja schließlich schluchzend und schniefend da hockte. Nur mit Mühe konnte sie ihren Ausbruch unter

Kontrolle bekommen. Schließlich stand sie auf und schlurfte ins Bad, um ihren Kummer mit etwas kaltem Wasser aus dem Gesicht zu spritzen. Dann trocknete sie sich ab und betrachtete sich im Spiegel.

Eine sehr unglückliche Frau schaute sie an. Mit verquollenen Augen, und einigen scharfen Falten um den Mund. Alt aussehend, vergrämt.

Sie konnte sich nicht von ihrem Spiegelbild lösen, obwohl es sie abstieß.

War das wirklich sie?

Sollte das wirklich alles gewesen sein, dieses Leben? Und wie würde es weitergehen?

Hätte die Verbitterung in zehn Jahren jede Freude und Lebenslust aus ihrem Gesicht getilgt?

„Das darf nicht sein ...“, flüsterte sie dem Gesicht zu. „Nein!“

Sie sah, wie die Züge, die sie anblickten, sich langsam glätteten. Die Unzufriedenheit verschwand und machte einem Lächeln Platz.

Zögernd berührte sie die glatte Glasfläche. Was war das?

Sie traute dem Gesehenen nicht, denn das, was ihr dort entgegenblickte, war nicht ihr Gesicht. Oder doch?

Immer näher kam sie der Oberfläche des Spiegels, so nahe, bis sie ihn mit der Nasenspitze berührte. Und dann befand sie sich plötzlich auf der anderen Seite.

Anja steht mit einer Schar Frauen handelnd auf einem Markt. Vor ihr sind auf Tischen mehrere Arten von Früchten ausgebreitet, die einen intensiven Duft verströmen und das Auge mit ihren Farben erfreuen. Es ist laut, denn der gesamte Platz ist von Ständen gefüllt, hinter denen Frauen ihre Waren verkaufen. Sie reden miteinander, gestikulieren, verhandeln und lachen. Kleine Kinder laufen in Gruppen herum, von älteren Geschwistern betreut. Der Markt ist voller Menschen, meist Frauen, die sich die angebotenen Dinge betrachteten, sie in die Hand nehmen und nach den Preisen fragen. Auch Anja verkauft einen Korb Kartoffeln an eine ältere Frau, die sich stattlich und selbstbewusst die besten aussucht. Die Käuferin trägt einen farbenfrohen Rock und eine Bluse, die mit einem großflächigen Blütenmuster bestickt ist, wie die meisten der Anwesenden. Um den Hals hat sie eine auffällige Kette gelegt, die aus durchbohrten Münzen besteht. Anja bedient diese Frau höflich und aufmerksam, denn sie ist ihre Nachbarin. Sie plaudern.

Nach einer Weile kommt ein junges Mädchen herbei, das Anja begrüßt. Es ist ihre Tochter, die nun den Stand für den Rest des Nachmittags übernehmen wird.

Das Mädchen sieht glücklich aus, als sie auf Anja zugeht. In der Hand hält sie ein handbreites bunt gewebtes Stück Stoff. „Mutter, sieh mal, ist dieser Gürtel nicht hübsch?“ Sie hält das Gewebe an ihre Taille und dreht sich einmal um sich selbst herum. „Ich habe ihn mir zusammen mit meinem Gefährten ausgesucht, ...“

Anja ist überrascht. Ihre Tochter hat sich einen Geliebten gewählt? Aber eigentlich war dies zu erwarten gewesen, denn mit sechzehn Jahren war ihre Tochter alt genug, Liebe zu geben und zu empfangen, wie die anderen jungen Frauen auch.

Und während sie sich das fein gewebte Muster genau betrachtet, fragt sie sich lächelnd, welchen der jungen Männer des Dorfes sie nun nachts als den Gast ihrer Tochter in ihrem Haus begrüßen darf.

Als sie etwas später gemächlich über den Platz nach Hause schlendert, nimmt sie auf die Bitte ihrer Tochter den Stoff mit sich, damit er in dem buntem Marktreiben keinen Schaden erleidet.

Anja freut sich darüber, dass ihre älteste Tochter sie so gut beim Verkauf der Waren unterstützt. Damit verdient sie das Geld, mit dem sie die Familie ernährt. Und später einmal, wenn sie alt geworden ist – sie lächelt bei dem Gedanken – wird sie ihr Haus und ihr Geschäft auf die jüngste Tochter vererben, damit diese es weiterführen kann an ihrer Stelle.

Denn später, als alte Frau, wird sie auf ihre Töchter angewiesen sein, ...

Auf dem Heimweg bleibt sie an anderen Ständen stehen und tauscht mit den Frauen Grüße aus. Sie werden sich abends auf einem der häufig ausgerichteten Feste treffen, um sich zu unterhalten, zu tanzen und gemeinsam zu essen.

Zuhause angekommen, begrüßt Anja ihre betagten Eltern, die sich inzwischen gemeinsam mit den älteren Nachbarinnen um die restlichen Kinder der umliegenden Häuser gekümmert haben, während sie sich über die mehrtägige Feier freut, die abends beginnen wird. Eine der älteren Frauen des Ortes ist die Gastgeberin und bewirtet ihre Nachbarinnen und Gäste. Es wird gesungen und getanzt werden – und es werden die wichtigen Dinge die Gemeinschaft betreffend besprochen werden. Auch Anja als das Oberhaupt einer Familie wird dazugehören, wenn über Gemeinprojekte beraten wird. Denn die Familie wird von Frauen begründet, und darum tragen sie auch die Verantwortung dafür.

Nachdenklich fährt sich Anja mit dem Kamm durch die Haare. Sie möchte schön sein heute Abend, für ihre Freundinnen, und für ihre Tanzpartner. Denn wer weiß? Vielleicht sollte sie sich für heute Abend ebenfalls einen Gefährten wählen ...?

Sie lacht laut, als sie die schweren Ketten aus Silber anlegt, die ihren Status angeben.

Heute würde sie mit den anderen feiern und sich über ihr Leben freuen. Und probeweise vollführt sie einige Tanzschritte.

Anja starrte die Frau im Spiegel an. Das glückliche Gesicht in der Scheibe wurde zusehends angespannter, Kummerfalten bildeten sich, wurden tiefer und gaben dem Gesicht erneut das gewohnt angespannte Aussehen.

Sie erkannte sich wieder und erschrak.

Könnte es nicht alles anders sein? So wie eben??

Ein wenig zitternd strich sie sich die Haare aus dem Gesicht. Es war so deutlich gewesen, so real ... Fast roch sie noch den Duft der Früchte und fühlte den gewebten Stoff, aus dem die Kleider gefertigt waren ... Verwirrt hob sie die Hand und sah das Tuch, das sie darinnen festhielt.

Es war fein gewebt und zeigte ein aufwendiges Muster aus mitgewebten bunten Fäden, dem gleichend, das sie auf dem Markt erhalten hatte.

Geistesabwesend ging sie zurück in die Küche und legte den Stoff auf den Tisch, fuhr mit den Fingern darüber, verstand nicht. Wo kam er her, aus welcher Kultur, aus welchem Land? Die lebenslustigen Frauen auf dem Markt ...

Und dann erinnerte sie sich.

An Berichte, an Theorien, an Spekulationen.

Teile von Referaten kamen in ihren Sinn, und Ausschnitte von Publikationen.

Und sie überließ sich ihren Gedanken, tauchte in sie hinein, bis sie lebensnah vor ihr standen.

Früher war sie so fasziniert gewesen, von den Spuren längstvergangener Kulturen und den Versuchen, das Leben in den alten Zeiten anhand von Ausgrabungen und unvollständigen Schriften zu rekonstruieren.

Anja schritt unruhig in ihrer Wohnung umher, schaute zur Uhr.

Es ging auf Mitternacht zu, und ihre Tochter war immer noch unterwegs. Verdammt! Heute Nacht würde sie auf Katrin warten und ernsthaft mit ihr reden! Es konnte doch nicht sein, dass ihre Große ihr auf diese Weise entglitt!

Mutter und Tochter sollten sich doch einander vertrauen und zusammenhalten. Sie würden schon ein Lösung finden, ..., sie mussten einfach!

Welche Zivilisation hatte sie eben so deutlich vor sich gesehen? Anja überlegte. Ihre Beschäftigung mit fremden Völkern lag so lange zurück ...

Aber da sie ja ohnehin auf Katrin warten wollte ...

Sie ging in das Kämmerlein, in dem sie ausrangierte Geräte und selten benutzte Sachen untergebracht hatte, um nach ihren alten Aufzeichnungen zu kramen. Verstaubte Blätter in alten Kartons, einige Bücher dazwischen. Sie schleppte eine der Kisten in die Küche, räumte den Tisch frei und fing an, sich durch das Papier zu wühlen. Das Stück Tuch fand einen Platz auf einem der Ordner.

Bald hatte Anja sich fest gelesen.

Juchitán. Eine Stadt am Isthmus von Tehuantepec, in Mexiko. An diesem Ort haben sich bis heute die Reste einer Sozialordnung auf matriarchalen Grundlagen erhalten. Interessanterweise entgegen der patriarchal geprägten Umgebungskultur und jenseits der Vereinnahmung durch westliche Einflüsse, ...

Anja bezweifelte das. Aber sie las, und erkannte auf den Bildern die gewichtig dahin schreitenden Frauen wieder.

... der vergleichbare hohe Lebensstandart wird durch die besondere lokale Ökonomie erhalten. Bevorzugt werden einheimische Waren. Der allgemeine Wohlstand ist gut sichtbar und wird auf den zahlreichen Festen gerne präsentiert, sodass das Leben sich nach den Regeln des Gebens und Nehmens gestaltet. Im Gegensatz zur westlichen Welt gewinnt die Person Ansehen in der Gemeinschaft, die ihr Geld für andere ausgibt und nicht etwa für sich hortet. Vermögen muss in der Gemeinde zirkulieren. Dies geschieht auf den „Verdienstfesten", die häufig und tagelang ausgerichtet werden. Die Gastgeberin, eine oft ältere

Frau tischt für Verwandte und Bekannte auf und steigt dadurch im Rang der Gemeinde. Im Laufe eines Jahres wird reihum gefeiert. Die Güter verteilen sich dadurch in der Gemeinschaft ..., und es wird behauptet, in Juchitán könne niemand verhungern, denn es gäbe immer irgendwo ein Fest, an dem man teilnehmen könne, ...

Es schien funktioniert zu haben, diese Ökonomie der Gegenseitigkeit und des Ausgleichs. Zumindest wurde es in der Publikation so dargestellt.

Anja blätterte weiter:

Nicht nur die Ökonomie unterscheidet sich von der des Umlandes, auch die Gesellschaftsstruktur ist besonders: ... die Kinder wohnen bei der Mutter, matrilokal, der zeitweilige Ehemann ebenfalls. Im Gegensatz zum übrigen Mexiko sind Scheidungen leicht und häufig, sodass die Kinder verschiedene Väter haben können. Da sie jedoch meist den Namen der Mutter tragen, in ihrem Haus aufwachsen und sich daher ihr zugehörig fühlen, spielt die Vaterlinie eine eher untergeordnete Rolle. Durch einen Partnerwechsel entsteht so niemandem ein Schaden. Und, welcher Mann kann sich seiner Vaterschaft schon gänzlich sicher sein?

Die Männer bewirtschaften die Felder und geben den Ertrag ab, entweder ihrer Herkunftsfamilie, oder aber der Familie ihrer Partnerin. Dadurch werden sie in deren Familie aufgenommen, gehören jedoch nie ganz dazu. Gibt es Trennungen, kehren sie in ihre Herkunftsfamilie zurück und jeder ist frei, neu zu wählen. Der Ertrag der Felder zirkuliert auf diese Weise innerhalb des Dorfes. Und geht es einem Haus schlecht, helfen sich die Nachbarn gerne aus.

Wird eine Frau in Juchitán älter, ist sie oft eine erfolgreiche Händlerin, die ihre Waren weit über ihre Heimatstadt hinaus exportiert, selbst heute noch.

Den höchsten Stand ihres Prestiges hat sie mit 50 oder

60 Jahren erreicht, wenn sie die Gastgeberin eines großen Verdienstfestes wird, eine Mayordoma ...

Anja dachte nach. Eine Sehnsucht regte sich in ihr, nicht genauer bestimmbar, aber vorhanden.

Sie suchte weiter, schlug einen neuen Ordner mit Notizen auf.

Sie hatte wirklich viel vergessen, verdrängt, nicht weiterdenken wollen.

... Iroquois.

Das Volk der Langhäuser. Sie lebten von einer sich ergänzenden Mischung von Gartenbau und Jagd und Fischfang. Es wurde auch gehandelt, meist mit Pelzen. Die Frauen versorgten ihre Clans durch den Anbau von Mais, Kürbis und Bohne, und sicherten durch ihr System der Vorratshaltung die Grundlagen der Ernährung. Das erlegte Wild der Jäger war eine willkommene, gelegentliche Zugabe.

Die Frauen arbeiteten in festen Verbänden, die auf verwandtschaftlichen Verbindungen beruhten und konstant waren. Eigentum gehörte der Sippe, nicht dem Einzelnen und wurde von weiblicher Hand verwaltet, meist von einer gewählten älteren Frau, ebenso wie der Ernteertrag. Die Männer hatten lediglich Nutzungsrechte.

Die Irokesen waren Verwandtschaftsgesellschaften und folgten der Mutterlinie, die auf eine gemeinsame Ahnfrau zurückzuführen war. Damit war die Frau und Mutter der soziale Bezugspunkt. Der Mann wohnte lediglich zeitweise und vorübergehend bei der Frau, denn er führte eine Besuchsehe und gehörte ansonsten zu seinem Herkunftsclan.

Status, Titel und Besitz, sowie fast alle sozialen, politischen und kultischen Funktionen waren durch die

Ahnfrau der Mutter vermittelt. Politische Aufgaben und Titel wurden ebenfalls durch die Frauen vergeben, so z.B. Häuptlingstitel. Ein Mann, der eine solche Funktion übernahm, war ein Delegierter der Frauen seines Clans und somit an deren Weisungen gebunden. Sie konnten ihn verwarnen oder absetzen ...

Die Irokesen hatten sich eine Form der matriarchalen Staatsbildung geschaffen, die darin bestand, Bündnisse von Gleichen durch die weiblichen Verwandtschaftslinien – realer und symbolischer Art – herzustellen.

Und dadurch hoben sie sich von der völlig andersartigen Struktur der patriarchalen Staatsbildung, die auf Herrschaft und Hierarchie beruht, grundlegend ab ...

Sie vertiefte sich in die Texte, zeichnete sich die für Europäer so ungewöhnlichen Verwandtschaftsbeziehungen auf ein Blatt Papier, versuchte, sich das Alltagsleben dieser Menschen vorzustellen.

Dann betrachtete sie sich selbst.

Sie war allein, bekam keine Hilfe, sondern musste um jedes ihrer Rechte kämpfen; sie fühlte sich von niemandem geachtet und an ein Privatleben konnte sie schon gar nicht denken.

Außer – vielleicht der Mieter von unten mit seinen plumpen Anzüglichkeiten?

Diese Vorstellung gefiel Anja wenig.

Vor allen Dingen – wieso war sie so allein? Anderen erging es ähnlich, die ganze Stadt war voll von Alleinerziehenden! Behauptete zumindest die Statistik.

Sie schaute wiederum zur Uhr.

Achtung und Akzeptanz. Das war es, was ihr fehlte.

Sie ging ihren Bekanntenkreis durch, den weiblichen Bekanntenkreis. Zentriert auf Mann, Kinder und Haus waren sie alle. Hin und wieder kam noch ein Beruf hinzu, oder eine Form der Selbstverwirklichung ... Lauter kleine Kreise, die sich um einen Mittelpunkt bewegten: Mann, Kinder, Haushalt. Kurz gesagt: die Bedürfnisse und Vorstellungen anderer.

Und so etwas wie Schwesterlichkeit unter Frauen – das hatte es zum letzten Mal unter feiernden Stammtischstudentinnen gegeben, die sich versprochen hatten, immer Kontakt zueinander zu halten. Die Halbwertzeit dieses Versprechens war gerade mal zwei Jahre gewesen. Job, Mann, Kinder. Wobei die Kinder noch am wenigsten Schuld hatten am Auseinanderleben der Frauen. So war es eben.

Juchitán. Die Iroquois. Eine Vielzahl weiterer ursprünglicher Kulturen.

Aber diese Völker hatten eine vollständig andere Existenzgrundlage! Es waren historische Völker, von westlichen Lebensstilen untergraben, geschluckt.

Anja grinste über die Vorstellung, mit langen Röcken angetan und Goldketten um den Hals auf einem Markt zu feilschen, oder auf einem schattigen Feld Hackbau zu betreiben. Nein ... zu diesen Spinnern gehörte sie nicht.

Aber ein wenig mehr weibliche Solidarität untereinander wäre durchaus wünschenswert ...

Anja lehnte sich zurück und trommelte mit den Fingern einen einfachen Rhythmus auf die Tischkante. Was hatte sie eben im Spiegel gesehen? Sie schloss die Augen, stellte sich das Gesicht im Spiegel vor, das nicht ihres war und doch zu ihr gehörte, ..., solange, bis es undeutlich wurde, verblasste.

Wie aus einem Traum erwacht schaute Anja auf die Tischplatte. Wieso war sie so allein in ihrer Wohnung? In ihrem Leben?

Zwischen den Aufzeichnungen versteckte sich ein kleines Adressbuch. Sie nahm es in die Hand, schlug es auf und versuchte mühsam, den Telefonnummern Gesichter zuzuordnen: ... mit der Frau hatte es Streit gegeben um einen gut aussehenden Typen, mit der anderen hatte sie kurzzeitig in einer WG zusammengelebt, die sich aber schnell aufgelöst hatte, aus welchen Gründen auch immer, ..., Wechsel des Studienplatzes, ... irgendetwas war immerzu gewesen. Aber die Namen standen dort. Denen konnte sie nachrecherchieren.

Sie starrte an die Wand und wie von selbst bildete sich das Bild eines geräumig aussehenden Hauses in einem freizügigen Garten vor ihren Augen. Es war ihr, als hätte es im Untergrund ihres Bewusstsein nur darauf gewartet, endlich erkannt zu werden, an die Oberfläche steigen zu dürfen.

Kinder leben darinnen, deutlich kann Anja das laute Rufen während des Spielens hören.

Eine ganze Gruppe von ihnen jagt auf der Wiese einem Ball nach. Dann ruft eine Stimme zum Essen. Sie muss mehrmals rufen, denn die Kinder haben Besseres zu tun, als ihr direkt zu folgen, natürlich. Aber schließlich gehen sie ins Haus.

Das Bild verschwamm, wurde durch ein anderes Szenario ersetzt.

Ein paar Frauen sitzen im gemeinsamen Wohnzimmer herum und besprechen den Ablauf der nächsten Woche. Wer wann arbeiten muss, wer die Einkäufe erledigt, wer die Kinderbetreuung übernimmt ..., Terminplanung einer Wohngemeinschaft. Es stehen Weingläser auf dem Tisch, und die Frauen lachen über die Nachbarn, die zuerst noch misstrauisch geschaut haben, als sie vor ein paar Jahren eingezogen sind in dieses Haus. Es ist viel gelästert worden in dem Dorf, über die Frauen – WG und die dazugehörige Kinderschar. Aber sie haben es ausgesessen, und nach den Anfangsschwierigkeiten hat jede ihren Platz in der Gemeinschaft eingenommen. Und selbst die eine oder andere Beziehung hat sich eingefügt, nach Diskussionen selbstverständlich, ..., aber es funktioniert. Das Leben ist leicht geworden, unkompliziert.

Anja wollte die Frauen fragen: „Wie habt ihr das gemacht? Wo habt ihr euch gefunden?“

Aber sie konnte nicht zu ihnen durchdringen Diese Frauen waren ganz woanders und hatten nichts mit ihr zu tun. Es war ja nur ein Bild in ihrer Fantasie, keine Realität, ... Noch nicht?

Sie ertappte sich dabei, nachdenklich auf eine bestimmte Telefonnummer zu starren. Die Person, die zu der Nummer gehörte, war zwar bestenfalls eine flüchtige Bekannte gewesen, aber Anja wusste, dass sie ein ähnliches Leben führte wie sie selbst.

Warum nicht einfach anrufen? Mehr wie auflegen konnte sie nicht.

Schattenspringen.

Über den Schatten springen.

Vor ihr auf dem Tisch lag der Stoff. Die Muster auf dem Tuch waren ineinander verschlungen, und sie konnte nicht erkennen, wo sie begannen oder aufhörten. Sie bildeten eine farbenprächtige Ganzheit auf dem hellen Hintergrund.

Könnte so nicht auch ihr Leben aussehen, mit anderen Frauen zusammen?

Anja schüttelte heftig den Kopf. Dann unterbrachen Schritte auf der Treppe ihre Gedankengänge.

Schlüsselgeräusche, die Tür wurde geöffnet. Eine Jacke flog durch die Luft, es schepperte etwas hinunter.

Katrin kam in die Küche und sah aus, als hätte sie mit dem halben Universum gekämpft. Zumindest legten die Schatten unter ihren Augen das dem Betrachter nahe.

„Mama.“

Pause.

„Ich muss dir was sagen. Es ist wichtig.“

„Ja, ich kann's mir denken, Kind. Also, erzähl mal, was du alles so schluckst. Das ist wirklich nicht mehr zu übersehen gewesen. Hmmm??"

Katrin suchte sich einen Stuhl und setzte sich. Es sah schwerfällig aus, unsicher.

„Nein, Mama. Das ist es nicht. Aber ich muss dir trotzdem etwas erzählen ..."

Sie schluckte, fuhr fort, mit seltsam belegter Stimme: „Ich bin schwanger. Und der Typ will nichts davon wissen."

Katrins Hände suchten fahrig auf dem Tisch herum, spielten mit einem Blatt Papier und fanden schließlich in dem bunt gemusterten Tuch Halt.

Dann fragte sie leise: „Bist du mir böse? Wirfst du mich raus?"

Anja starrte den Stoffstreifen in ihren Fingern an, dann ihre Tochter. Plötzlich hatte sie das Bild auf dem Markt vor Augen mit dem jungen Mädchen, das ihr freudestrahlend von dem Geliebten erzählt und ihr dabei das Tuch gezeigt hatte.

„Dich rauswerfen ...? Nein, ... Wie kommst du darauf?"

Diese Befürchtung kam ihr so absurd vor. Trotz aller Schwierigkeiten, die nun zusätzlich auf sie zukommen würden.

„Weil, ..., weil du doch sowieso genug zu tun hast, ... ich meine, ..."

Das Mädchen brachte ihre Sätze nicht zu Ende.

Sie sollten sich freuen! Alle beide! Ein Kind war doch etwas Wunderbares! Trotz aller Probleme!

Schnell sprang Anja auf, ging um den Tisch herum zu ihrer Tochter um sie zu umarmen.

„Magst du dich nicht darüber freuen? Ein bisschen zumindest? Aber ..., du willst doch das Kind, oder?" Anja zögerte, unsicher geworden.

Die Tochter vergrub das Gesicht an ihrer Schulter. „Jaa, schon. Und, ... Ich habe gedacht, du bist geschockt. Weil ich eine Zeitlang nicht mehr in die Schule gehen kann, weil die Leute dann reden, weil ich dich enttäuscht habe, weil, ...“ Katrin schniefte.

„So ein Unsinn!“ Anja hielt Katrin immer noch fest. „Das ist doch alles ganz egal! Mach dir nicht derartige Sorgen! Wir werden das schon hinkriegen, irgendwie. Und ich bin froh, dass du es mir endlich gesagt hast, ich dachte schon an ganz andere Dinge, ...“

Es gelang Anja, ihre Tochter soweit Mut zuzusprechen, dass Katrin noch etwas Schlaf finden konnte in dieser Nacht. Das Tuch mit dem verschlungenen Muster legte sie ihrer Tochter auf das Kopfkissen.

Dann setzte sie sich wieder in die Küche und versuchte, die vielen Geschehnisse des Tages zu ordnen.

Was konnte sie tun? Was wollte sie tun?

Fernab jeglicher Träumerei über fast vergangene Kulturen?

Allmählich formte sich eine Idee, wurde größer, ließ sich greifen:

Eine Gemeinschaft begründen, die geprägt war durch das Zusammenleben von Frauen, in sich ruhend und außerhalb männlichen Anspruchdenkens. Den Männlein einen Platz zuweisen als fern kreisende Trabanten um den eigentlichen Mittelpunkt. Der da hieß: Frau, Weiblichkeit.

Es wäre eine Absage an die immer noch so selbstverständliche Kleinfamilie und die ihr zugrunde liegenden patriarchalen Strukturen, auf wirtschaftlicher und emotionaler Ebene. Zumindest im Kleinen.

So wie bei den Frauen, deren Leben sie so kurz auf der anderen Seite des Spiegels teilen durfte.

Wunschdenken oder Möglichkeit?

Nein! Nicht nur Wunschdenken! Es war möglich, sich zusammenzutun, einen Clan zu bilden, der wie eine familienähnliche Gemeinschaft funktionierte, auch wenn frau nicht miteinander verwandt war. Es war möglich, mit anderen in der Gruppe ein gemeinsames Leben aufzubauen, die Wohnung zu teilen und die Arbeit. Vielleicht sogar über mehrere Generationen hinweg. Ohne die üblichen engstirnigen Reibereien um nichtige Dinge. Mit ein wenig gutem Willen und Rücksichtnahme müsste doch jede davon profitieren können, die Kinder zuerst.

Hatten die Frauen in ihrer Vision nicht auch in frauenzentrierten Großfamilien, in eng miteinander verbundenen Nachbarschaften zusammengelebt?

Sie müsste nur damit beginnen, Mitstreiterinnen finden, reden, Pläne schmieden und Vertrauen aufbauen.

Eine Hausgemeinschaft, wie die, die sie vor ihrem inneren Auge gesehen hatte, ... ein kleiner Gegenentwurf zu ihrem jetzigen Leben. Es hatte doch auch früher, anderswo funktioniert, ...

Es wäre ein Anfang.

Vor ihr lag das Adressbuch.

Und Anja nahm trotz der Nachtstunde den Telefonhörer in die Hand, und wählte die Nummer ihrer Bekannten.

Dann wartete sie.

Würde ihre ehemalige Mitstudentin sich am anderen Ende melden? Wäre sie über die unverhoffte Störung ungehalten? Oder einfach nur froh, mit jemandem aus den alten Zeiten zu reden?

Könnte diese Frau sich auf neue Wege einlassen? Auf die Idee, sich mit ihr zusammenzutun, um einen gemeinsamen Lebensentwurf zu versuchen jenseits der Kleinfamilie? Oder würde sie ihre Idee als Unmöglichkeit ins Lächerliche ziehen?

„Hallo?"

Die Stimme am anderen Ende hörte sich verschlafen an, aber nicht unfreundlich. Babygeschrei im Hintergrund.

Anja sagte ihren Namen und fing an, von ihrem Leben und ihren Gedankengängen zu erzählen, und ihre Gesprächspartnerin hörte zu ...

Weil nicht sein kann, was nicht sein darf

Ursula Schmid-Spreer

Als ich geboren wurde, war meine Schwester schon 6 Jahre alt. Sie fand es toll eine lebende Babypuppe zu haben, während ihre Freundinnen mit dürren Barbies oder pausbäckigen haarlosen Gummidingern spielten. Sie riss sich förmlich darum, mich zu baden, einzucremen und mich anzuziehen. Meine Mutter konnte beruhigt ihren Haushalt erledigen – sie wusste mich bei Miriam in guten Händen.

Auch als ich älter wurde, vergötterte ich meinen kluge, vertrauenswürdige Schwester. Für mich war Miriam die Größte, ich liebte sie innig – die Schwester, die alles konnte und alles souverän meisterte. Sie hatte unendlich Geduld und spielte stundenlang mit mir. Sie war stark, sehr stark.

Meine tolle Schwester – wie sehr ich sie jetzt hasse. Ich hasse sie so überaus, wie ich noch nie in meinem Leben einen Menschen gehasst habe. Es wäre ihr beinahe gelungen unsere ganze Familie zu zerstören. Jeder kann frei entscheiden, wie er leben möchte. Meine Schwester hat sich für ein anderes Dasein entschieden.

Je älter Miriam wurde, desto mehr veränderte sie sich. Sie wurde fahrig, ungeduldig, geistesabwesend. War es die Pubertät? Ihre Noten waren mehr als passabel und sie kam immer pünktlich nach Hause. Wenn sie bei einer Freundin schlief war sie auch dort. Es gab keinen Anlass ihr zu misstrauen. Ein Teenager durfte launisch sein, wenn er sich ansonsten an die häuslichen Spielregeln hielt.

Doch hielt sie sich daran? Sie hatte Geheimnisse vor uns allen. Alles schrieb sie auf. Ich habe sie heimlich dabei beobachtet, wie sie etwas in ihrem Tagebuch vermerkte, das sie gut verborgen hielt. Nur der Schlüssel dazu, den sie immer um den Hals trug, lugte manchmal hervor.

Meine Eltern waren sehr tolerant, sie mischten sich nicht in unsere Angelegenheiten ein. Heute weiß ich, dass sie überfordert waren, einfach nicht wussten, wie sie mit manchen Situationen umgehen sollten. Also schwiegen sie. Wie ein Kind, das die Augen zumacht und glaubt, dass man es dann nicht sieht. Paps führte eine Schreinerei und Mümmel, wie wir unsere Mutter liebevoll nannten, half ihm bei der Buchhaltung. Uns Töchtern fehlte es an nichts. Wir hatten alles. Ein schönes Haus am Stadtrand, gemütlich eingerichtet. Ein großer runder Tisch dominierte unser Wohnzimmer. Dort nahmen wir unsere gemeinsamen Mahlzeiten ein und dort saßen wir auch, wenn der Familienrat tagte.

Jede von uns Töchtern hatte ein eigenes Zimmer, das wir nach unserem Geschmack gestalten und einrichten durften. Ich war die Praktische, Bett, Schreibtisch, Stuhl, Schrank, Regal. Mehr musste ich gar nicht haben. Das Zimmer wirkte spartanisch. Nur wer genau hinsah, erkannte auf meinem Nachtkästchen eine kleine Figur. Es war aus feinstem Porzellan, filigran gearbeitet. Wenn ich mich für die Schule vorbereitete, schriftliche Hausaufgaben erledigte oder einfach nur las, ging mein Blick immer wieder zu dieser Figur. Manchmal hatte ich den Eindruck, dass sie mir zuzwinkerte. Bevor ich einschlief streichelte ich sanft über den Kopf meines Engels, befühlte die Flügel. Dann wurde ich ganz ruhig, denn ich wusste, dass ich bewacht wurde. Ich liebte diesen Engel. Bücher gab es noch in meinem Zimmer, denn ich las für mein Leben gern. Miriam dagegen war verspielt. Dort ein Spitzenkissen, da eine Kerze. Stoffe waren kunstvoll drapiert, Deckchen wo man hinsah.

Miriam ging nach der mittleren Reife von der Schule ab und fand eine Lehrstelle. Sie wollte einmal Designerin werden; dafür war eine solide Schneiderlehre nötig. Ich quälte mich durch die Handelsschule. Eins wusste ich allerdings genau; Nähnadel und Zwirn waren mir verhasst. Bücher waren mir tausend Mal lieber.

Als Miriam 18 Jahre alt wurde gab es ein rauschendes Fest. Paps dekorierte den Garten wunderschön mit Lampions und Ziergirlanden. Es gab kleine Pavillons, wohin man sich zurückziehen konnte und ein langes Büffet. Ich war schrecklich stolz auf meine große Schwester. Sie sah wunderschön aus, hatte sich selbst ein Kleid genäht, das ihre grünen Augen so richtig zur Geltung brachte. Im Laufe des Abends verschwand sie öfter. Sie wurde immer aufgekratzter. Nun gut, sie durfte das, schließlich war sie jetzt 18.

Mir kam das seltsam vor, denn Miriam schien zu schweben, ihre Augen funkelten. Sie lachte zu laut. Sie tanzte zu ausgelassen. Jeder der ihr in die Quere kam wurde umarmt und abgeküsst. Gegen 23:00 Uhr kam Miriam mit einem jungen Mann an der Hand zu meinen Eltern.

„Das ist Josh, mein Freund“, sagte sie, „er ist Designer und er möchte mich nächste Woche auf die Modemesse nach Paris mitnehmen.“ Wie habe ich meine Schwester beneidet! Sie war volljährig, konnte tun und lassen, was sie wollte. Meine Eltern sagten nichts dazu. Mümmel sah Miriam nur besorgt an. Und Paps? Der zog einfach die Augenbraue nach oben und schwieg dazu. Ich spürte instinktiv, dass ich nun auf mich selbst gestellt war. Das war nicht einfach, denn nun hatte ich keine Miriam mehr, mit der ich alles bereden konnte. Eines Abends, als ich mich sehr einsam fühlte, schien sich mein kleiner Porzellanengel auf dem Nachtkästchen plötzlich zu bewegen. Ich sah weg, wieder hin, eine Lichtgestalt neben der Figur winkte mir und er sprach sogar zu mir. *„Hallo Sara, erzähl mir doch deine Sorgen. Ich bin dein Beraterengel. Du musst nicht so alleine sein.“* Ich antwortete nicht. Doch er ließ nicht locker, bis ich ihn vertrauensvoll zu Rate zog.

Miriam kam nicht so strahlend aus Paris zurück, wie wir alle erwarteten. Es wäre sehr stressig gewesen, mehr sagte sie nicht dazu.

Das Leben ging weiter. Mama arbeitete im Büro, Papa hatte einen relativ großen Auftrag, der ihn viel außer Haus sein ließ, ich ging in die Schule und Miriam in ihre Schneiderei. Zum Wochenende hin zog sie mit Josh um die Häuser. In ihrem Zimmer sah es aus wie auf einem indischen Basar. Überall standen Räucherstäbchen und vergoldete Schüsselchen.

Wann immer ich meinen Kopf in ihr Zimmer steckte, hörte ich nur:

„Raus, du störst mich gerade!"

Verletzt zog ich mich dann zurück.

Meine tolle Schwester wurde zunehmend ungeduldig und reizbar.

Es war ein Sonntag als meine Schwester die Bombe platzen ließ. Wir aßen gerade Löffelbiskuit mit Sahne, ich kann mich noch genau erinnern. Aus heiterem Himmel verkündete Miriam: „Nach meiner Prüfung werde ich euch verlassen!"

Paps, der gerade einen Löffel zum Munde führte, sagte „brmpff" und dann „wie bitte?"

„Ich möchte einfach mal wo anders hin. Was anderes sehen. Und außerdem habe ich mit Josh Schluss gemacht."

Jetzt war es Mümmel die „brmpff" sagte.

„Er ist ein Arsch", war ihr einziger Kommentar.

„Jetzt lass dir doch nicht jeden Brocken einzeln aus der Nase ziehen. Was willst du tun? Dir in einer anderen Stadt einen Job suchen – oder was?" Noch war die Stimme meiner Mutter ruhig.

„Nichts dergleichen. Ich werde reisen. Ich möchte mal nach Indien und mir dort einen Job suchen."

„Sag mal Kind", warf Vater ein, „spinnst du total? In Indien einen Job suchen, die haben doch noch mehr

Arbeitslose als wir, außerdem sprichst du doch die Sprache nicht."

„Ich habe gewusst, dass du so reagierst", erwiderte Miriam giftig. „Ich werde es aber trotzdem machen. Darf ich dich daran erinnern, dass ich volljährig bin. Außerdem habe ich gespart. Da komme ich die erste Zeit schon über die Runden."

Stille breitete sich am Mittagstisch aus. Keiner sagte etwas, jeder löffelte sprachlos das Nachtischschälchen aus.

In den nächsten Wochen wurde das Thema auch nicht mehr angesprochen. Etwas lag in der Luft. Ich spürte es ganz deutlich. Abends vor dem Einschlafen fragte ich meinen Engel.

„Sag mal Engelchen, findest du es gut, dass Miriam weg gehen möchte?"

„Im Prinzip schon, es kann ja nicht schaden, sich von den Eltern abzunabeln."

„Nach Indien?"

„Es ist weitaus mutiger nach Indien zu gehen, als zum Beispiel nach Amerika Dort wird sie erwachsen werden!"

„Und was rätst du mir jetzt?"

„Geduld, Geduld und nochmals Geduld."

„Du weißt, dass ich keine Geduld habe!"

Mein Engel lachte schelmisch und ich hatte das Gefühl, dass er die Flügel heftig bewegte.

„Ja, ja, kleine Sara, mit der Geduld hapert es bei dir. Aber denke immer daran, dass man Reisende nicht aufhalten kann."

Ich glaube, es war weniger die Tatsache, dass Miriam ausziehen wollte. Es war das Ungewisse, was sie vorhatte. Rumgammeln, nicht so recht wissen wohin, dem lieben Gott den Tag stehlen, das ging meinen Eltern wohl gegen den Strich. Und mit mir redete wieder mal keiner darüber.

Der Tag von Miriams Abschlussprüfung kam. Natürlich, wie nicht anders erwartet, bestand sie ihr Examen mit Auszeichnung. Sie wurde sogar Jahrgangsbeste. Doch Miriam schien ganz weit weg zu sein.

Wenn ich damals schon geahnt hätte, was alles auf mich, auf meine Familie zukommen würde, hätte ich diese Stunden ganz besonders genossen. Ich war 15, bereit die ersten Schritte ins Leben zu gehen. Dass es aber so schnell gehen würde, das hatte ich nicht erwartet.

„Zur Feier des Tages machen wir echten Champagner auf", rief Paps freudestrahlend.

„Ich habe Lachs-Schnittchen gemacht, die magst du doch so gerne, Miriam", fügte Mümmel noch hinzu.

Mit einem satten Knall öffnete Paps die Flasche während ich Gläser aus der Vitrine holen sollte.

„Komm anstoßen!", riefen wir fast im Chor.

Drei Augenpaare sahen erwartungsvoll zur Treppe. Drei Münder öffneten sich fast gleichzeitig.

„Ich gehe, ich habe es euch gesagt!"

Es wurde totenstill im Zimmer. Fast hörte man das Prickeln des Champagners im Glas so ruhig wurde es.

Miriam stand trotzig mit vorgeschobener Lippe auf der untersten Treppenstufe. In der einen Hand den Rucksack in der anderen eine Reisetasche, die prall gefüllt aussah.

„Was tust du uns an?" Du willst wirklich gehen? Gerade jetzt? Aber Liebes, wir wollten doch feiern ... Mümmel schrie fast.

„Ich möchte raus, ich möchte aus diesem gottverdammten Mief raus! Ich will was erleben, andere Länder, andere Menschen, neue Eindrücke. Versteht ihr das denn nicht? Ich will nicht ewig in dieser Schneiderei bleiben, Designerschule – pah! Das schaffe ich sowieso nicht. Habt ihr mal gesehen, welche Aufnahmekriterien die haben? Womöglich soll ich dann noch einen Schneider heiraten, drei

Kinder bekommen und alles ist Friede, Freude, Eierkuchen. Ich will dieses langweilige, spießige, Heileweltgetue ganz einfach nicht mehr. Soll ich Mode für alternde Hausfrauen machen, die den ganzen Tag in der Kittelschürze herum rennen und am Sonntag das ‚gute Schwarze' in die Kirche ausführen? Ich nicht!"

Vater leerte das Champagnerglas in einem Zug.

„Wenn du meinst, dann geh. Lass ab und zu von dir hören, damit wir wissen, ob es dir gut geht", sagte mein Vater emotionslos.

Abrupt drehte er sich um und verließ das Zimmer. Miriam stieg die letzte Treppenstufe herab, umarmte meine Mutter, drückte auch mich, nahm ihre Reiseutensilien auf und ging. Sie drehte sich noch einmal um.

„Ich muss es tun, sonst habe ich das Gefühl, ewig etwas verpasst zu haben."

Ein leises Plopp, dann fiel die Tür zu. Ich bildete mir ein, Schritte zu hören, die sich von unserem Haus weg bewegten. Die Stille konnte man fast anfassen.

Das Leben ging weiter – natürlich. Anfangs unterhielten wir uns noch täglich über Miriam. Der Schock dieses Abschieds löste sich nur langsam. Nach drei Monaten kam eine Karte aus Bombay. Miriam schrieb, dass es ihr gut ginge und wir uns keine Sorgen machen sollten. Sie hätte sich einer Clique junger Leute angeschlossen und würde mit dieser Gruppe weiter reisen. Wohin verriet sie nicht. Auch nicht, wann sie wieder kommen würde. Dann hörten wir fast zwei Jahre lang gar nichts von ihr.

Ich gewöhnte mir an zeitig ins Bett zu gehen. Dann konnte ich mich mit meinem Beraterengel unterhalten. Oft war mir übel und ich verspürte Kopfschmerzen.

„Sag mal Engelchen, warum habe ich in letzter Zeit so oft Kopfschmerzen?"

„Redest du dir das nur ein?"

„Ich bin doch nicht blöd! Es zieht im Kopf. Immer abends, wenn ich zur Ruhe komme."

„Und?"

„Was und?"

„Du weißt es, du willst es nur nicht aussprechen."

Als ich heftig zu weinen begann, spürte ich einen leichten Windhauch. Mein Engel fächelte mir mit seinen Flügeln Luft zu. Das tat mir gut. Der dicke Ring um meinen Kopf lockerte sich und ich konnte einschlafen.

Für dieses eine Mal hatte er mir geholfen. Aber oft konnte ich ihn tagelang nicht sehen. Das Toben in meinem Kopf war oft so schlimm, dass ich meinen Berater-Engel gar nicht hörte. Meine Kopfschmerzattacken wurden immer schlimmer. Ich musste mich sogar übergeben. Oft zwangen mich die Anfälle zwei bis drei Tage ins Bett

Mümmel schleppte mich von einem Arzt zum anderen. Heilpraktiker, Chiropraktiker, es gab nichts, was sie ausließ. Die Diagnose hieß Migräne. Damit musste ich jetzt leben, hieß es.

Ich hatte mir angewöhnt, abends, wenn ich im Bett lag, mich mit meinem Engel zu besprechen. Auch wenn ich wegen der Schmerzen noch so verzweifelt war, tröstete er mich mit aufmunternden Worten. Und manchmal gelang es ihm sogar, mit seinen Flügeln den Schmerz wegzustreicheln. Als ich die Schule verließ, wusste ich immer noch nicht, was ich machen wollte. Da in unserem Ort gerade eine Lehrstelle bei der Post frei war, ließ Papa seine Beziehungen spielen und ich bekam den Job. Meine Noten waren nicht schlecht, aber auch nicht berauschend, deshalb war ich ganz froh, nicht weiter suchen zu müssen. Es machte mir Spaß Kunden zu bedienen, gerade mit älteren Leuten bewies ich eine Engelsgeduld, daher durfte ich immer öfter an den Schalter.

Eines Tages, ich hatte Schalterdienst und las in einer Broschüre, als ich im gegenüberliegenden Fenster das

Spiegelbild meiner Schwester sah. Ich erschrak, das konnte doch nicht sein. Ich blinzelte, hatte ich mich geirrt? Zaghaft winkte jemand. Es war Miriam. Im selben Moment setzten bei mir hämmernde Kopfschmerzen ein. Ich musste mich zusammen nehmen, um mich nicht zu übergeben.

„Miriam", ich hauchte ihren Namen.

„Ja, Kleines, ich bin es. Irgendwie siehst du etwas mitgenommen aus."

„Kein Wunder, du hast ewig nichts mehr von dir hören lassen und jetzt stehst du einfach vor mir."

„Ich wollte doch an deinem 18. Geburtstag da sein und mit meiner kleinen Schwester feiern."

Mein Geburtstag: Das wichtigste Ereignis in meinem jungen Leben. Endlich 18! Endlich ohne Erlaubnis in die Disko gehen. Endlich Führerschein machen. Paps hatte mir versprochen, dass ich ein großes Fest feiern durfte. Miriam trug eine weite, verwaschene Hose, die am Saum ausgefranst war. Dazu eine gebatikte Langarmbluse im gleichen Ton und ein schwarzes ärmelloses Westchen. Ihre langen Haare waren verfilzt, aber das sollte wohl so sein. Ihre Füße steckten in Leinenschuhen, die eine undefinierbare Farbe hatten.

„Ich werde mal lieber zu Hause anrufen, damit die Überraschung nicht zu groß ist."

Natürlich war es ein kleiner Schock für meine Eltern, ihre älteste Tochter nach über zwei Jahren *so* plötzlich wieder zu sehen. Ich muss sagen, sie hielten sich wacker und stellten keine Fragen. Wie selbstverständlich, so als wenn sie nie weg gewesen wäre, bewegte sie sich im Haus. In kürzester Zeit hatte sie ihr aufgeräumtes Zimmer in ein Schlachtfeld verwandelt. Sie schlief lange, dafür war sie bis in die Nacht hinein wach. Es roch wieder seltsam in ihrem Zimmer. Die Musik klang in unseren Ohren mystisch, seltsam sphärische Klänge, gerade so wie von einem anderen Stern. Ihre Stimmungsschwankungen waren für uns alle schlimm, denn wir wussten nie stimmt sie gerade euphorisch allen Vorschlägen zu oder starrt sie nur stumpf vor sich hin, ohne uns wahrzunehmen. Die ganze Zeit über hatte ich Kopfschmerzen. Ich wagte damals noch nicht einen Zusammenhang zu sehen.

Eifersucht hatte ich bisher nicht gekannt. So überraschte mich das Gefühl umso heftiger an meinem Geburtstag. Es war MEIN Tag, ich würde 18 Jahre alt werden, vor dem Gesetz volljährig. Ich sollte im Mittelpunkt stehen – nicht Miriam. Meine Freunde standen um sie herum, beguckten sie begierig, hingen an ihren Lippen und lauschten ihren Erzählungen von den Ländern, die sie bereist hatte. Die Jungs rissen sich um sie. In diesem Moment habe ich begonnen sie zu hassen.

Um Mitternacht hatte ich die Nase von meinem Geburtstagfest ziemlich voll. Ich wusste nicht, ob ich wütend, traurig oder einfach nur beleidigt sein sollte. Miriam stand im Mittelpunkt. Sie wurde immer aufgekratzter, unterhielt die ganze Mannschaft mit ihren Storys, sprühte vor Witz. Sie rauchte wie ein Schlot und ihr Glas war nie leer. Ich wurde so gut wie gar nicht mehr beachtet.

Ziemlich enttäuscht von meinen Freunden kickte ich meine hochhakigen Pumps von den Füßen, schnappte mir die Schüssel mit Kartoffelsalat und verzog mich in mein Bett. Frustriert schaufelte ich den ganzen Berg in mich hinein. Warum tat sie mir das an? Es war doch mein Fest.

Ich schlief mit dem Gedanken ein, dass sie sich in unserem Haushalt breit machte, den Kühlschrank leer fraß und so tat, als wenn sie nie weg gewesen wäre. Ich hasste sie!

Am nächsten Morgen saß Mümmel verheult am Frühstückstisch.

„Was ist los?"

„Miriam ist mal wieder abgehauen. Schau dir nur das Chaos in ihrem Zimmer an. Und der Zettel, ich bin weg, danke für alles, Gruß Miriam."

In den folgenden Monaten fesselte mich meine Migräne fast wöchentlich ans Bett. Ohne den Trost und die Ruhe, die mein Engel mir gab, hätte ich die Attacken nicht überstanden. Trotz der Krankheit schloss ich die Berufsschule und die Prüfung ganz passabel ab. Da mein Chef große Stücke auf mich hielt wurde ich sogar ins Angestelltenverhältnis übernommen.

Meine Mutter war sehr dünn geworden. Sie aß nicht mehr richtig. Und manchmal hatte ich das Gefühl, dass sie sich heimlich erbrach. Sie tat mir so Leid.

„Das sind die Wechseljahre, da spielen die Hormone einfach ein bisschen verrückt", spielte sie meine Andeutung herunter.

Wenn Miriam kurzfristig auftauchte wurden meine Anfälle besonders schlimm.

„Ist dir schon mal aufgefallen, dass du eine Migräneattacke bekommst, wenn du etwas von deiner Schwester hörst?", meinte mein Beraterengel.

„Du bist mal wieder oberschlau. Sie ist meine Schwester, ich mache mir Sorgen. Aber das Schlimmste, ich weiß nicht, wie es ihr geht, wenn sie nichts von sich hören lässt. Und ich fühle mich so machtlos."

„Ja, ja, der Körper ist der Spiegel der Seele", sagte mein Engel altklug. „Du weißt meine Liebe, dass sich jeder Mensch frei entscheiden kann, wie er leben möchte. Und Miriam will anders leben."

„Das macht mich traurig. Sag mal, Engelchen, hab' ich eigentlich Schuld, dass es Miriam zuhause nicht aushält?"

„Das kannst du nur dir selber beantworten. Und so lange du das nicht weißt, wird dein Körper auch mit Kopfschmerz reagieren."

„Hilf mir doch und lass nicht immer so weise Sprüche ab!"
Mein Beraterengel antwortete nicht mehr.

Zwischen meinen Kopfschmerzen und meiner Schwester schien ein Zusammenhang zu bestehen, wie mein Beraterengel mir zugeflüstert hatte. Das wurde mir immer klarer.

Eines Tages stand Miriam – natürlich unangemeldet – vor der Tür. Sie sah ziemlich verwahrlost aus. Sie fraß den Kühlschrank leer, unkontrolliert, gerade so, als wenn sie tagelang nichts gegessen hätte. Dann verschwand sie wieder; hinterließ ihr Zimmer wie einen Schweinestall. Das wiederholte sie in unregelmäßigen Abständen. Manchmal waren es zwei Tage, manchmal eine ganze Woche. Keiner wusste wo sie war, geschweige denn wohin sie ging. Sie kam und ging wie es ihr passte.

Ich hatte den Eindruck, dass ihr alles scheißegal war. Sie wollte nicht mit mir reden. „Es ist doch alles in Ordnung, was wollt ihr denn?", das war das Einzige was sie dazu sagte. Mümmel gab ihr ein Handy, das sie widerstrebend annahm. Mama nötigte ihr das Versprechen ab, wenigstens ab und zu anzurufen. Natürlich rief sie nicht an. Sie wusste ja wo sie uns finden konnte. Ganz sanft rührte sich immer häufiger die Stimme meines Engels:

„Lass dein Leben von dem Chaos, das deine Schwester verbreitet, doch nicht so durcheinander bringen. Schmiede eigene Pläne." Dazu zeigte er mir Bilder von harmonischen Gesprächen in der Familie, bei denen nichts totgeschwiegen wurde, oder von ausgelassenen Spielen und Sport mit Freunden.

Irgendwann wurde mir schmerzlich bewusst, wie viele Jahre dieses Affentheater mit Miriam nun schon ging.

Je länger ich darüber nachdachte, umso wütender wurde ich. Was fiel meiner Schwester eigentlich ein? Sie kam und ging, wann immer es ihr passte.

Welches Recht nahm sich diese junge Frau heraus, über unser Familienleben derart zu bestimmen?

Es war ein schöner Sommertag. Mümmel saß am Tisch und löste ein Kreuzworträtsel. Papa blätterte in einer Illustrierten für Wohnbedarf. Unser Garten leuchtete in einem satten Grün. Ich lag im Liegestuhl und sonnte mich. Mein Engel hatte sich keck auf meiner Schulter nieder gelassen.

„Du traust dich ja doch nicht!"

„Natürlich traue ich mich."

„Warum rufst du ihn dann nicht an?"

„Mache ich gleich."

Mein Engel kannte mich wirklich sehr gut. Es gab da so einen süßen Jungen, der mich zum Tanzen eingeladen hatte.

„Das Telefon ist nur eine Armlänge von dir entfernt. Wann wirfst du dich in Schale und tanzt mit deinem Traumboy durch die Nacht?", stichelte mein Engel für die anderen unhörbar.

Gerade, als sich meine Hand zum Telefonhörer streckte hörten wir:

„Huhu, ich bin's!"

Miriam stand an der Terrassentür. Sie bewegte sich im Haus gerade so, als wenn sie nie weg gewesen wäre. Ohne etwas zu sagen oder gar zu fragen bediente sie sich überall, holte sich sogar meine saubere Wäsche aus dem Schrank, ohne auch nur ein einziges Wort zu sagen. Meine Eltern ließen sie gewähren. Mümmel weinte viel und Papa vergrub sich in seiner Arbeit. Auch ich war zu feige, etwas zu sagen. Wir waren – wieder einmal – sprachlos. Familienleben fand überhaupt nicht mehr statt. Nur am Sonntag aßen wir gemeinsam – schweigend. Mümmel stocherte in dem wenigen herum, das sie sich auf den Teller gelegt hatte, Vater schaufelte eilig das Essen in den Mund und danach versteckte er sich hinter seiner Zeitung. Miriam aß still. Ohne ein Wort des Dankes stand sie dann auf und ging in ihr Zimmer. Im Haushalt rührte sie keinen Strich. Alles blieb an mir hängen. Ich half beim Abspülen und Küche sauber machen, während Madame ihren Mittagsschlaf hielt. Ich wurde immer wütender, ließ mir jedoch nichts anmerken. Ganz tief in mir drin hasste ich Miriam und mich hasste ich auch, weil ich solche Regungen empfand. Sie war doch meine Schwester! Während ich mechanisch die Teller abtrocknete, fragte ich verzweifelt meinen Engel, ob ich Schuld hatte, dass Miriam weg gegangen war. Aber er antwortete mir nicht. Die unregelmäßigen Abstände, in denen uns Miriam immer wieder einmal heimsuchte, waren jeweils trostlose Tage, die sich zäh wie Kaugummi dahin zogen.

Miriam hatte wohl Narrenfreiheit, denn sie benahm sich wie ein unerzogenes Kind. Wenn Mama duschen wollte, zeigte die Wanne einen schmutzigen Rand. Im Waschbecken waren Miriams Haare. Klamotten lagen nicht im, sondern prinzipiell neben dem Wäschetrog. Unser Klopapierverbrauch stieg enorm. Holte sie Besteck aus der Schublade, wurde diese nicht mehr geschlossen, selbst die Kühlschranktür ließ sie offen stehen. Angenagte Speisereste wurden einfach liegen gelassen. Bierflaschen stapelten sich in ihrem Zimmer, sie war zu faul, sie in den Kasten zurück zu stellen. Miriam ging sogar ungefragt an Papas Schrank und holte sich ein frisches Hemd heraus. Sie redete so gut wie gar nicht mit uns. Wenn sie denn einmal den Mund aufmachte, dann nur um zu fragen, was es zu essen gäbe. Sie kam und ging, wie es ihr gerade in den Kram passte. Wir fühlten uns wohl alle von ihr tyrannisiert. Aber keiner gebot Einhalt.

Es lag ein komischer Geruch im Haus, alles wirkte so unwirklich, gerade so, als wenn wir uns in Zeitlupe bewegen würden.

Und dann war sie wieder weg. Diesmal lag nicht einmal mehr ein Zettel des Abschieds bereit. Ich kann bis heute nicht verstehen, warum meine Eltern sich das haben gefallen lassen.

Wochen vergingen. In unserer kleinen Familie wurde das große Schweigen immer unerträglicher.

„So kann es nicht mehr weiter gehen“, polterte mein Vater eines Abends los. „Wir verbringen gemeinsam ein paar Tage, irgendwo. Es kann einfach nicht angehen, dass wir uns von Miriam derart runter ziehen lassen. Wann haben wir das letzte Mal gelacht? Wann uns auf etwas gefreut? Ich kann nicht mehr. Wir müssen einen Weg finden, wie wir mit Miriam umgehen, wenn sie wieder einmal hier auftaucht.“ Als ich an diesem Abend ins Bett ging, hatte ich das Gefühl, wieder frei atmen zu können. Mein Engel hielt mir die Hand und streichelte mein Gesicht.

„Siehst du, jetzt geschieht etwas. Ihr müsst euch nur nicht alles gefallen lassen“

„Wie stellst du dir das vor? Soll ich ihr wirklich einmal sagen, wie sehr es mich ärgert, wenn sie ungefragt meine Sachen nimmt? Brüllt sie mich dann an oder kommt einfach nicht mehr? Du hast Recht, Engelchen, wir müssen etwas für uns tun.“

Als ich am nächsten Tag von der Arbeit nach Hause kam, spürte ich schon an der Haustüre, dass Miriam wieder da war. Schlagartig setzten bei mir pochende Kopfschmerzen ein. Mein Engel klopfte mir beruhigend auf die Schulter, so dass ich nicht heulen musste. Wie gut, dass er immer im richtigen Moment erschien. Mama hatte geweint, ich sah es ihr an. Meine Schwester saß am Tisch, eine Flasche Bier vor sich, aus der sie trank – strahlend schön. Sie trug wieder ein indisches Gewand. Die Haare waren gekürzt und zu Locken gedreht. Ihre Haut war sonnengebräunt. Um die

Stirn hatte sie kunstvoll ein glitzerndes Tuch geschwungen. Sie sah frisch aus.

„Mama, was ist los, warum hast du geweint?“

„Miriam will wieder ganz bei uns wohnen und sich einen Job suchen. Sie hat sich entschuldigt.“

Mir blieb der Mund offen stehen. Ich traute dem Frieden nicht. Miriam wollte sich einen Job suchen? Ich war mehr als skeptisch. Glauben würde ich es erst, wenn sie einen Arbeitsvertrag in Händen hielte und dann auch regelmäßig arbeiten würde. Miriam war überrascht, als wir ihr sagten, dass wir ein verlängertes Wochenende planten.

„Kein Problem, ich hüte solange Haus und Hof“, kicherte sie. „Dann kann ich in aller Ruhe an den Computer und im Internet nach Stellen recherchieren und gleich meine Bewerbungen schreiben. Ich habe mir nämlich jetzt die Hörner abgestoßen und ich möchte wieder in meinem alten Job arbeiten“, fügte sie leise hinzu.

Man konnte es mir sicher am Gesicht ablesen, dass ich ihr nicht so recht glaubte. Meine Eltern waren auch etwas skeptisch, dass Miriam alleine das Haus betreuen wollte. So reisten wir mit gemischten Gefühlen in den Kurzurlaub. Vorsichtshalber sperrte ich aber meine wichtigen, privaten Dinge weg. Ich wollte nicht, dass Miriam in meinen Sachen herum kramte.

Vater hatte Zimmer in einer Pension im Bayerischen Wald gebucht. Die Fahrt und der erste Abend verliefen schweigend. Jeder dachte mit gemischten Gefühlen an Miriam, die nun alleine zuhause weilte. Das Abendbrot verlief ruhig. So richtig traute sich keiner das Wort zu ergreifen. Wir verabredeten uns zu einem gemeinsamen Spaziergang und gingen daher früh schlafen. „Hilf mir Engel“, sagte ich eindringlich.-

„Ich bin mit den Nerven fertig, liebe Eltern. Ich halte es, so wie es bei uns abläuft einfach nicht mehr aus.“

„Ich will mich nicht mehr von meiner großen Tochter herunter ziehen lassen. Sie ist erwachsen, sie muss selber wissen, was sie tut. Wir müssen an uns denken, alles dreht sich doch nur noch um Miriam. Sie muss sich eine eigene Wohnung und einen Job suchen. Dabei helfen wir ihr. Aber dann soll auch Schluss sein.“ So entschlossen hatte ich meine Mutter lange nicht gesehen.

„Du hast Recht“, bestätigte mein Vater. „Hoffentlich nutzt sie die Zeit und schreibt jetzt Bewerbungen. Das hat sie ja vorgehabt.“

„Ich trau dem Frieden nicht so ganz“, seufzte ich tief.

„Ich habe zu ihr gesagt“, unterbrach mich mein Vater, „dass sie jetzt die allerletzte Chance hat, das Ruder herumzureißen. Wenn sie es nutzt, gut, wenn nicht, können wir nichts daran ändern. Darüber sollten wir uns im Klaren sein. Ich will jetzt einfach ein paar schöne Tage mit euch verbringen. Wir brauchen diese Erholung ganz dringend.“

„Papa hat recht“, warf nun meine Mutter ein. „Wir haben genug über Miriam geredet. Sie weiß, was sie zu tun hat.“

Ich war froh, dass wir endlich unsere Sprachlosigkeit überwunden hatten und über Miriam sprechen konnten. Meinem Lichtwesen war es viel zu wenig.

„Vergesse nicht Engelchen, dass wir erst wieder lernen müssen, miteinander zu reden. Wir haben jetzt lange Zeit geschwiegen. Und dieses Wochenende ist doch schon mal ein Anfang.“

Er nickte und biss mir liebevoll ins Ohr.

Die freien Tage vergingen viel zu schnell.

Als wir daheim angelangt die Haustüre öffneten, kam uns ein seltsamer Geruch entgegen.

„Wonach stinkt es hier?“, fragte meine Mutter. Papa ging sofort zu den Fenstern und riss sie weit auf. Im Hausflur lagen Klamottenberge verstreut – alles durcheinander. Ich sah T-Shirts von mir, Hosen von Papa und

Taschen von Mama. Im Wohnzimmer türmten sich überquellende Aschenbecher und eingetrocknete Pizzakartons. Bierflaschen lagen verstreut. Papas Hausbar stand weit offen. Sämtliche Flaschen waren geleert. Selbst in der teuren Whiskyflasche war kein einziger Tropfen mehr zu finden. Mit einem Aufschrei riss mein Vater das Büro auf. Wie angewurzelt blieb er stehen. Das Chaos war ausgebrochen. Überall lagen Papiere, zerrissen, zusammengedrückt, zerknüllt. Der Vorhang war halb herunter gerissen. Mutters sauber beschriftete und abgelegte Ordner lagen kreuz und quer. Überall war Zigarettenasche. Den Teppichboden zierten Brandlöcher. Der PC hatte rostrote Flecken. Entweder war hier Ketchup ausgeschüttet worden oder jemand hatte heftig geblutet. Papas Safe stand sperrangelweit offen. Als ich die Treppen in mein Zimmer hoch stürmte, schwante mir Schlimmes. Mein Zimmer sah aus wie ein Schweinestall. Das Bettzeug war schmutzig, die Türen zu den Schränken und Kommoden standen offen. Mein Kosmetiktisch war verwüstet. Es waren eindeutige Spuren, die auf gewaltsames Öffnen hinzielten. Das Schloss hatte standgehalten. Ich hätte heulen können. Gleichzeitig packte mich eine ohnmächtige Wut. Mein Herz schlug so heftig, dass ich es bis in meinen Hals hinauf spürte. Die Schmerzen in meinem Kopf waren unerträglich. Ich ließ mich auf die Knie fallen und erbrach mich heftig.

„Ruhig, ganz ruhig“, sagte mein Berater-Engel zu mir, *„atme tief durch!“*

Als ich mich wieder erheben konnte, stürmte ich auf Miriams Zimmer zu. Mit einem heftigen Ruck riss ich die Türe auf. Halb zugedeckt, ein Arm, übersäht mit Pusteln hing seitlich heraus. Sie lag leichenblass in ihrem Bett. Auch hier sah es aus wie auf einem Schlachtfeld.

„Mama, Papa, schnell kommt her. Ich glaube Miriam ist hinüber!“

Es dauerte nur Sekunden, bis meine Familie in Miriams Zimmer stand. Es sah so aus, als wenn sie sinnlos betrunken war. In dem Moment fiel es mir wie Schuppen von den Augen. Das war es also!

Warum hatte ich alles erst jetzt begriffen? Gegen Abend war Miriam ansprechbar. Totenblass war sie und sehr mager. Nichts war mehr übrig von ihrer Schönheit und ihrem strahlenden Aussehen. Mein Engel befahl mir eindringlich, mich um Miriam zu kümmern. So packte ich meine federleichte Schwester und stellte sie unter die Dusche, während. meine Eltern wie betäubt im Wohnzimmer saßen. Unfähig irgendetwas zu tun, saßen beide nur da. Willenlos ließ Miriam alles mit sich geschehen. Die Haare waren in verschiedenen Rottönen gefärbt und standen in einer wilden Lockenkrause von ihrem Kopf ab. Sie sah schrecklich aus. Apathisch ließ sie sich von mir ein T-Shirt und Jeans anziehen.

„Du wirst es den Eltern sagen müssen, Schwester. Vor allen Dingen gestehe es dir selber ein.“

Der Blick, den mir Miriam zuwarf enthielt so viel Pein und so viel Leid, dass ich sie jetzt nicht mehr hassen konnte. In dem Moment tat sie mir nur noch schrecklich Leid.

„Wir hören!“ Das war das Einzige was Papa während des ganzen Abends sprach.

„Ich will ja, aber ich kann nicht“, weinte Miriam.

„Was kannst du nicht?“, fragte Mama naiv.

„Ja, Herrgott noch mal, begreift ihr gar nichts?“, schrie ich aufgebracht. Meine Schwester ist drogenabhängig!“ Sie spritzt sich harte Drogen. Die ganzen Arme sind zerstochen.

Das Schweigen, das daraufhin einsetzte war so beklemmend, dass ich glaubte es anfassen zu können.

„Ist das wahr, Miriam? Vor unserer Abreise hast du doch so gut ausgesehen, so frisch und ausgeruht.“ Mama verstand die Welt nicht mehr.

„Ja Mama, es ist wahr“, weinte Miriam. „Ich war bei einem Freund auf La Gomera. Dort in den Klippen leben viele Hippies. Er macht so etwas wie einen Entzug mit den Leuten, die das wollen. Die frische Luft und die netten Leute haben mir sehr geholfen. Aber hier hat mich das alles wieder eingeholt. Bitte helft mir, ich will ja aufhören, ich schaffe es einfach nicht. Ich bin fertig, ich kann nicht mehr.“

Sie schluchzte und schüttelte sich hin und her. Vater sagte noch immer kein Wort. In mir brach eine Welt zusammen.

Meine angehimmelte Schwester war drogenabhängig.

Sie, die alle Möglichkeiten hatte, war drogenabhängig.

Sie hatte einmal einen tollen Job gehabt und war drogenabhängig geworden.

Sie hatte Freunde, die Welt stand ihr offen – sie war drogenabhängig.

Droge, Droge, in meinem Kopf hämmerte das Wort Droge. Wie eine Platte, die man vergessen hatte abzustellen, formte sich das Wort Droge immer wieder in meinem Kopf. Verdammt, was war passiert, was war geschehen? Wie konnte es so weit kommen? In welche Kreise war meine Schwester geraten? Wann hatte sie Kontakt mit Drogen bekommen? Mir dämmerte so langsam ihr seltsames Verhalten, sowohl auf ihrer Volljährigkeitsparty, als auch auf meinem Geburtstagsfest.

„Hatte es schon damals angefangen, an ihrem 18. Geburtstag? Engel, wo bist du? Kannst du mir erklären, warum Miriam ihr Leben weg werfen will? Hat sie sich so gelangweilt, dass ihr Drogen den Kick geben konnten? Ist es ihr in all den Jahren in unserem Elternhaus einfach zu gut gegangen?“

Mein Engel gab mir keine Antwort. Trotzdem spürte ich, dass er bei mir war. Entzug hämmerte es in meinem Kopf und noch einmal Entzug. Das war ich Miriam schuldig. Ich würde einen Entzug mit ihr machen. Doch dazu brauchte ich Hilfe, denn meine Eltern waren schlichtweg überfordert. Unser Hausarzt wollte uns unterstützen. Auf einen Therapie-Entzugsplatz hätten wir ewig warten müssen. Keinen einzigen Tag länger hätten wir das ausgehalten.

Als ich abends in meinem Bett lag, suchte ich ganz intensiv das Gespräch mit meinem Engel. Ich hatte das Gefühl von ihm in den Arm genommen zu werden. Ich war herrlich entspannt und ich hörte seine Antwort auf meine Fragen.

„Hilfst du mir Engel?“

„Habe ich dich schon jemals im Stich gelassen?“

„Nein, noch nie, immer, wenn ich dich gebraucht habe, warst du da. Du hast mir zwar nicht immer geantwortet, doch du warst da. Ich habe Angst vor dem, was auf mich zukommt. Ich habe so etwas noch nie gemacht.“

„Einmal ist immer das erste Mal, das weißt du doch.“

„Das sind Allgemeinplätzchen, aber ich verstehe schon, was du mir damit sagen willst. Es wird hart, oder?“

„Sehr hart. Sei froh, dass du nicht genau weißt, was auf dich zukommt. Du schaffst es, glaube an dich, du schaffst es!“

Jetzt war ich mir sicher. Mit der Hilfe meines Engels würde ich es schaffen, Miriam den Entzug zu erleichtern. Er hatte mir Mut gemacht. Ich beantragte drei Wochen unbezahlten Urlaub.

Miriam war total lethargisch, sie ließ alles mit sich geschehen. Ich zog ihr eine weite Jogginghose an und ein leichtes Oberteil. Aus ihrem Zimmer räumten wir jeglichen Firlefanz weg. Scharfe Kanten wurden mit Schaumgummi umwickelt. Unser Hausarzt hatte mir Beruhigungs-, Schlaftabletten, -säfte und -tropfen mitgegeben. Ich wusste, worauf ich mich einließ, denn er schilderte mir die entsetzlichen Nervenschmerzen, die sie durchlitt. Erst wenn sie hungrig wird, ist das Schlimmste überstanden. Dann geht es aufwärts. Und wenn sie das Essen drin behält, dann könnten wir hoffen

Ich wollte es für sie tun. Die unbändige Wut und der Hass waren jetzt dem Mitleid gewichen. Ich schämte mich dafür, dass ich meiner Schwester jemals so viel Hass entgegengebracht hatte. Wie hätte ich auch in meiner Unerfahrenheit wissen sollen, dass ein Süchtiger kein Mitleid verdiente? Dass man ihn erst fallen lassen musste, um ihm von ganz unten die Hand zu reichen?

Wo es ging verteilten wir Plastikplanen, Handtücher und Schüsseln.

Dann sperrte ich mich mit Miriam in ihr Zimmer ein. Acht Tage und acht Nächte waren die Hölle. Ich hörte meine Mutter laut weinen und meinen Vater die Treppen herauf- und herunter poltern.

Sie erbrach sich laufend und nicht immer war ich rechtzeitig mit der Schüssel bei ihr. Miriam weinte, flehte, bettelte, dann schrie sie mich an, hämmerte mit den Armen aufs Bett. Als sie auf taube Ohren bei mir stieß, verlegte sie sich aufs flehen.

„Sara, bitte nur einmal, nur ein einziges Mal noch, dann höre ich damit auf. Bitte gib mir was, bitte!“

Ich musste hart bleiben, dabei fühlte ich mich selbst entsetzlich. Ich litt mit ihr, spürte, dass der körperliche Entzug einfach schrecklich war. Doch ich durfte den Gefühlen nicht nachgeben, wenn ich ihr helfen wollte. Wenn es gar zu schlimm wurde, flößte ich Miriam etwas Methadon ein. Nur im äußersten Notfall sollte ich es ihr geben. Dieses Mittel war eine Ersatzdroge. Es würde sie beruhigen und einschlafen lassen.

Am 6. Tag wurde sie merklich ruhiger, sie verschlief einen halben Tag. Ich glaubte schon, dass der Höhepunkt überschritten war. Ich nickte kurz ein, wurde dann aber unsacht geweckt. Sie trat von hinten an mich heran, legte mir ihren Arm um den Hals, würgte mich und schrie hysterisch. „Ich murks dich ab, wenn du mir jetzt nicht auf der Stelle einen Schuss setzt.“

„Miriam, ich habe nichts, was ich dir geben könnte, versteh das doch, hier gibt es keine Drogen!“

Es war ein leichtes Miriams Angriff abzuwehren. Ihr Körper war zu geschwächt. Dann weinte sie wieder, schüttelte sich in Krämpfen und erbrach sich. Ich wiegte sie wie ein Baby im Arm und langsam beruhigte sie sich. Eine Stunde dauerte dieser Frieden, dann wachte sie wieder auf. Ruhiger diesmal und ich versuchte ihr in kleinen Bissen ein Brötchen zu geben. Diesmal trank sie Magenschonenden Kamillentee dazu, in den ich eine halbe Beruhigungstablette aufgelöst hatte. Ich wusste nicht mehr, ob es Tag oder Nacht war.

Miriam schlief, kleine Schweißperlchen hatte sie auf der Stirn. Ihr Mund war leicht geöffnet. Ich sah, wie sehr ihre Zähne gelitten hatten. Ihr einst schönes Gebiss war schwarz und wirkte verfault. Überall waren die Schäden zu sehen

Mein Gefühl sagte mir, dass sie es noch lange nicht geschafft hatte. Ich war total erschöpft und zitterte am ganzen Körper.

„Hilf mir Engel, bitte hilf“ flehte ich, „ich schaffe es nicht mehr.“

Erschöpft muss ich wohl kurz eingenickt sein, jedenfalls schrak ich hoch, als mich ein Finger berührte.

„Mir geht es gut, ich habe Hunger!“, sagte Miriam.

Die Anspannung der letzten Tage fiel von mir ab und ich begann heftig zu weinen.

Diesmal war es Miriam, die mich drückte.

„Sorry!“

Mehr sagte sie an diesem Tag nicht mehr.

Es dauerte noch eine ganze Woche bis das Zittern, das meine Schwester immer wieder befiel, sich normalisierte.

Ich schlief natürlich sehr schlecht, immer auf dem Sprung, wenn Miriam sich regte. Sie war ruhig, ihre Augen zeigten an, dass sie immer wacher wurde.

Ich riss das Fenster weit auf, ließ frische Luft herein.

„Können wir zu den Eltern hinunter gehen? Fühlst du dich stark genug? Wie ist es, will dein Körper Drogen haben?“

Als sie verneinte gingen wir gemeinsam, Arm in Arm, die Treppen ins Wohnzimmer hinunter. „Ich danke euch für alles“, sagte Miriam leise. Dann setzte sie sich an den Wohnzimmertisch und machte eine einladende Bewegung.

„Willkommen, wieder daheim“, sagte Mama sichtlich gerührt.

„Das habe ich nicht verdient.“

„Schmarrn“, sagte ich mit einem dicken Kloß im Hals. „Ich hoffe nur, dass diese Hölle nicht umsonst war, liebes Schwesterlein.“

Mit kleinen Bissen aß Miriam. Auch ich war nicht in der Lage viel zu essen. Mein Magen hatte sich an Zwieback gewöhnt, den ich aus Solidarität zu Miriam mitgegessen hatte.

Bald nahm Ich meinen Dienst in der Post wieder auf. Sehr dankbar war ich, dass mich keiner auf mein Fernbleiben ansprach. So etwas wie Normalität kam in unser aller Leben.

Wenn ich heute daran zurück denke, war alles aufgesetzt. Wir wussten, dass etwas in der Luft lag, warum hatten wir – wieder einmal – nicht darüber geredet?

Jeden Abend sprach ich mit meinem Engel. Ich erzählte ihm meine Gedanken. Er hörte mir geduldig zu, tröstete mich mit einschmeichelnden Worten. Wenn meine Hand ganz warm wurde, wusste ich ihn bei mir. Bestimmt war es ihm zu verdanken, dass ich seit Wochen keine

Migräneattacke mehr gehabt hatte. Je mehr ich darüber nachdachte, umso mehr wusste ich für mich selbst, dass die Kopfschmerzen mit meiner Schwester zu tun hatten.

Miriam erholte sich von Tag zu Tag mehr. Sie bekam wieder eine schönere Haut, und sie nahm einige Kilos zu. Sie hielt sich viel in der frischen Luft auf, sonnte sich im Garten. Nach zwei Monaten unternahm meine Mutter einen kleinen Vorstoß.

„Miriam, wie soll es jetzt mit dir weiter gehen? Willst du dir nicht einen Job suchen? Oder möchtest du eine Therapie machen? Vielleicht wäre eine betreute Wohngemeinschaft das Beste für dich. Was hast du dir vorgestellt?"

Mit weidwunden Augen sah sie uns an, zuckte mit den Schultern.

„Kind, du musst dein Leben wieder in die eigenen Hände nehmen. Deine Schwester hat dir beim Entzug geholfen – jetzt musst du selbst etwas dazu beitragen."

„Ich gehe heute Nachmittag gleich zum Arbeitsamt und schaue nach, ob es Stellen im Bereich Mode gibt."

„Es muss ja nicht unbedingt die Mode sein", warf mein Vater ein, „du kannst ja auch etwas anderes machen. Was würde dich denn noch interessieren?"

Wieder Achselzucken. Ich hatte den Eindruck, dass Miriam noch gar nicht so weit war. Mir ging das alles zu schnell; es war mir unheimlich, aber ich ließ mir nichts anmerken. Ein leichtes Ziehen im Hinterkopf zeigte mir an, dass ich mich sofort hinlegen und entspannen musste. Ich würde doch wohl nicht schon wieder einen Anfall bekommen?

Ganz tief in meinem Inneren hörte ich meinen Engel, wie er mir befahl in meinen Körper hinein zu hören. Plötzlich wurde mir klar, dass es einen Zusammenhang zwischen meiner Migräne und meiner Schwester geben musste.

Wenn ich tagsüber in der Post arbeitete, ging es mir gut.

Wenn ich mich mit Freunden traf, ging es mir gut.

Wenn ich mit meinen Eltern alleine war, ging es mir gut.
Kaum war Miriam im Haus, bekam ich Kopfschmerzen.
Ich dachte an Miriam und ich bekam Kopfschmerzen.
Wieder hörte ich meinen Engel, der leise in die Hände klatschte.
„Hast du es endlich kapiert?“, schien er mir zuzuflüstern.
Miriam war clean, war sie das wirklich? Den körperlichen Entzug hatten wir durch gestanden. Wie war es aber mit ihrem Kopf? Hatte sie auch mental los gelassen?
Miriam stürzte sich mit Feuereifer in die Arbeitsuche. Stundenlang saß sie bei Mümmel im Arbeitszimmer und hackte in den PC rein. Sie verließ das Haus nur, um aufs Arbeitsamt zu gehen. Sie kam mit vielen Ausdrucken heim. Wenn sie nicht gerade auf Stellensuche war, lag sie im Liegestuhl und döste vor sich hin. Ab und zu telefonierte sie kurz. Sie selbst bekam keine Anrufe.
Gut gelaunt kam ich nach Hause, deshalb bemerkte ich auch nicht gleich, dass es seltsam still war.
„Hallo, niemand zuhause?“
Ich dachte mir nichts dabei, ging zielstrebig in die Küche, öffnete den Kühlschrank und holte mir einen Joghurt heraus. Die Küche war, wie immer, sauber und aufgeräumt. Ich ging zu meinem Zimmer und die Türe stand offen, dabei wusste ich genau, dass ich heute Morgen die Türe geschlossen hatte. Meine Schranktüre stand ebenso offen. Was war hier los? Ich ging zu Miriams Zimmer hinüber. Alles war sauber aufgeräumt. Eine drückende Stille herrschte vor. Wo waren Mama und Miriam? Ich zog meine Bürokluft aus, hängte sie ordentlich über einen Bügel. Ich schlüpfte in Leggins und in mein Lieblings-T-Shirt. Dann ging nach unten zum Büro.
Da lag sie: Zusammengekauert, eine blutende Wunde am Kopf. Ich war so erschrocken, dass ich im ersten Mo-

ment wie versteinert da stand. Das Büro sah aus wie ein Schlachtfeld. Gerade so, als wenn einer in sinnloser Wut alles heraus gerissen und durcheinander geworfen hätte.

„Mama, Mümmelchen, mein Gott was ist passiert?“

Meine Mutter war ohnmächtig. Mein Gott, was soll ich nur tun? Notarzt schoss es mir durch den Kopf. Wo ist das Telefon? Ist doch menschlich, immer wenn man das homehandy braucht liegt es irgendwo. Laufend muss man sie suchen. Wo war das verflixte Ding? Ich drückte den ‚Suchen’-Knopf an der Ladestation. Irgendwo unter einem Papierwust läutete es. Ich rutsche auf den Knien hektisch hin und her und verstreute panisch Zettel über dem Boden. Langsam tastete ich mich heran, endlich hatte ich das Telefon gefunden!

Ohne zu bemerken was ich tat wählte ich die Notrufnummer. Eine beruhigende Stimme versicherte mir, dass der Notarzt gleich eintreffen werde. Der Arzt gab meiner Mutter eine Spritze, säuberte die Wunde und meinte, dass er sie lieber ins Krankenhaus geben wollte. Eine Gehirnerschütterung war nicht auszuschließen. Ich verständigte meinen Vater; er würde gleich zur Klinik kommen.

Da saß ich nun an Mümmels Bett. Blass und elend lag sie in den weißen Laken. Sie hing am Tropf, ein großes Pflaster klebte auf ihrer Stirn. Was war nur passiert?

Miriam war weg.

Vater und ich hielten die Hand meiner Mutter ganz fest. Würde das denn nie aufhören?

Leise und schleppend begann meine Mutter zu sprechen.

„Sie war wie ein wildes Tier. Ich kann es nicht begreifen. Nachmittags hatte sie einen Vorstellungstermin. Ziemlich aufgekratzt kam sie zurück. Wir haben noch zusammen Kaffee getrunken, kein böses Wort ist gefallen. Dann ist sie in ihr Zimmer gegangen. Ich war im Büro und habe die Lohnabrechnung vorbereitet. Auf einmal stand Miriam im Zimmer. Sie hatte einen irren Blick und schrie mich an, dass ich Geld rausrücken soll. Sie hätte alles so satt. Unser kleinbürgerliches Getue, das Heilewelt-Gequatsche, einfach alles. Und am meisten würde sie mich, ihre Mutter, hassen, weil ich immer alles zudecken würde." Geschüttelt von tiefen Seufzern rannen ihr Tränen über das Gesicht.

„Als ich ihr kein Geld geben wollte, hat sie den dicken Ordner nach mir geworfen. Und das schlimmste ..." wieder wurde sie von Weinkrämpfen geschüttelt, „sie hat nach mir getreten. Dann weiß ich nichts mehr. Ich bin erst wieder zu mir gekommen, als du dich über mich gebeugt hast, Sara."

Papa schüttelte den Kopf.

„Soweit ist es also schon mit unserer großen Tochter gekommen. Jetzt schlägt sie sogar ihre eigene Mutter und bestiehlt uns. Was haben wir nur falsch gemacht?" Auch ihm rannen Tränen über die Wangen.

Ich war bestürzt. Ich hatte meinen Vater noch nie weinen sehen. Noch nicht einmal am Grab meines Opas.

Wir hielten uns alle eng umschlungen und schluchzten um die Wette. So fand uns die Ärztin, die nach meiner Mutter sehen wollte. Es tat so schrecklich weh. Meine eigene Schwester eine Fixerin, eine Diebin und nun auch noch eine brutale Schlägerin. Was hatte die Droge aus ihr gemacht? Für uns alle brach eine Welt zusammen. Alle Werte unseres Lebens, die uns jemals etwas bedeutet hatten, trat Miriam mit Füßen. Unsere Eltern hatten uns Mädchen gleich und zur Anständigkeit erzogen. Meine Gefühle schwankten zwischen Fassungslosigkeit und tiefer Verzweiflung.

Die nächsten Wochen erlebte ich in einer Art Dämmerzustand. Ich hatte permanent Kopfschmerzen. Mechanisch ging ich in die Arbeit. Ich konnte nicht einmal mehr weinen.

Ich stand neben mir, zog mich in mich selbst zurück. Warum nur war ich so verletzt? Ich, die immer so ‚dicht am Wasser gebaut' hatte, konnte nicht weinen. In mir war ein Stein, ein großer, schwerer Stein. Ich wollte niemanden mehr sehen und schloss mich daher in mein Zimmer ein. Ich weiß nicht, wie lange ich am Fenster stand und einfach nur hinaus starrte.

„Sara, willst du mich heute nicht hören?"

Langsam drehte ich mich um. So groß hatte ich meinen Engel noch nie gesehen. Behutsam streckte er die Flügel aus und ging langsam auf ihn zu. Als er mich umarmte, erfasste mich eine tiefe Ruhe.

„Sara, sperre dich nicht länger. Du musst endlich begreifen, dass du nicht schuld bis, wie deine Schwester leben möchte. Du hast versucht ihr zu helfen, und das ist mehr als viele getan hätten. Denke endlich an dich."

Seine Worte berührten mich tief. Es war gerade so, als wenn ich sie zum ersten Mal richtig hören und auch verstehen könnte. Erst langsam, dann immer heftiger begannen meine Tränen zu fließen. Mit jedem Tropfen löste sich das schöne Bild von Miriam auf, das ich mir von ihr gemacht hatte. Ich hatte nicht Schuld, ich wusste es jetzt. Meine Schwester hatte einen anderen Weg für ihr Leben gewählt. Miriam war nicht so, wie ich sie immer sehen wollte.

Als ich die Treppe zum Wohnzimmer hinunter ging, saßen meine Eltern schweigend am Tisch. Sie fühlten sich wohl auch sehr schuldig. Am meisten meine Mutter.

„Wir haben sie einfach zu sehr bewundert", offenbarte Mümmel. „Sie war immer so toll, in der Schule, später in der Ausbildung. Ihre Freunde kamen aus guten Elternhäusern. Alle Wege für ein tolles Leben standen ihr offen. Sara, du bist so oft einfach mitgelaufen. Du warst so bodenständig, um dich mussten wir uns nie irgendwelche Gedanken machen."

Während sie sprach kullerten Tränen aus ihren Augen. Wir alle mussten uns damit abfinden, dass Miriam mit uns und unserem bürgerlichen Leben nichts mehr zu tun haben wollte.

Ein Damm war gebrochen. Wir wussten, dass wir nun handeln mussten. Daher schlossen wir einen Pakt: Sämtliche Schlösser wurden ausgetauscht und eine Alarmanlage sollte im Arbeitszimmer installiert werden. Wir wollten die Möbel entsorgen und helle, luftige Einrichtungsgegenstände aufstellen. Mümmel wünschte sich helle Vorhänge und in Pastellfarben gewählte Übergardinen. Miriams Zimmer würden wir entrümpeln und alles wegwerfen, was nur im Entferntesten mit Räucherstäbchen, indischen Tüchern oder sonstigem Kram zu tun hatte.

Sollte sie sich zu einem Entzug freiwillig melden, müssten das professionelle Therapeuten und Psychologen machen. Ich stand dafür nicht mehr zur Verfügung.

Bald sah das Wohnzimmer freundlicher aus. Paps, den so leicht nichts beeindruckte, nickte anerkennend, als er unser Meisterwerk sah. Auch mein Zimmer bekam einen hellen Anstrich und neue Vorhänge. Im Büro wurden die klobigen Schränke durch filigrane aber doch stabile Regalbretter ersetzt. So sah das Büro gleich viel heimeliger aus. Das Haus strahlte innen in neuem Glanz. Wenn da nicht noch Miriams Zimmer gewesen wäre. Irgendwann musste es einmal sein. Ich atmete tief durch, nahm einen großen Plastiksack, streifte mir Handschuhe über und öffnete mit einem Ruck Miriams Zimmer.

Als erstes flogen die vielen Teller mit den Räucherstäbchen in den Sack. Dann machte ich mich über ihren Schreibtisch her. Es war mir nicht angenehm in ihren Sachen herumzuwühlen. Es musste sein. Seltsamerweise stellten sich keinerlei Kopfschmerzen ein. Angeknabberte Bleistifte, Kerzenreste und auch alte Zeitungen steckte ich in den

Sack. Die Briefe sah ich mir etwas genauer an. Es hätte ja etwas wichtiges sein können. Zutiefst erschüttert las ich:

„...da Sie leider nicht zum Vorstellungsgespräch erschienen sind, haben wir die Stelle anderweitig besetzt."

„...laden wir Sie erneut ein, uns am ... aufzusuchen ..."

Miriam war zu den meisten Vorstellungsgesprächen einfach nicht erschienen. Weg damit!

Eine polizeiliche Vorladung fiel mir noch in die Hände. Sie sollte als Zeugin aussagen. Vor Schreck machte ich einen Schritt nach hinten, stolperte über einen Teddy und fiel etwas unsanft gegen ein Bild, das eigentlich schon immer am Boden gestanden hatte. Es fiel um. Dahinter war ein Loch und in dieser Öffnung steckte ein Buch. Ich holte es heraus, wie magisch angezogen öffnete ich es:

Miriams Tagebuch.

Mechanisch blätterten meine Finger die einzelnen Seiten durch. Warum hatte sie das Buch da gelassen? War sie so in Panik davon gelaufen, dass sie es ganz vergessen hat? Oder war sie sich so sicher, dass es niemand finden würde? Ich begann zu lesen.

„Heute habe ich auf der Party meiner Mitschülerin Sandra das erste Mal Haschisch geraucht. Ein irres Gefühl. Mir ist kein bisschen schlecht geworden. Ich glaubte zu schweben und wir waren alle schrecklich albern. Jetzt habe ich ein Geheimnis, das darf niemand wissen. Mümmel und Paps würden mir den Hintern versohlen, wenn sie es wüssten."

Erschrocken ließ ich das Buch sinken. Miriam war damals erst 13 gewesen. Aufgeregt las ich weiter. Das Wort Drogen tauchte lange Zeit nicht mehr auf. Nach ihrem 16. Geburtstag fand ich dazu wieder eine Eintragung.

„Total langweiliger Tag heute. Sara geht mir auf die Nerven. Dauernd will sie mit mir Barbie spielen. Ätzend. Mümmel verlangt, dass ich sie überall mit hinnehme. Immer die kleine Schwester im Schlepptau. Als sie ein

Baby war, ging es ja noch. Da fanden sie alle süß. Jetzt ist sie nur noch nervig. Zum Glück hat mich Sandra befreit. Sie hätte eine Überraschung für mich, meinte sie. Und was das für eine Überraschung war: wow! Sandra hat ein paar Typen von der Nachbarschule aufgetan. Die hatten was zum Schnupfen dabei. Wir haben uns unten am See verabredet. Mit Jan habe ich heftig geschmust. Süßer Boy, aber eher langweilig. Er wollte nicht mitschnupfen, er fand das uncool. Ich wollte es einfach mal probieren. Nachdem der Joint bei mir schon so rein gehauen hat, wie wird das erst mit dem Koks sein? Ich hatte den Eindruck, dass in meinem Kopf eine Bombe explodiert. Eine ganze Woche hat dieses Feeling angehalten. Ich könnte mich tot kringeln, dass meine family nichts merkt. Ich bin total gut drauf."

Das tat verdammt weh. Ich hatte immer geglaubt, dass sie mich auch liebte. Schließlich war ich ihre kleine Schwester. Sie hatte mich doch immer beschützt. Ich kämpfte mit den Tränen. Im Nachhinein erklärte sich nun ihr aufgekratztes Verhalten. Ich brauchte eine Erklärung für das Suchtverhalten meiner Schwester. Miriam hatte in eine Welt hinein geschnuppert, die ihr Sonnenschein bescherte. Losgerückt vom Alltag, der sie zu ersticken drohte, halfen ihr die Drogen abzutauchen. In der Schule war sie sichtlich unterfordert und die Lehre gefiel ihr auch nicht so recht. Warum nur, war sie wieder rückfällig geworden? Der Entzug war doch so schrecklich gewesen und sicher hatte sie viele Schmerzen dabei erleiden müssen. Warum nur? Diese Frage stellte ich mir immer wieder, ohne auch nur ansatzweise zu begreifen, was in meiner Schwester so vor sich ging. Den nächsten Tag verbrachte ich damit, weiter das Zimmer auszumisten und die Müllsäcke zur Sperrmülldeponie zu fahren. Unser Haus wirkte hell, die feinen Möbel atmeten Behaglichkeit aus.

Es war still im Haus, so wagte ich das Tagebuch herauszuholen und weiter zu lesen. Die Jahre zwischen 16 und 18 hatte Miriam immer wieder mal „Gras“ geraucht und auch ab und zu „Koks“ geschnupft, wie sie schrieb. Je nachdem, was das Taschengeld hergab. Sie hatte alles gut im Griff und unter Kontrolle. Schule fand sie zum Kotzen langweilig und mich fand sie oberkotzig, verzogen und eigenwillig. Es tat mir sehr weh, das alles schwarz auf weiß zu sehen. Ich zwang mich dazu Seite um Seite umzublättern. Ich war die Kleine, der man alles durchgehen ließ. Ich war ein verzogenes Gör, verwöhnt und verhätschelt in ihren Augen.

„Ich muss hier raus“, schrieb sie, *„sonst ersticke ich noch. Alles dreht sich um dieses verzogene Nachkömmlingskind.“*

Ich hatte das alles nicht gewusst. Es ist schon komisch, dass Geschwister immer glauben, dass eine der anderen vorgezogen wird. Es gefiel ihr, dass ich sie so anhimmelte. Das war ihr nicht entgangen, dass sie für mich die Größte war. In diesem Glanz sonnte sie sich auch. Es muss ihr einen diebischen Spaß bereitet haben, mich an meinem 18. Geburtstag auszuspielen. Mich erfasste eine große Traurigkeit.

Die nächsten Seiten in ihrem Buch erzählten von ihrer Party zum 18. Geburtstag und von ihrem neuen Freund Josh, der in allen namhaften Modehäusern der Welt verkehrte. An ihrem Geburtstag hatte sie auch erstmalig Kontakt zu stärkeren Drogen. Josh meinte, dass man das braucht, um immer gut drauf zu sein. Und Miriam wollte gut drauf sein – um jeden Preis. Immer wieder beschrieb sie ihr Verhältnis zu mir. Verzogen wäre ich, alles würde man mir durchgehen lassen, sie müsste für alles den Kopf hinhalten.

Nach Geschäftsschluss pflügte ich weiter Miriams Zimmer um. Es dauerte eine ganze Woche, bis alles sortiert und weggeworfen war. Ihre Kleidung stank entsetzlich nach undefinierbaren Dingen. Sie musste in ihrem Zimmer richtig gehaust haben. Selbst unter dem Bett holte ich diverse Haschisch-Krümel hervor.

Mit jedem Stück, das auf den Sperrmüll wanderte, fühlte ich mich befreiter. Als ich mit meiner Mutter darüber sprach gestand sie mir, ähnlich zu fühlen. Ich kämpfte geraume Zeit mit mir, ob ich meinen Eltern sagen sollte, dass ich Miriams Tagebuch gefunden hatte. Die Dinge, die noch zutage kamen, gingen mir nämlich ganz schön an die Nieren.

Nach ihrem Auszug hatte sie diverse Reisen nach Indien, Spanien und auch Marokko unternommen. Immer traf sie auf Gleichgesinnte und immer stimulierte sie sich mit harten Drogen. Ab und zu kam sie nach Hause. Anfangs dachte sie noch, wir würden ihren Zustand bemerken. Was waren wir naiv! Sie fand es lustig vor unseren Augen zu kiffen und sich kurz vor dem Abendessen noch einen Schuss zu setzen. Wir waren ja tolerant und sie konnte kommen und gehen, wann immer es ihr passte.

Die ganze Zeit über hatte mich Miriam wohl mit einem Auge sehr aufmerksam beobachtet. Es gefiel ihr nicht, wie ich mich entwickelte, dass ich erwachsen und kritisch wurde. Ich war nicht mehr die kleine Schwester, die sie bedingungslos bewunderte.

Sie beschrieb ziemlich genau ihr Leben. Wie sie unser Kleinbürgertum angekotzt hat. Und vor allen Dingen ..., nun begann ich doch etwas zu schluchzen, ...wie schrecklich sie mich fand.

Miriam musste es alleine schaffen. Niemand ist Schuld, die Eltern nicht und ich schon gleich gar nicht!

Ich begann hemmungslos zu weinen. Es war ein richtiger Sturzbach, der nicht versiegen wollte. Alles Elend entlud sich nun in einer gewaltigen Tränenflut. Ich hatte das

Gefühl, dass mein Berater-Engel mir seine Energie sandte. Wann würde ich es endgültig begreifen? Ich hatte keinen Fehler gemacht. Die Schuld, die an mir nagte, die ich mir selber einredete, verschwand.

„Sara hat mit mir einen Entzug gemacht. Es war die Hölle. Diese Schmerzen kann sich kein Mensch vorstellen. Ich hätte wirklich nicht gedacht, dass es mich so mitnehmen würde. Jetzt bin ich also körperlich clean. Ein komisches Gefühl, die Welt so klar zu sehen. Überall Schmutz, Neid und Missgunst. Mümmel rennt wie abgestochen umher. Paps scheint es überhaupt nicht zu interessieren, was ich mache, wie es mir geht. Er ist so unnahbar. Warum nimmt er mich nicht in den Arm? Und Sara? Die kann sich mal wieder in dem Glanz sonnen, die brave Samariterin gewesen zu sein. Ihr glückt ja auch immer alles, was sie anfängt, während ich doch immer wieder in die Scheiße lange. Wenn ich mir vorstelle, dass ich jetzt den Rest meines Lebens täglich acht Stunden in einem Büro verbringen soll? Kotz, das ist nix für mich.

Wahrscheinlich war es Vorsehung, dass ich die beiden Typen auf dem Hauptmarkt getroffen habe. Wir haben uns gleich mal eine ‚Nase geholt'. Das hat vielleicht rein gehauen! Zum Glück haben die Alten das beim Essen nicht gemerkt. Ich muss hier raus! Ich halte es nicht mehr aus!“

Mir wurde schlagartig bewusst, dass Miriam das Tagebuch mit Absicht zurück gelassen hatte. Sie wollte, dass ICH es finde.

Ich habe ihre Aufzeichnungen ganz tief in meinem Schrank versteckt. Meinen Eltern habe ich nichts davon erzählt. Von meinem Beraterengel habe ich mich verabschiedet. Ich würde jetzt mit meinem Leben klar kommen. Ich habe ihn gebeten zu Miriam zu gehen. Sie hat ihn nötiger als ich.

Sie sollte bei uns immer ein Zuhause haben, aber nur, wenn sie drogenfrei war.

Schwarze Federn

Ilkiran Korva

Hildrud war auf dem Weg nach Hause.

Sie fuhr schnell, viel zu schnell über die gewundene Landstraße. Aber sie wollte so rasch wie möglich eine große Strecke zwischen sich und das Krankenhaus bringen, in dem sie gerade eben ihre beste Freundin Sandra besucht hatte.

Sie hasste Krankenhäuser, weiß überzogene Betten und den penetranten Geruch nach Desinfektionsmittel, der ihr selbst jetzt noch in den Haaren haftete.

Und noch mehr hasste sie Krankheiten, den langsamen Verfall des Körpers und der Gedanke an Vergänglichkeit, der jedes Lebewesen so unumgänglich grausam unterworfen war. Normalerweise konnte sie derartige Überlegungen weit von sich schieben und stand mit beiden Beinen in einem zumindest beruflich erfolgreichen Leben, aber an einem solchen Tag ...

Ihre Freundin hatte Krebs. Im Endstadium. Und dabei war Sandra mit knapp 40 nur ein paar Jahre älter als sie selbst!

Das Fahrzeug schlingerte in der Kurve und Hildrud verfehlte knapp den Straßengraben.

Sterben! So früh schon und so überraschend, ...

Ein Tumor im Kopf. Inoperabel. Es hatte ganz schleichend begonnen, mit Kopfschmerzen, die immer häufiger aufgetaucht waren, ...

Sandra hatte sich keine Gedanken deswegen gemacht, und den permanenten Druck hinter der Stirn auf Überarbeitung zurückgeführt. Sie hatte Tabletten gegen die Schmerzen genommen, bis hin zu besorgniserregend starken Dosierungen. Einen Arzt hatte sie erst dann aufgesucht, als die beständigen Schwächeanfälle es ihr schwierig machten, weiter in ihrem Beruf zu arbeiten.

Und nun lag Sandra mit grauer Gesichtshaut abgemagert in einem weißgefalteten Klinikbett, um sich herum Schläuche, blinkende Apparaturen und Todesgewissheit.

Hilflos wie eine Greisin war die einst zielbewusste und erfolgreiche Frau geworden und konnte noch nicht einmal eine Hand aus eigenem Antrieb heben. Die Krankenschwestern mussten sie waschen, füttern und wegen wunder Stellen am Rücken alle zwei Stunden umlagern. Hildrud war jedes Mal aufs Neue über den Anblick und die Kraftlosigkeit ihrer einst so lebenslustigen Freundin entsetzt.

Und Sandra stank.

Nicht nur nach Desinfektionsmitteln und den Medikamenten, sondern auch nach Erbrochenem, nach Urin, nach Sterben. Das war vielleicht das Schlimmste.

Kündigte sich so der Tod an?

Ein einziges Mal hatte Hildrud sich überwinden können, Sandra ein wenig von der breiartigen Nahrung einzuflößen, die der Schwerkranken verabreicht wurde. Nach ein paar Löffeln hatte Sandra vergessen zu schlucken und der Brei lief in dünnflüssigen Fäden aus ihrem Mund. Hastig hatte Hildrud sich vorgebeugt, um ihrer Freundin den Speichel abzuwischen, aber Sandra hatte gehustet und sich erbrochen. Sie, ihre früher immer so kultivierte Freundin, hatte über die gesamte Bettdecke gekotzt, Schleim hoch gewürgt und dickflüssige Breiblasen von sich gehustet.

Hildrud hatte es nicht ausgehalten und war im Eilschritt aus dem Zimmer gerannt. Auf dem Flur hatte sie gerade noch eine Schwester informieren können, dann war sie auf der nächsten Besuchertoilette verschwunden, um sich kaltes Wasser über das Gesicht laufen zu lassen und um ihre zittrigen Hände zu beruhigen. Es hatte nicht viel gefehlt und sie hätte sich ebenfalls erbrechen müssen, sosehr hatte sie sich geekelt.

Der Gedanke an diesen Besuch verursachte Hildrud selbst jetzt noch Übelkeit.

Die Krankheit hätte genauso gut sie selbst treffen können! Dann würde sie in diesem Bett liegen, nicht mehr essen, nicht mehr auf die Toilette gehen können, angewiesen auf die Pflege fremder Personen, auf das Ende wartend, ...

Hildrud schüttelte sich.

Zuhause würde sie erst einmal eine Tasse heißen Tee trinken und den Fernseher einschalten, um die Klinik aus den Gedanken zu verbannen.

Eine der banalen, gehirnerweichenden Vorabendserien mit den jungen Darstellern in bonbonfarbenen Outfits wäre dazu genau das Richtige.

Sie fuhr nun über einen unübersichtlichen Straßenabschnitt. Altes, hohes Gebüsch stand an beiden Seiten anstelle der flachen Felder, und ging langsam in ein Stück wild wuchernden Wald über.

Die Bäume rechts und links neben der Straße bildeten nun einen Tunnel, an dessen Ende ein Stück hellgrauer Nachmittagshimmel durch die Zweige schimmerte.

Erleichtert seufzte Hildrud auf, während sie den Fuß vom Gaspedal nahm.

Gleich würde sie zuhause sein.

Das letzte Stück Weg führte wieder durch freies Feld. Gerade frisch eingesät, pickte eine Schar Krähen in den Furchen herum.

Totenvögel!

Das hatte zumindest ihre Großmutter immer gesagt, wenn sie welche entdeckt hatte bei ihren Spaziergängen über die Felder. Wie lange das nun schon her gewesen sein mochte?

Hildrud dachte nach, eine Hand am Lenkrad.

Als Kind hatte sie ihre Großmutter geliebt, denn die alte Frau konnte so spannend erzählen. Oft war sie bei ihrer Oma gewesen, um in der ewig dämmrigen Stube zu hocken und ihr zuzuhören, während auf dem Herd in der Küche das Essen für die Familie kochte.

Aber ihre Großmutter lebte schon lange nicht mehr, natürlich nicht.

Wie alt war sie gewesen, als ihre Oma gestorben war?

Hildrud rechnete nach.

Zehn, vielleicht elf? Auf jeden Fall hatte das Begräbnis auf einem verregneten Friedhof stattgefunden, auf dem kahle Äste die grauen Wolken festzuhalten schienen.

Es war das letzte Mal gewesen, dass die Familie an einem Ort zusammengekommen war.

Ausgerechnet auf einem Friedhof!

Als sie in ihren Wohnort einfuhr, schrieen die Krähen und stiegen in einem flügelschlagenden Schwarm schwarzer Leiber von der Erde hoch.

Hildrud sah ihnen im Rückspiegel nach. Die Vögel erhoben sich einer nach dem anderen wie auf einen gemeinsamen Befehl, hielten sich die ersten Meter dicht über die schwerbraunen Ackerfurchen, überflogen den Bachlauf, der sich hinter der Häuserreihe entlang schlängelte, um dann den hoch gewachsenen Pappeln zuzustreben, die das Feld säumten.

Hildrud bog in die schmale Straße ein, die zu ihrem Haus führte, parkte den Wagen in der Einfahrt und stieg aus. Unter ihren energischen Schritten knirschte der Kies.

Es wurde schon kalt. Bald würde es dämmern und nachts vielleicht noch gefrieren, obwohl es schon Ende März war.

Die Hitze einer zu warm eingestellten Heizung empfing sie schon in der Garderobe und begleitete sie bis ins Wohnzimmer. Sie hatte vergessen, die Heizkörper herunterzudrehen, als sie morgens das Haus verlassen hatte, so sehr hatte sie sich einfangen lassen vom Schicksal ihrer Freundin.

Der Tee war zu heiß und die Werbung im Fernsehen zu laut.

Hildrud öffnete das große Fenster neben der gläsernen Terrassentür, die zu ihrem Garten herausführte und starrte zu der schwarzen Baumreihe weit hinten, in denen sich das letzte Grau des Tages unter dem aufreizenden Gekrächz des Krähenschwarmes in Undurchsichtigkeit verwandelte.

Diese gottverdammten Viecher!

Sie presste sich die Hände auf die Ohren: „Aufhören!!“

Die schwarzen Vögel beachteten ihren Befehl jedoch nicht und umstrichen unbeeindruckt weiter ihre hohen Schlafbäume. In den Kronen der unbelaubten Pappeln waren einige der dunklen Nester zu sehen. Wie unordentliche Zweighaufen in den Ästen verklebt hingen sie dort, umkreischt von unaufhörlichem Geschrei.

Abends fiel das besonders auf, wenn es auf den Straßen ruhiger wurde.

Den Abscheu vor diesen Tieren, die auf jedem Schulhof die Papierkörbe durchsuchten und an den Straßenrändern auf angefahrene Tiere warteten, konnte Hildrud sich nicht ganz erklären.

Aber hatte ihr nicht die Großmutter früher oft Geschichten erzählt, die ihr als Kind Angst eingejagt hatten, und waren dort nicht regelmäßig diese Vögel mit den harten spitzen Schnäbeln aufgetaucht?

Hildrud erinnerte sich:

„Krähen nisten in der Nähe der Friedhöfe und stehlen die Seelen. Sie fressen Jungvögel und hacken neugeborenen Lämmern die Augen aus. Sieh dich vor, Kind, wenn du über die Felder läufst, auch Menschen sind von ihnen schon angegriffen worden. Du kannst es gerne glauben, es stand in der Zeitung, letzte Woche erst. Geh ihnen lieber aus dem Weg, es sind garstige Vögel, heimtückisch und verschlagen, dem Herrn nicht gefällig. Kannst du mal die

Kartoffeln umrühren, sie kochen sonst über ...“, die Stimme klang brüchig, alt, und doch ganz frisch.

So hatte ihre Oma öfter gesprochen

Hildrud spürte die kalte Luft nicht, die durch das geöffnete Fenster zu ihr hinzog.

Sie hatte so viel Zeit mit ihrer Großmutter verbracht, mittags, nach der Schule und war ihr auf Schritt und Tritt gefolgt.

Tja, damals ... bis die alte Frau krank geworden war, ins Krankenhaus eingeliefert werden musste und einige Wochen später starb. Es war ebenfalls Krebs gewesen.

Schon wieder Tod und Verfall, faltige Haut über hervorstehenden Wangenknochen und spitze Nasen, bei Leuten, die sie gekannt, geliebt, mit denen sie ihre Lebenszeit verbracht hatte ...

Sie griff sich die Fernbedienung und schaltete sich durch die Kanäle, bis sie auf eine Sendung stieß, in der teuer gekleidete Frauen neben ihrer Berufstätigkeit viel Zeit für Klatsch, Partys und Männer hatten.

So wie sie vor einigen Monaten noch gemeinsam mit ihrer Freundin.

Der Film lenkte sie nicht ab, es fehlte ihr die Konzentration, der Handlung und den Wortspielen folgen zu können.

Zerstreut schaute Hildrud sich in ihrem Wohnzimmer um. Sollte sie vielleicht nicht lieber ein Buch lesen? Oder sich ein Glas Wein einschenken?

Dann blieb ihr Blick am Fenster hängen. Dort bewegte sich etwas, flatterte vor der Scheibe hin und her, störte.

Konnten diese Viecher sie nicht einfach in Ruhe lassen?

Sie stand auf, klopfte an die Scheibe, um den Vogel dahinter zu vertreiben.

Nachts zogen sich die Krähen doch auf ihre Nistbäume zurück, warum hüpfte diese hier auf dem Rasen hinter dem

Haus herum und erdreistete sich sogar, gegen das ebenerdige Fenster zu flattern?

Das Klopfen beeindruckte die kleine Gestalt wenig, sie sprang zur Seite, um sich einen Meter weiter neuerlich niederzulassen. In dem Lichtschein, der durch das Fenster fiel, konnten Hildrud die blanken Augen des Tieres erkennen und die glänzenden samtschwarzen Federn des Kopfes.

Wurde sie gar noch angeschaut?

Der Vogel blieb ruhig stehen, den Kopf zur Seite geneigt.

„Geh weg da! Was willst du? Verschwinde!“

Nichts geschah.

„Totenvögel, hacken dir die Augen aus, Kind, Seelenfänger ...“

Die Stimme ihrer Großmutter.

Beklemmung kroch hoch und legte sich dumpf über ihren logischen Verstand.

Der Vogel hockte immer noch ruhig in dem Lichtfleck vor der Terrassentür, unerträglich in seiner unbekümmerten Anwesenheit.

Hildrud stürzte zur Terrassentür, öffnete sie ungeachtet der Kaltluft, die den Raum eroberte, und eilte nach draußen, um das hartnäckigen Federvieh endlich zu verscheuchen.

Das hüpfte knapp außerhalb des Lichtkreises in Richtung der Hecke, die den Garten zu den dahinter liegenden Weiden und Äckern begrenzte, und blieb dann wieder auf dem Rasen stehen, als wolle es sie necken.

Hildrud lief durch das kaltfeuchte Gras, von dem Gedanken angetrieben, diesen Vogel zu verjagen, und mit ihm alle quälenden Grübeleien über Krankenhäuser und schlimme Vorahnungen.

Sie wollte einfach nur ihre Ruhe haben, war das denn so schwer? Die Viecher machten sie noch wahnsinnig mit ihrem Gekrächze und Herumgeflattere, sie sollten aufhören damit, sofort! Und gerade dieses aufdringliche Exemplar schien sie geradezu zu verhöhnen.

Am liebsten würde sie den Vogel erschlagen!

Während des Laufes blieb ihr Fuß an einem Stein hängen und sie stolperte. Fluchend bückte sie sich, nahm den groß geratenen Kiesel auf und warf ihn nach der Krähe in die Dunkelheit des Gartens. Es ertönte ein heiseres Kreischen und das Knacken von Zweigen, bevor es sehr still wurde.

Das erste Mal an diesem Abend.

Hildrud hielt inne, wischte mit der feuchten Hand über die Stirn und fragte sich verwirrt, was über sie gekommen war.

Sie konnte sich doch wegen eines Vogels nicht so aufregen?!

Überreizte Nerven und zuviel Stress in der letzten Zeit. Sie musste mehr schlafen ... sich nicht mehr von Alpträumen wecken lassen ...

Das arme Tier ..., ob sie es getroffen hatte mit ihrem unbedachten Steinwurf?

Fast schämte sie sich für ihren Ausbruch.

Sie hatte sich doch sonst immer so gut unter Kontrolle ...

Zögernd tappte sie weiter ins Dunkle, der Stelle zu, wo die wild wachsenden Sträucher beginnen mussten, die ihren Garten als Hecke zum umliegenden Brachland begrenzten.

Ob es zwischen dem Gesträuch immer noch die Lücken gab, durch die sie als Kind so oft geschlüpft war, um über die Wiesen zu dem Flüsschen zu laufen, das in den Wald führte?

Nasse Äste hielten sie auf und sie streckte die Arme weit von sich, sich bedächtig weitertastend.

War es nicht hier gewesen? Vorsicht, daneben müsste der Weißdorn stehen, der hatte fürchterliche Stacheln ...

sie sollte sich mal wieder ein wenig um das Grundstück kümmern ...

Jetzt war sie doch hängen geblieben am Ärmel ...

Mit einem heftigen Ruck riss sie sich los – ein großes Loch klaffte nun im Stoff der teuren Strickjacke, wie ärgerlich ...

Sie verschob ihr Vorhaben, nach dem Krähentier zu sehen auf den nächsten Morgen und drehte sich um, um zum Haus zurückzugehen. Dazu musste sie sich noch einmal durch die Hecken zwängen. Kaum steckte sie halb zwischen den stacheligen Zweigen, hörte sie hinter sich ein Geräusch, einen undefinierbaren Laut.

Schritte waren es nicht, konnten es nicht sein auf dem von kalter Nässe durchtränkten Gras, aber da näherte sich etwas. Es hörte sich an wie ein Rascheln, unmittelbar hinter ihr.

Erschrocken schaute sie nach hinten und verhedderte sich noch tiefer in der Hecke, fast bis zur Bewegungslosigkeit.

„Mist!“, entfuhr es ihr, als sie sich bemühte, freizukommen und sich dabei kräftig stach.

Musste sie gerade in dieser Situation überrascht werden? Während sie in der Hecke hing wie ein zerrupfter flügellahmer Vogel? Und überhaupt, wer trieb sich bei diesem nasskalten Wetter nachts in der Dunkelheit der Wiesen herum? Jemand, der verspätet seinen Hund ausführte?

Ganz geheuer war Hildrud das nicht.

Ein leises Lachen traf ihr Ohr. Es hörte sich definitiv weiblich an, und das beruhigte sie ein wenig.

„Hey, wer sind Sie?“

Das Lachen wurde lauter und Hildrud spürte, dass sich jemand näherte. Eine Antwort bekam sie jedoch nicht auf ihre Frage.

„Können Sie mir helfen? Ich stecke mitten in diesem verfluchten Gesträuch und komme mir vor wie Dornröschens Prinz in der Dornenhecke ...“

Das Lachen klang sympathisch, eindeutig und sie fragte sich, wie die dazugehörige Person wohl aussehen mochte.

„Aber selbstverständlich ...“

Allmählich löste sich eine dunkelgekleidete Gestalt aus den Schatten und trat auf sie zu. Ohne das helle Gesicht, das aus den umrahmenden Haaren herausleuchtete, wäre sie auf diese kurze Entfernung kaum zu erkennen gewesen.

Hildrud war überrascht. Wer lief zu dieser Zeit auf dem stoppeligen Feldweg herum?

War das eine nächtliche Joggerin, die in Schwarz gekleidet auf dem kleinen Pfad hinter ihrem Garten trainierte? Auch, wenn dies unwahrscheinlich war, ...

Unwillkürlich musterte Hildrud die Kleidung der Unbekannten und suchte nach einem Merkmal, das sie als Sportlerin kennzeichnen würde ...

Aber eine geübte Joggerin im schwarzen Flatterrock? Doch wer sonst sollte sich nachts hier herumtreiben?

UndwährenddieFremdesiemitsicherenHandbewegungen aus den dornigen Krallen des Gebüsches schälte, grübelte Hildrud weiter über die Unbekannte nach.

Die Frau trug einen schwarzen Rock und einen lang über die Arme herabfallenden Pulli? Darüber noch irgendetwas anderes, jackenähnliches ...weites ...

Warum verwickelte sie sich nicht in dem Geäst mit ihrer flatterigen Kleidung?

Aber schlanke Finger zogen weiter Zweig um Zweig aus Hildruds Strickjacke, ohne dass sie auch nur ein einziges Mal hängen blieben ...

Nachdem sie vollständig befreit war, zwinkerte ihr das schattenumrandete Gesicht noch auf eine seltsam vertraute Weise zu, bevor es sich umdrehte und eins mit der Dunkelheit wurde.

Leichtfüßig ging die Fremde auf dem schweren, von Wasser voll gesogenen Boden.

Hildrud war so verwundert über die Begegnung, dass sie vergaß, sich zu bedanken.

Diese Frau gehörte nicht zu dem Dorf, in dem sie wohnte, dessen war sie sich sicher. Und die stumme Selbstsicherheit, mit der die Fremde sie aus den Büschen befreit hatte, hatte etwas Merkwürdiges an sich.

Frierend machte Hildrud sich auf den Weg zu ihrer Wärme und Sicherheit verheißenden Terrassentür, und bedauerte das abrupte Verschwinden der Frau. Sie hätte sie gerne ein wenig ausgefragt bei einer Tasse Tee, denn sie fand die Frau interessant, ...

Der Tag darauf verlief, wie es zur bedrohlichen Routine geworden war: Der Arbeitstag in der Vorstandsetage eines mittleren Bankinstitutes ließ ihr gerade soviel Ressourcen übrig, wie von dem Anblick ihrer todkranken Freundin verschlungen werden konnten.

Hildrud hatte ihr Lächeln mühselig in den Mundwinkeln festgeklebt, als sie die Kranke mit alten, gemeinsam erlebten Geschichten von Partys und Bekanntschaften zu erheitern versuchte. Es schien ihr sogar zu gelingen, eine kurz Zeit lang, bevor Sandra wieder in den Medikamentenschlaf zurückdämmerte und Hildrud sich leise verabschieden konnte.

Die Heimfahrt verlief ruhiger als sonst nach dem Krankenhausbesuch. Auch die herumkreischenden Krähen, die es sich scheinbar zur Aufgabe gemacht hatten, ihr Fahrzeug zu begleiten, störten sie nicht mehr so sehr.

Hildrud war müde, ausgelaugt, und mit depressiven Gedanken über Sterben und Tod beschäftigt, wie jedes Mal nach einem ihrer Krankenhausbesuche, jedoch nicht mehr so verzweifelt. Eine eigentümliche Ruhe legte sich über ihre Gedanken, insbesondere dann, wenn sie über die Begegnung in ihrem Garten nachdachte. Sie sah das Schattenbild der Frau vor sich, kurz bevor diese in die verschluckende Dunkelheit zurückging und sie alleine zurückließ.

Warum hatte sie die Unbekannte nicht angesprochen? Es war doch sonst nicht ihre Art, sprachlos und verdutzt in der Gegend herumzustehen, auch wenn Unvorhergesehenes geschah ...

In ihrem Wohnzimmer angekommen, verbreitete eine Tasse Tee spätwinterlichen Duft.

Das Getränk war heiß und während sie darauf wartete, dass ihr Tee abkühlte, ging sie unruhig in ihrer Wohnung hin und her, den Fernseher hatte sie nicht angeschaltet, sie wollte endlich ohne das störende Gequäke irgendwelcher Sendungen mit sich ins Reine kommen. Sie musste das Sterben ihrer Freundin akzeptieren, genauso wie alle Menschen sterben mussten, irgendwann ...

Das Irgendwann bereitete ihr die Magenschmerzen. Wann war „Irgendwann“? Heute, morgen, in zwanzig Jahren?

Diese Krankheit konnte sie genauso erwischen, unvorhergesehen und unkontrollierbar wie bei Sandra. Trotz moderner Medizin und Vorsorgeuntersuchungen ... Was war, wenn sie morgen zum Arzt ging, und er stellte bei ihr eine ähnliche Erkrankung fest? Es war so wenig vorhersehbar, das Leben, es ließ sich nicht berechnen. Jederzeit konnte etwas dazwischenkommen und es beenden. Sterben, Tod, das einzige, was den Menschen sicher war, ...

Der Tee war nun trinkbar und sie nippte an der aromatischen Flüssigkeit.

Licht fiel durch die gläserne Terrassentür in den Garten.

Sie sah hindurch und suchte die Schattenkante am Rande der beleuchteten Stelle ab.

Aber es zeigte sich nichts. Auch keine schwarzen Vögel.

Vermisste sie die aufdringlichen Tiere etwa schon? Gestern hatte sie sich noch derart über sie geärgert ... Totenvögel. So ein Unsinn!

Wie im Traum berührte sie die Klinke der Tür, drückte sie nieder und ging nach draußen, bis dorthin, wo die Nacht den Garten besetzt hatte. Ihre dünnen Hausschuhe berührten das nasse Gras, die Feuchtigkeit benetzte ihre Fußknöchel, doch sie merkte es nicht.

Ihr war nicht kalt.

Vorsichtig einen Fuß vor den anderen setzend, machte sie sich daran, das Dunkel zu erkunden, verwundert über sich selbst.

Suchte sie etwas? Oder Jemanden?

Die Büsche waren noch genauso stachelig wie am Abend zuvor, diesmal jedoch war Hildrud vorsichtiger und es gelang ihr, sich hindurch zu winden, ohne dass die Zweige sich an ihrer Kleidung festhakten. Dann stand sie da, starrte in das Schwarz vor ihr, und wusste nicht, warum.

„Du bist also doch gekommen?"

Die melodische Stimme ließ sie auffahren. Das war sie doch, die Frau von gestern!

Hildrud drehte sich herum und blickte in ein freundliches Gesicht, das seltsam alterslos erschien. Und wieder hatte diese Unbekannte einen langen, dunklen Rock an und ein flatteriges Oberteil dazu.

Die Fremde lachte in sich hinein.

„Komm mit!"

Hildrud zögerte. Was wollte sie von ihr, diese Frau?

„Nun komm schon, ich will dir etwas zeigen ... Hab keine Angst!"

Hildrud zögerte immer noch, und erst, als sie die Gestalt kaum noch von den Schatten der Umgebung unterscheiden konnte, stolperte sie ihr nach.

Ihre Führerin schritt sicher und unbeirrt durch die hügelige Wiese in Richtung des kleinen Flusslaufes, um schließlich am Stamm einer der hohen Bäume innezuhalten. Dahinter gluckerte der Bach und Hildrud erinnerte sich daran, dass sie in ihrer Kindheit gerne an diesem Ort gespielt hatte, oder einfach dagesessen war, um dem Rauschen zuzuhören. Manchmal ganze Nachmittage lang. Und zuhause hatten sie sie schon gesucht, allen voran die Großmutter, ...

Sie lachte über diese lang vergangene Erinnerung und die Fremde stimmte in ihr Lachen ein, als hätte sie Hildruds Gedanken belauschen können.

Der Boden wurde feuchter, richtiggehend sumpfig und Hildrud rutschte aus. Ein Griff in die bemooste Rinde eines schief gewachsenen Baumes rettete ihr Gleichgewicht und bewahrte sie vor dem Fall in eiskaltes Wasser. Die Fremde dagegen bewegte sich leichtfüßig über den unsicheren Untergrund und sprang behände auf den Stamm, des fast waagerecht über dem Erdboden wachsenden Baumes. Dann reichte sie Hildrud die Hand. Diese nahm die angebotene Hilfe gerne an, wunderte sich nur ein wenig über die Wärme und Kraft, die die Unbekannte mit ihrem Griff vermittelte und ließ sich auf den Stamm heraufziehen. Dort hatten beide Platz, sie mussten nur ein wenig zusammenrücken.

Still saßen sie da und betrachteten das Glitzern der Wasseroberfläche. Hildrud gefiel es. Es war so anders als das, was sie seit Jahren getan hatte. Sie entspannte sich und fühlte unter ihren Hände das voll gesogene Moos und neben sich die geheimnisvolle Fremde sitzen, die seither kein Wort mehr zu ihr gesprochen hatte.

Aber vielleicht sollte sie selbst ein Gespräch beginnen? Es käme auf einen Versuch an, so fremdartig die ganze Situation auch war ...

Hildrud holte Luft: „Hallo. Ähhh, guten Abend?“, und brach sofort wieder ab, denn die Erwiderung bestand wiederum aus einem leisen Lachen. Es klang allerdings nicht verletzend, sondern freundlich, fast herzlich, und sehr verständnisvoll.

Hildrud fragte sich überhaupt nichts mehr. Weder, warum sie als moderne, gebildete Frau nachts im Nassen auf Baumstämmen herumsaß, noch, warum sie das alles als so wenig beunruhigend, sogar als selbstverständlich empfand.

Und so überraschte es sie auch nicht, dass die Frau neben ihr den Umhang, den sie trug, über die Schultern legte und sie damit einhüllte.

Der Stoff war warm und fühlte sich angenehm auf der Haut an. Der Arm der Fremden lag ganz ohne Scheu über ihrer Schulter und hielt sie fest. Hildrud fühlte sich gut aufgehoben, geborgen.

„Komm mit mir, Menschenfrau. Ich will dir etwas zeigen ...“, flüsterte die Stimme neben ihrem Ohr.

Einen Moment lang fragte Hildrud sich nur noch, warum sie als „Menschenfrau“ bezeichnet worden war, denn was sollte sie sonst sein?

„Komm mit mir, ich will mit dir verreisen, keine Angst ...“

Die Umarmung schenkte ihr Ruhe, sie fühlte sich geschützt und sicher. Und vor allen Dingen, sie musste nicht mehr Grübeln ... Hildrud willigte wortlos ein. Einen Augenblick später gab die Fremde ihr einen sanften, aber dennoch überraschenden Stoß, sodass sie von dem Stamm rutschte und hinunter in das Wasser fiel. Immer noch festgehalten von ihrer Begleiterin, sank sie tiefer.

Die Kälte des Wassers biss in Hildruds Gesicht.

Aber nur die Stellen ihres Körpers, die nicht von dem Umhang bedeckt waren, wurden von des eiskalten Tropfen benässt. Der schwarze Umhang schirmte sie von den Wasserfluten ab, die auf sie beide einstürzten, während das Gluckern des Baches sich zu wildem Rauschen unmittelbar vor ihr, über ihr, zu beiden Seiten verdichtete. Sie bewegten sich hindurch, sanken schwebend nach unten, bis sie auf weichem Untergrund landeten.

Zögernd schaute Hildrud sich um. Es war noch dunkel, aber dennoch war zu erkennen, dass sie auf einer Wiese standen, durch die sich ein kleiner Bach schlängelte.

Mit einem Gefühl von Unwirklichkeit watete Hildrud aus dem Wasser und suchte die Fremde, die sie an diesen seltsamen Ort gebracht hatte.

Diese hatte den Umhang wieder über ihre Schultern gelegt und wandte sich zum Gehen.

Hildrud musste ihr folgen, wollte sie nicht alleine in einer ihr unbekannten Gegend herumstehen.

„Wer bist du?“, fragte sie, schüchtern und leise, während sie hinter der Fremden herging, deren Kleidung sich flatterig im leichten Wind hin und her bewegte.

Aber erwartete sie wirklich eine Antwort?

Es dämmerte in den aufsteigenden Morgennebel hinein, die Umrisse der hohen, noch niemals geschnittenen Bäume und Büsche gewannen an Deutlichkeit.

Hildrud stapfte hinter ihrer Führerin her, müde, mit klammen Gliedern von der nächtlichen Kälte. Und schweigsam.

Zum ersten Mal seit langem fühlte sie die Nässe des zögernden Tages, spürte sie die feuchtschwere Luft eines Frühlingsmorgens.

Zu Hause verkroch sie sich um diese Zeit hinter ihrer Kaffeetasse, neben ihr die Zentralheizung und war gewöhnlich mit ihren Gedanken schon längst bei ihrer Arbeit. Die Fahrstunde über Land war ein lästiges Übel, oft genug begleitet von lauter Musik.

Und nun?

Es war anders.

Und es war neu, erinnerte sie vage an ihre Kindheit. Laufen durch hohes Gras, taufeuchtes Kitzeln an nackten Beinen, der Schlamm des Baches zwischen den Zehen.

Die frei schwebende Zeitlosigkeit eines strahlenden Spätsommertages.

Wie lange musste das her gewesen sein?

Die Frau bewegte sich nun über einen schmalen Pfad, der sich zwischen den herabhängenden Ästen der Weiden und den kahlen Zweigen anderer Gewächse hindurchschlängelte. Hildrud bog den einen oder anderen Zweig zurück, wenn er ihr den Weg versperrte und versuchte zu erraten, zu welchem Baum oder Strauch er wohl gehören mochte. Sie hatte sich nie darum gekümmert, aber nun fand sie es seltsam, so unwissend zu sein. In ihrem „normalen“ Leben war sie diejenige, die Kompetenz zeigte und auf die meisten Fragen eine Antwort hatte. Doch hier, ..., hier war sie die Unwissende, diejenige, die sich auf Führung verlassen musste. Durfte sie nicht auch einmal neugierig sein und fragen, ohne sich dafür rechtfertigen zu müssen?

Kleine Schlammlöcher hinderten ein stetiges Vorankommen und die Fremde musste ihr mehr als einmal über die dunklen Pfützen hinweghelfen.

Ihre Hand fühlte sich stark an, ein wenig knochig vielleicht, aber sie war so warm und sicher, dass Hildrud sich dabei ertappte, sich in ihrer Nähe immer wohler zu fühlen. Selbst die störende Kälte trat in den Hintergrund.

Die Fremde flößte ihr Vertrauen ein.

Und darum ging sie mit und ließ sich führen.

Mit zunehmender Helligkeit wurde der sie umgebende Nebel dichter. Dann streckten einzelne Sonnenstrahlen ihre gleißenden Finger aus, um die Schleier mühevoll zu durchbrechen. Sie wirkten lebendig, diese Lichtfinger zwischen den schwebenden Schichten von Weiß.

Hildrud wusste, solange sie in der Nähe ihrer Führerin war, brauchte sie nicht nachzudenken, standen ihre Gedanken über den Tod und das Sterben still und quälten sie nicht mehr ...

Die Frau vor ihr lachte heiser auf: „Glaubst du das wirklich, Menschenfrau?“

„Und warum glaubst du das?“

Hildrud antwortete nicht. Sie wusste keine Antwort.

Es war einfach so.

Sie hatte keine Angst mehr vor dem, was ihrer Freundin bevorstand, denn zwischen ihr und ihren Befürchtungen tanzten die Nebel und die Fremde vor ihr schirmte sie ab ...

Dann wurde der Boden unter ihren Füßen allmählich fester, stieg leicht an und führte sie eine Anhöhe hinauf. Langes Gras löste die Bäume ab und die Nebel flossen nicht mehr so dicht. Es wurde hell.

Auf dem Hügel angekommen, setzte sich die Fremde nieder und bedeutete Hildrud, es ihr gleich zu tun.

Sie gehorchte und so warteten sie, eng nebeneinander sitzend.

Die Sonne stieg auf und beschien das Dorf am Fuße des Hügels, das sich langsam aus dem nächtlichen Schlaf befreite. Es bestand aus einer Ansammlung von geduckten Gebäuden, die sich neben ungepflasterten Wegen hinzogen. In der Mitte befand sich ein größerer Platz, einem alten Marktplatz ähnlich. Misthaufen befanden sich vor den Hütten, und hölzerne Karren mit großen Rädern. An die Außenwände der Behausungen waren kleine Ställe und Gehege angebaut, in denen Ziegen meckerten oder sich Schweine suhlten. Hühner liefen umher.

Nach motorenbetriebenen Fahrzeugen oder Anzeichen von Elektrizität suchte Hildrud vergebens.

Das Dorf kam ihr alt vor, denn so hatten Ortschaften vor Jahrhunderten ausgesehen. Und doch lag der Ausdruck von Zeitlosigkeit darüber.

Menschen traten vor ihre Hütten und gingen umher. Frauen, Männer und eine Vielzahl von Kindern. Sie waren in grobe Stoffe gekleidet, einfach und zweckmäßig, und sie liefen zumeist barfuss.

Hildrud fragte verwundert: „Wo bin ich hier? Warum ist alles so ... so anders?“

Ihre Begleiterin stand auf und winkte sie mit sich: „So anders? Das ist meine Welt, eine von vielen ... Sie stehen nebeneinander, und ich bin in allen gleichermaßen zuhause.

Komm mit, ich zeige dir diese Welt ... Schau sie dir an, ...“

Dann ging sie voraus und Hildrud folgte ihr in das altertümliche Dorf. Niemand beachtete sie, obwohl die Gassen zwischen den Hütten und der Platz in der Mitte sehr belebt waren von Menschen, die bäuerlichen Tätigkeiten nachgingen.

Fragend schaute sie ihre Begleiterin an und diese nickte ihr zu: „Ganz recht, Menschenfrau, sie können uns nicht sehen. Und nicht hören. Wir sind lediglich Besucher, die einen leicht vergänglichen Hauch verbreiten können. Mehr nicht. Du kannst dich deswegen ruhig umschauen. Du störst nicht. Geh nur ...“

Hildrud folgte der Aufforderung. Zuerst langsam und zögerlich, dann immer furchtloser. Traumschritte auf überraschend festem Boden.

Aufmerksam betrachtete sie die Kleidung der herumgehenden Dörfler und versuchte, sie in eine Zeitstufe, zu einer Kultur einzuordnen. Sie beobachtete ihre Tätigkeiten, und wie sie mit den Tieren umgingen. Einer Frau, die einen schweren Holzeimer gefüllt mit Milch über die Gasse schleppte, hätte sie am liebsten tragen geholfen. Lange sah Hildrud den Kindern zu, um herauszufinden, ob sie ihre Spiele erkennen konnte. Und tatsächlich, die Spiele waren nicht so verschieden von denen, die sie selbst früher geliebt hatte. Darüber freute sie sich und wollte sogar dem Impuls nachgeben, mit um die Häuser zu laufen, um sich zu verstecken.

Aber sie war ja unsichtbar für diese Menschen.

Und wie sah es innerhalb der Hütten aus? Interessiert ging Hildrud näher heran, um sie sich anzusehen. Mit der Hand strich sie über die raue Außenfläche. Sie war unregelmäßig und bröckelte an einigen Stellen. Hildrud vermutete, dass die Hütten außen mit Lehm beworfen worden waren, der anschließend geweißt worden war. Wann hatte man auf diese Art gebaut? Sie konnte die Menschen in keine Zeit einordnen.

Aber war das überhaupt wichtig?

Sie betrat den Innenraum einer der Behausungen und fand sich in einer großen, dämmrigen Wohnküche wieder. Vor dem halbhohen Holzherd standen rustikale Bänke und Schemel um einen groben Holztisch herum. Es gab Geschirr aus Ton und Geräte aus Holz. Ein Kupferkessel summte auf der Herdstelle.

In einer Ecke wiegte eine alte Frau einen Säugling. Er war in dick gewebte Decken eingewickelt und schien sich wohl zu fühlen.

Weitere Kinder tollten auf dem Steinboden herum, liefen dann nach draußen.

Hildrud versuchte, deren Alter einzuschätzen. Es gab überall Kinder. Lachende, spielende, herumlaufende Kinder.

Erwachsene, die ihren Tätigkeiten nachgingen.

Alte Leute, die auf den Bänken vor den Hütten saßen, mit einer leichten Arbeit beschäftigt, oder sich um ihre Enkel kümmernd.

Beschaulich und ohne jede Hast.

Der Frieden, der über dem Dorf lag, beeindruckte Hildrud. Es war so ungewohnt, hin und her schlendern zu können, ohne Hast und Eile, und ebenso geruhsamen

Menschen zuzuschauen. Sie ging durch das gesamte Dorf und freute sich daran.

Aber es zog sie in die Hütte zurück, in der sie den Säugling gesehen hatte. Schüchtern setzte sie sich neben die Alte auf die Bank und sah ihr zu, wie sie den Kleinen wiegte und ihm eine Melodie vorsummte. Es schien dem Menschlein zu gefallen, denn es lächelte, bevor es müde die Augen schloss.

Und die alte Frau kam ihr bekannt vor. Vorsichtig beugte sie sich hinüber, nicht genau wissend, ob sie sie nicht doch störte, und schaute ihr gerade ins Gesicht.

Die Flammen der Herdstelle warfen Schatten, und das tief in die Stirn gezogene Kopftuch erschwerte ein genaues Erkennen der Gesichtszüge. Lange blickte Hildrud in das Antlitz der Alten, nach Erinnerungen suchend. Dann stand die Frau auf, um sich dem Herd zuzuwenden. Den Säugling, der nun friedlich schlief, legte sie in eine hölzerne Wiege.

Fasziniert und sehr still betrachtete Hildrud die Gestalt. Diese Bewegungen ...die Art, den Kopf zu halten, die energische und doch so bedachte Art, mit dem Geschirr zu hantieren ...

Sie kannte diese Frau! Aber woher?

Die Alte drehte sich um und schien etwas zu suchen.

Ihr Blick wanderte durch den Raum und blieb schließlich über Hildrud hängen. Schnell kam sie auf die Wandbank zu, auf der Hildrud sich niedergelassen hatte und blieb vor ihr stehen. Sie griff nach dem Dachbalken und erst jetzt bemerkte Hildrud die Kräuterbüschel, die von oben herabhingen. Es raschelte und duftete, als die Frau einige Zweige abbrach.

Dann ging sie zum Herd zurück. Dort angekommen, drehte sie sich herum und schaute zu Hildrud, als würde sie sie sehen können.

Hildrud zuckte zurück, suchte sich zu verbergen. Aber der Blick der Alten tat ihr gut. Er verströmte Herzlichkeit und Weisheit. Etwas, das sie unter den Menschen fast ihr ganzes Leben vermisst hatte, seit ..., ja seit sie auf diesem Friedhof gestanden hatte, und dem Sarg nachblicken musste, in dem ihre Oma in die Erde versenkt worden war. Diese Frau erinnerte sie daran. Diese Frau erfüllte sie mit Wärme. Es tat ihr gut.

Diese Alte glich ihrer Oma. Sie strahlte dieselbe ruhige Fürsorglichkeit aus.

Und Hildrud dachte nicht mehr an ihre geheimnisvolle Begleiterin, die sie hierher gebracht hatte, sie dachte nicht mehr an ihre Unsicherheiten und Ängste, an den nahen Tod ihrer besten Freundin, sondern sie genoss die heilsame Nähe der alten Frau.

Sie schaute ihr bei ihren bedachtsamen Verrichtungen zu, badete gleichsam in ihrer Anwesenheit.

Plötzlich kam durch die Tür der Behausung eine weitere Frau, im Alter zwischen Hildrud und der Greisin stehend. Sie eilte auf die Alte zu, tuschelte mir ihr. Sie bewegte sich schnell, als hätte sie keine Zeit, und sie schlug Wellen in die ruhige Atmosphäre des Raumes, Strömungen der Bestürzung, und des Verzweifeltseins. Hildrud erkannte etwas ihrer eigenen Gefühlswelt in der Frau wieder, und unwillkürlich schlug sie schützend die Arme um ihren Körper.

Sie wollte diese Einbrüche nicht! Sie wollte in der ruhigen Gelassenheit der Alten bleiben!

Die Alte umarmte ihren aufgelösten Gast und fuhr ihr leicht mit der Handfläche über die Wangen. Es war eine Geste des Schutzes und des Trostes.

Dann verließen beide die Hütte, nachdem sich die Alte versichert hatte, dass der Säugling ruhig schlief.

Hildrud blieb zurück. Sie fühlte sich verlassen und hilflos, nachdem die Alte gegangen war. Niemand war mehr da ...

Hastig stand sie auf und folgte den beiden Frauen durch das Dorf in eine andere Hütte.

Dort standen Menschen um eine mit Decken verhüllte Liegestatt herum, man hörte verhaltenes Seufzen und ab und zu einen unterdrückten Schluchzer.

Dort lag eine Kranke.

Die Alte schickte die Trauernden hinaus und setzte sich zu der Kranken, die sich unter ihren Decken unruhig bewegte, so, als hätte sie große Schmerzen. Als sie sich aufbäumte und mit verkrampftem Gesicht schrie, drückte die Alte die Kranke mit ruhiger Bestimmtheit auf ihr Lager zurück, bis diese sich beruhigte und erschöpft einschlief.

Hildrud schlich näher, konnte sich nicht entscheiden. Sollte sie bleiben? Es schien so grausam. Auch hier die bedrohliche Nähe des Todes mit all seinen Begleiterscheinungen. Auch hier der Gestank nach Erbrochenem, nach Urin, nach dem Sterben. Hildrud fühlte den wohlbekannten Ekel in sich hochsteigen. Sollte sie wirklich bleiben und das aushalten?

Aber andererseits – sie stellte sich an das Fußende des Bettes und sah der alten Frau zu. Diese wischt mit einem nassen Tuch den Schweiß von der Stirn der Kranken und murmelte ein paar Worte. Die Kranke schlug die Augen auf und sah in das über sich geneigte Gesicht. Dann entspannten sich ihre Gesichtszüge, und sie schien von der Alten Ruhe und Kraft aufzusaugen.

Diese entzündete in einem Tongefäss einige Zweige, die sie aus einer ihrer vielen Schürzentaschen hervorgekramt hatte und bald belegte ein schwerer Duft die Hütte, der den Geruch nach dumpfer Hoffnungslosigkeit vertrieb. Die Sterbende wurde ruhig und schien einzuschlafen.

Der verglimmenden Kräuterstängel ließen Hildruds Gedanken träge werden und eine unbekannte Selbstgewissheit füllte sie aus. War der Tod wirklich so schrecklich, wie sie immer geglaubt hatte?

Lange sah sie die Alte neben der Bettlägerigen sitzen und deren Hand halten. Dann fasste Hildrud Mut und trat dicht neben die alte Frau, betrachtete die Züge der Kranken.

So alt konnte diese noch nicht sein, denn ihr Haar war noch nicht ganz ergraut. Aber das Gesicht wies scharfe Falten auf, die von Schmerzen zeugten und die Haut am Hals war dünn und runzelig, wie nach langer Krankheit.

Dennoch lag sie ruhig da und schien sich abgefunden zu haben.

Vorsichtig streckte Hildrud ihre Hand aus. Es kostete sie Überwindung, die Kranke anzufassen, und fast wäre sie davor zurückgezuckt. Doch dann strich sie leicht über die nackten Arme der Sterbenden und verspürte keinen Widerwillen, keine Angst mehr. Lediglich eine tiefe Ruhe und ein kleines wenig Bedauern. In welche Welt würde diese Frau nun hinübergehen?

Als die Sterbende wieder erwachte, sah sie die alte Frau lange an. Es schien eine Frage in der Luft zu hängen.

Hildrud beobachtete die Alte, wie sie kochendes Wasser über eine Prise Kräuter schüttete und langsam umrührte. Die Sterbende schien den Trank zu erwarten und lächelte entspannt, als sie davon trank.

Dann bedeutete sie der Alten mit einer schwachen Handbewegung, die Tür zu öffnen. Ihre Familienangehörigen kamen herein, um sich um das Bett zu setzen, und – wie Hildrud erkannte – um sich zu verabschieden.

Die Kammer schwebte losgelöst von Raum und Zeit. Friedliche Stille umfing alle und löste die letzten Atemzüge der Frau in Versöhnlichkeit auf.

Leise und verwirrt schlich sich Hildrud nach draußen, in helles Sonnenlicht.

Kinder liefen spielend und jauchzend um sie herum, Erwachsene gingen ihren Tätigkeiten nach und die Hühner pickten nach Körnern.

Ihre geheimnisvolle Begleiterin war mit einem Mal wieder neben ihr. Sie lächelte, umarmte sie freundlich. Dann wandte sie sich zum Gehen.

Hildrud folgte ihr aus dem Dorf hinaus, den Hügel aufwärts, den Weg zurück.

Dann, plötzlich, stand sie neben dem Fluss, der sich hinter ihrem Haus durch die Wiesen schlängelte. Sie schaute sich um, aber ihre Begleiterin war verschwunden. Nur die Krähen krächzten, und flogen um ihre Nistbäume.

Es war frühlingshaft warm geworden, und es roch nach feuchtem Gras, das wachsen wollte.

Drei Tage später verstarb Sandra.

Hildrud hatte sich frei genommen, um bei ihr sein zu können, und sie harrte während der letzten Stunden neben Sandras Bett aus, um ihr einen letzten Gruß mitgeben zu können, sollte sie sie wider Erwarten noch einmal erkennen.

Ihre Freundin starb trotz ihrer schmerzhaften Erkrankung leicht und schien keinen Groll zu hegen, weil sie diese Welt verlassen musste.

In ihren letzten Augenblicken drehte Sandra den Kopf zu Hildrud und lächelte wie befreit, als sie sie neben sich sitzen sah.

Zu der Beerdigung kamen viele Leute, vor allem ehemalige Arbeitskollegen. Sie standen um das offene Grab herum und tuschelten über den frühen unvorhergesehenen Tod einer eigentlich noch so jungen Frau. Dann beeilten sie sich, wieder in ihre Fahrzeuge zu steigen, um schnellstmöglich in ihr Leben zurückzukehren.

Hildrud blieb noch ein wenig und betrachtete die vielen Kränze, die den braunen Erdhügel darunter fast verbargen.

Ein Vogel über ihr schrie heiser. Sie sah hinauf und erblickte zwei schwarze Federn, die herunterschwebten und sich auf das dunkle Grün der Kränze legten.

Eine der Federn nahm Hildrud an sich, als Erinnerung und als Mahnung. Die andere ließ sie ihrer Freundin.

Als Hildrud die Begräbnisstätte verließ, hatte sie keine Furcht mehr.

Strahlende Kinderaugen

Anna Banfhile

Große Kinderaugen folgten aufmerksam den Bildern auf dem Bildschirm. Selten bekamen sie Gelegenheit, unbeaufsichtigt fernzusehen.

„25. Mai 2014 Neuigkeiten vom Tage bringt ihnen ihr ENN – European Network News.

Auch heute forderten über zwanzig Bombenattentate, Schießereien und Raketenangriffe weltweit 3.200 Tote und 20.000 Verletzte, einer der schlimmsten Tage, seit Beginn des christlich muslimischen Terrorkrieges. Seit der zeitgleichen Sprengung des Petersdoms in Rom und des Tempelberges in Jerusalem, am 29.03.2013, dem blutigen Karfreitag, findet die Welt keinen Frieden mehr. Der furchtbare Tag forderte fast eine halbe Million Opfer, doch inzwischen sind 200.000 weitere Todesopfer hinzugekommen. Täglich entstehen neue Gruppen terroristischer, religiöser Fundamentalisten aller Couleur, die vor allem die unbeteiligte Bevölkerung bekämpfen.

Die friedlichen Gläubigen aller Religionen distanzieren sich vergebens von den terroristischen Fundamentalisten, wie auch heute der Papst wieder verkündete. Die schonungslosen Angriffe auf die Zivilbevölkerung lassen die einst belebten Innenstädte der Metropolen immer mehr veröden.

Der Antiterrorminister der Europäischen Vereinigung betont, dass nur der Ausbau der lückenlosen Überwachung aller öffentlichen Räume die Bevölkerung vor weiteren Anschlägen schützt ...“

„Hab ich euch erwischt! Ali, Fatma ihr sollt doch nicht alleine fernsehen! Noch dazu solche Sachen“, der Bildschirm wurde dunkel und Dunja funkelte ihre kleinen Geschwister zornig an. Die Zwillinge waren viel zu jung, um solche Nachrichten und Bilder zu sehen. Aber sie entwischten ihr immer wieder, wenn sie versuchte für ihr Studium zu lernen. „Papa wird mich schimpfen, wenn er erfährt, dass ich nicht genug auf euch aufgepasst habe."

Die großen Kinderaugen schauten sie reuig, wahrscheinlich aber nur scheinheilig, an. Das genügte. Sie konnte ihnen nicht lange böse sein. „Kommt wir spielen Memory, wenn ihr wollt."

„Ui, ja", sofort liefen die zwei los und holten das Spiel. Lernen musste Dunja nun am Abend, aber die Verantwortung für ihr Geschwister ging vor. Sie war die älteste Schwester. Sie musste ihrer Mutter die Sorge um die Kleinen abnehmen, wenn diese keine Zeit hatte. Und das war oft seit dem Tod ihres ältesten Sohnes Shahin. Mit Feuereifer hatte Mama sich in die Friedensarbeit der interkulturellen Akzeptanz, oder wie immer diese Gruppe hieß, gestürzt. Sie wollte, dass alle Religionen und Kulturen gemeinsam für den Frieden arbeiteten. Dunja zweifelte daran, dass die Friedensaktivisten je etwas damit erreichen würden.

„Dunja, kann sich gar nichts merken, hihihi", begeistert sammelte Ali gleich vier Kartenpaare hintereinander ein.

„Du aber auch nicht", trumpfte Fatma auf und stapelte ordentlich weitere drei Kartenpaare vor sich hin.

„Wenn du nicht aufpasst, brauchst du aber gar nicht mit uns spielen", maulte Ali, als Dunja wieder kein Paar fand.

Vor ihr lag noch keine einzige Karte. Überflüssig fand sie die Kinderspiele, auch wenn sie das beste Mittel waren, die Kleinen zu beschäftigen. Wenn sie nicht lernte, kreisten ihre Gedanken ständig um den sinnlosen Tod von Shahin.

Shahin war Opfer eines Attentates geworden. Er, der zwar syrischstämmiger Christ, aber so unpolitisch und unreligiös gewesen war, wie kaum ein anderer, war nun tot.

Seine Freunde waren Katholiken, Protestanten, Muslime, Juden, Buddhisten, Atheisten, alles bunt gemischt. Wieso musste diese Gruppe von irgendwelchen Fundamentalisten getötet werden? Nur zwei von Shahins Freunden lebten noch. Karim und Ben waren an dem Tag zu einem Vorstellungsgespräch nach Köln gefahren gewesen. Das hatte sie gerettet. Es war noch nicht einmal aufgeklärt worden, welche der vielen neuen Terrorgruppen den Anschlag verübt hatte. Seit einem halben Jahr nagte das nun schon an Dunja.

Sie sah auf. Wieder hatte sie ein Spiel verloren. Sie ermahnte sich. Sie musste so tun, als wäre sie bei der Sache, damit die Kleinen nichts anstellten.

Fatma zog heftig an Dunjas Ärmel. „He, du hörst uns gar nicht zu. Und außerdem schaust du so böse. Was ist denn los?"

„Entschuldige", strich sie der kleinen Schwester über die Haare. „Ich musste nachdenken. Tut mir leid." Sie sah zur Uhr hin. „Huch schon so spät. Ich muss beginnen zu kochen. Wollt ihr nicht im Hof mit den Rädern fahren? Aber nicht auf die Straße! Versprochen?"

Ehe Dunja sich versah, war der Abend schon vorbei. Kochen, mit den Eltern über die täglichen Sorgen sprechen, endlich noch ein paar Kapitel lernen und die Augen fielen ihr zu.

Doch kaum lag sie im Bett, begannen ihre Gedanken zu rotieren. Shahins sinnloser Tod vermischte sich mit dem häufigen Ärger, als Ausländerin angepöbelt zu werden, oder einer Ausweiskontrolle unterzogen zu werden, obwohl die blonde Kommilitonin aus Kasachstan nicht kontrolliert wurde. All das geschah mit dem Hinweis, dass es eine gefährliche Zeit war. Sie war in Deutschland geboren, hatte keinen Bezug zu ihren syrischen Vorfahren, selbst ihre Eltern waren durch und durch europäisch. Manchmal wünschte sie sogar, diese ganzen Terrorgruppen sollten in die Luft gesprengt werden. Die müsste es treffen, nicht unschuldige Menschen. Wenn der Schlaf Dunja endlich übermannte, baute sie in ihren Träumen Bomben und jagte ein Terrornest nach dem anderen in die Luft, bis sie wie eine Comic-Heldin alle besiegt hatte und endlich Frieden herrschte.

Kurz nach Beginn des neuen Semesters glaubte Dunja ihren Augen nicht zu trauen. In der Aula der Uni stand Shahins Freund Ben in einem Kreis jüngerer Studenten. „Hallo Ben", umarmte sie ihn stürmisch, „was machst du denn hier? Ich dachte du bist mit dem Studium schon fertig?"

„Schön wär's. Aber ich war wohl zu gut. Mir wurde eine Doktorandenstelle angeboten. Da konnte ich nicht nein sagen. Na ja, die ganzen Bewerbungen in der Industrie hatten nur Absagen gebracht. Dann lieber hier was Sinnvolles machen, als irgendwo in einem Verwaltungsjob versauern."

„Schön, dann können wir uns ja vielleicht manchmal sehen. Du und Karim ihr seid die einzigen Freunde von ..."

„Ach, Shahin wäre für die Stelle besser geeignet gewesen. Er war der Klügste von uns. Ihn hätte es nicht treffen dürfen. In mir", er sah unauffällig nach oben, denn niemand wusste wo überall Kameras und Mikrofone angebracht waren. „... brennt richtiger Hass auf die Bombenleger. Bis auf einen, alle Freund auf einmal verlieren, ist nicht leicht."

„Den großen Bruder verlieren auch nicht. Weiß man inzwischen, wer dahinter steckte? Meine Eltern reden nicht mehr darüber."

„Zuerst dachten sie, es sei eine Gruppe der neuen Kreuzritter gewesen. Jetzt verdächtigen sie eher irgendeine Dschihadgruppe. Manchmal fürchte ich sogar, Karim könnte etwas damit zu tun haben."

„Karim!? Nein! Das glaube ich nicht. "

„Er ist immer so verschlossen, aber du kannst ihn selbst fragen", mit ausladender Geste deutete Ben hinter Dunjas Rücken. „Da kommt er. Er muss das letzte Jahr wiederholen, er hat seine Prüfung versaut. Ich geh dann mal. Bis demnächst."

Da ging doch anscheinend Ben seinem Freund aus dem Weg und nicht umgekehrt. Dunja sah kopfschüttelnd hinter ihm her, dann lief sie auf die schmale dunkle Gestalt zu, die ihr inzwischen zuwinkte.

„Hallo Dunja, schön dich zu sehen. Du hast mir gefehlt", errötend senkte Karim den Kopf. „... aber irgendwie habe ich es nicht über mich gebracht, mich zu melden."

„Wo warst du denn?", Dunja umarmte ihn schwesterlich. „Ich habe mich schon gewundert, weil wir seit Shahins Tod nichts mehr von dir hörten."

„Ich habe versucht im Ausland den Abschluss zu machen. Hier hat mich alles an meine toten Freunde erinnert. Ich frage mich immer wieder, wieso ich verschont wurde. Es war wie Zauberei. Eigentlich wollte ich mich gar nicht auf die Stelle bewerben ...", Karim errötete, seine Erlebnisse in denen er wundersam einem Unglück entgangen war, waren ihm peinlich. „ähm ... ja also an der anderen Uni waren die Vorurteile gegen Muslime so groß, dass ich lieber zurückgekommen bin. Selbst wenn ich als Atheist und Kommunist demonstriert hätte, hätten sie mich mit Fundamentalisten in einen Topf geworfen."

„Aber du hast doch nichts mit Fundamentalisten am Hut, oder? Wenn ich mich richtig erinnere, bist du doch genauso ein Friedensaktivist wie meine Mutter."

„Ja das schon. Aber im Moment sind Leute, die für den Frieden eintreten, nicht sehr anerkannt. Die einen verhöhnen einen, weil man auf Andersdenkende zugeht, die anderen glauben, man tarne sich nur mit guten Absichten ... Möchtest du nicht einmal deine Mutter begleiten?"

„Danke, ... ich glaube nicht, dass das was für mich ist. ... nun vielleicht werde ich es mir Mal überlegen“, Dunja sah auf die große Uhr über dem Tor. „Jetzt muss ich mich aber sputen. Du weißt, dass es vermerkt wird, wenn man zu spät kommt. Ich will keine negativen Eintragungen haben.“

In dem dicht gedrängten Vorlesungssaal konnte Dunja ihren Gedanken endlich freien Lauf lassen. Bei den vielen Studenten fiel nicht auf, wer wirklich mitarbeitete oder nicht. Karim war wieder da. Ihr Herz schlug schneller bei dem Gedanken. Ob er wohl auch ein wenig für sie empfand? Als Shahin noch lebte, war er fast wie ein Bruder, aber jetzt? Dunja hob seufzend den Kopf und achtete wieder auf die Worte des Professors.

Am Nachmittag wagte sie sich mit ihren Geschwistern zu dem von der Bürgerwehr kontrollierten Spielplatz. Die Angst der Menschen ließ keine verwinkelten Verstecke für Kinder mehr zu, die sie früher so geliebt hatte. Die Kinder drängelten sich in dem übersichtlichen, von Hecken gesäumten Areal.

„Dunja, Dunja, schau mal“, jauchzte Fatma, während sie so hoch schaukelte wie sie konnte. Ali baute in einer Ecke des geräumigen Sandkastens komplizierte Bahnen für seine Matchboxautos, die großen braunen Augen unter dem wirren Haarschopf strahlten vor Stolz über seine Architektur.

Da sirrte es in der Luft, ein ferngesteuertes Modellflugzeug torkelte auf einer seltsamen Bahn auf die Kinder am Klettergerüst in der Mitte der Sandfläche zu. Dunja lief so schnell sie konnte zu Ali, zertrampelte sein ganzes Meisterwerk, riss ihn hoch, packte Fatma und stürzte sich mit beiden in einen Graben hinter die Hecke. Keine Sekunde zu früh. Eine Bombe explodierte. Dunja tippte zitternd den Notruf in ihr Handy. Innerhalb von

Minuten war ein Rettungswagen da. Sieben Kinder und zwei Erwachsene waren tot, über zwanzig Verletzte.

Ihnen war nichts geschehen, ganz knapp. Dunja konnte nicht mehr aufstehen. Schluchzend drückten sich die Geschwister aneinander.

„Dunja, Fatma, Ali! Ist euch etwas geschehen?“ Karim lief zu ihnen. „Ich hörte im Radio, dass etwas passiert ist und wollte helfen. Seid ihr verletzt?“ Die drei konnten nicht antworten. „Ich passe besser auf euch auf. Kommt ich bringe euch nach Hause“, vorsichtig löste er Dunjas festen Griff um die Kleinen, nahm Ali auf einen Arm, half Dunja hoch und nahm dann Fatma auf den zweiten Arm.

Erst als die Eltern der drei nach Hause kamen, ging er. Keiner von ihnen hatte ein Wort gesagt, als er sie auf der Couch in Decken gewickelt und mit heißem Tee versorgt hatte. Nur ihr Schluchzen war etwas leiser geworden.

Dunja lag einige Tage wie erstarrt, ohne ein Wort nur im Bett. Sie registrierte nicht einmal, wer zu ihr ins Zimmer kam. Ihre Geschwister konnte sie nicht ansehen, ohne erneut in stumme Tränen auszubrechen. Dann stand sie plötzlich auf, ging an den Computer, suchte im Internet nach allem, was man über den Bau einer einfachen und effektiven Bombe finden konnte, sowie alle verbotenen Seiten terroristischer Banden. Danach duschte sie lange und ausgiebig und begab sich endlich wieder zu ihrer Familie in das Wohnzimmer.

„Ich werde diese Hurensöhne finden und in die Luft sprengen“, verkündete sie ihren Eltern emotionslos und bestimmt.

„Um Gotte Willen! Dunja, nein!“, ihre Mutter versuchte sie zu umarmen, aber sie wand sich heraus. „Du darfst dich nicht auf die Stufe der Gewalt begeben. Bitte ...“, so sehr ihre Mutter auch flehte, Dunja stand da wie ein Klotz aus Eis.

„Lass gut sein Mama. Ich weiß was ich tue. Deine Friedensarbeit bringt doch anscheinend auch nichts. Weiterhin werden kleine Kinder und Unschuldige umgebracht. Das werde ich beenden.“ Damit drehte sie sich um, ging in die Küche und holte sich etwas zu essen.

Ihre Mutter folgte ihr, versuchte sie zu trösten, redete und redete, wollte ihr erklären, warum sie das nicht tun dürfe, doch es war vergebens.

Die nächsten Tage in der Uni konzentrierte sich Dunja kaum auf die Vorlesungen. In jeder freien Minute versuchte sie Merkmale zu finden, wie sie im Internet zur Warnung vor aktiven Gruppen der Fundamentalisten beschrieben waren. Das war nicht einfach, aber so konnte sie vielleicht eine finden. Dabei achtete Dunja genau darauf, wo Kameras angebracht waren, denn sie durfte nicht entdeckt werden. Bisher war ihr gar nicht bewusst gewesen, wie sehr sie überwacht wurde. Als ihr in den ruhigen, unbewachten Ecken und Fluren immer wieder die gleichen Kommilitonen begegneten, dämmerte ihr, dass auch diese der Überwachung entgehen wollten.

Dunja fand einige Nischen und verdeckten Plätze, um diese ‚Verdächtigen', wie sie sie nannte, beobachten zu können. Dort verbrachte sie ihre freie Zeit zwischen den Vorlesungen und das sollte sich auszahlen. Sie entdeckte zwei heimliche Treffpunkte. Warum machte es die Polizei nicht wie sie? Warum bemühten die sich nicht, solche Brutstätten auszuheben? War es ihnen egal, ob es immer mehr junge Terroristen gab?

„Dunja versteckst du dich?“, Karim lugte um die Kante der Steinsäule, die Dunja verborgen hatte. „Wie geht es dir? Und wie geht es Ali und Fatma? Haben sie es gut überstanden?“

„Hallo, ... ganz gut. ... äh, mir geht es, na ja ... das Leben geht weiter. Die Kleinen leiden sehr. Sie wollen kaum spielen, nur Geschichten hören und malen. Mama bleibt jetzt zu Hause und ist dauernd bei ihnen. ... und ihre Augen sind ganz traurig und glanzlos geworden ...“, achselzuckend brach Dunja ab und ließ ihre Haare wie einen Vorhang über das Gesicht fallen.

„Kann ich irgendetwas für dich tun?“

Karims Hand lag auf ihrer Schulter. Es kam ihr wie eine Ewigkeit vor, dass die Berührung ihr Herz hatte schneller schlagen lassen. Nun saß sie nur starr da.

„Sag doch. Ich möchte dir helfen, ehrlich“, drängte er.

Dunja richtete sich auf, blickte tief in Karims Augen und schüttelte den Kopf.

„Du willst diese Mörder nicht umbringen. Du bist immer noch für Verständnis für alles und jeden. Dazu ist es zu spät. Glaube mir.“

Karim schlug die Hand vor den Mund. „Das meinst du nicht wirklich“, flüsterte er.

„Doch und ich werde sie finden.“ Schnell stand Dunja auf und ließ Karim fassungslos stehen.

Es war an der Zeit mit den Vorbereitungen zu beginnen, beschloss sie. Auf Straßen, öffentlichen Plätzen, in Supermärkten und Kaufhäusern, überall waren Kameras und Mikrofone präsent. Doch auch hier hatte sie Wege gefunden, wie sie unbewacht blieb.

In einem kleinen Trödelladen deckte sie sich mit einfachen T-Shirts, einer Sonnenbrille, einer Baseballkappe und großen Kopftüchern ein. So konnte sie ihr Aussehen verändern, ohne jede persönliche Note zu verraten. Sie probierte es gleich aus. In einem Elektroladen verschwand sie im Treppenhaus, was erst im dritten Stock unbeobachtet möglich war. Dort zog sie ein schwarzes T-Shirt über, band ein Tuch in der Weise strenger Muslima über Haare und einen Teil des Gesichts und setzte die Sonnenbrille auf. Dann schlüpfte sie unbeachtet wieder in den Verkaufsraum. An der Kasse sprach sie gebrochen deutsch, danach verschwand sie wieder im Treppenhaus und verwandelte sich zurück. Die Teile verstaute sie im Bodenfach ihres Rucksacks zwischen Kosmetikartikeln. Dann kaufte sie in ihrem normalen Outfit ein paar CDs und machte sich auf den Heimweg, bei dem sie keiner Kamera aus dem Weg ging.

Zu Hause las Dunja ihren Geschwistern lange vor, nahm schweigend am Abendessen teil und zog sich früh in ihr Zimmer zurück. Aus Shahins Zimmer holte sie seinen Werkzeugkasten, der dort noch genauso stand wie früher, zu Lebzeiten ihres Bruders. Mit den ausgedruckten Anleitungen aus dem Internet versuchte sie einen Zünder zu bauen. Es fiel ihr schwer, denn sie hatte sich noch nie mit so etwas beschäftigt. Immer wieder las sie, versuchte der Anleitung zu folgen, las wieder. Doch sie hatte keinen Erfolg.

„Dunja", klang es gedämpft durch die Tür. Schnell warf sie einige Zeitschriften über ihren Tisch und öffnete. Ihre Mutter stand lächelnd vor ihr. „Stell dir vor, Karim besucht uns. Komm doch mit ins Wohnzimmer." Ohne weiteres Wort folgte Dunja. Es wäre auffällig und gegen die Gastfreundschaft gewesen, nicht mitzukommen.

„Was du über Ali und Fatma gesagt hast, ließ mir keine Ruhe", begrüßte Karim sie lächelnd. „Ich habe ihnen ein paar Bücher gebracht. Außerdem wollte ich deine Mutter um ein paar Unterlagen bitten. Sie kann ja zurzeit nicht zu den interkulturellen Versöhnungstreffen kommen."

„Danke, das ist sehr nett von dir", begrüßte sie ihn freundlich aber kühl. Danach setzte sie sich schweigsam neben ihre Mutter und lauschte dem Gespräch der beiden über Möglichkeiten und Schwierigkeiten der Friedensgruppe, ja der ganzen Friedenspolitik, oder besser deren Fehlen. Dunja verpasste kein Wort. Bisher war sie den Argumenten und

Berichten ihrer Mutter immer ausgewichen, aber Karims Gegenwart verlangte mehr Aufmerksamkeit von ihr, denn bei seinem Anblick schmolz das Eis ein wenig, das ihr Herz umschloss. Die Erinnerung an das Gefühl für ihn war zwar verschüttet, aber eine Ahnung davon war noch da.

Die Beobachtung der ‚Verdächtigen' wurde nun schwieriger für Dunja, denn Karim suchte ihre Gegenwart wo er nur konnte. Das tat gut, aber sie wollte ihre Rache nicht aufgeben. Was wäre, wenn er bemerkte, wie weit sie schon war? Würde er sie verachten? Es war ihr lieber, wenn er abends auf einen Tee zu ihr kam, als wenn er sie in der Uni suchte. Zu Hause konnte sie sich eher auf seine Träume für eine friedliche Zukunft einlassen, auch wenn er dafür noch so fantastische, unwirkliche Gründe heranzog. Immer wieder versuchte er, sie mit unglaublichen Erlebnissen seiner Großmutter aufzumuntern und ihr damit zu erklären, dass auch wundersame Wege zu Frieden und Freude führen konnten. Dunja fand seine ‚Märchen' schön, aber sie konnte nicht daran glauben. Wie gerne wäre sie ihm gefolgt. Doch es musste mehr geschehen, damit wieder ein wenig Frieden möglich war, davon war sie überzeugt, auch wenn sie sich die Versöhnung der Menschen noch so sehr wünschte.

In der Uni verfolgte Dunja ihre realistischen Spuren. Schließlich war sie einem dritten Treffpunkt auf der Spur. Die abendlichen Arbeiten an ihrem Zünder gingen langsam voran, da Karims Besuche ihre Zeit einschränkten, daran weiter basteln zu können. Inzwischen hatte sie heimlich alle Materialien besorgt, die sie für eine Bombe benötigte. Bald würde sie soweit sein.

Aufmerksam beobachtete sie den Eingang, hinter dem sie das Terroristennest vermutete, da trat eine bekannte Gestalt umrahmt von einer Gruppe junger Frauen genau durch diese Tür.

„Ben“, hauchte Dunja tonlos und versank atemlos noch tiefer im Schatten der Säule, hinter der sie lehnte. Das durfte nicht wahr sein. Sie hatte ihn seit dem Semesterbeginn nicht mehr gesehen, und nun hier? Er war es, kein Zweifel. Seine melodische Stimme drang deutlich bis zu ihr. „Ihr müsst euch anstrengen. Der Erfolg wird einem nicht geschenkt, das dürft ihr nie vergessen.“

Dunja atmete wieder. Sie musste sich getäuscht haben. Das konnte nicht der Eingang für die Terroristen sein. Das klang doch so, als hätten die Frauen ein Seminar bei ihm.

„Ach Schwertmeister, wenn ...“

„Du sollst mich hier nicht so nennen“, unterbrach er barsch die bewundernden Worte der Studentin. „Außerhalb unserer Räume bin ich nur euer Seminarleiter und ihr sagt Ben zu mir. Ist das klar?“

„Ja, Ben“, beteuerten die Studentinnen.

Rasch verließ die Gruppe den abgelegenen Flur. Nur Dunja saß in ihrem Winkel und die Welt drehte sich um sie. Ben ein Terrorist? Ben, der Freund ihres Bruders, ein Terrorist? Und kein Mitläufer sondern ein ‚Schwertmeister’? Er hatte einen so hohen Rang der kämpfenden Attentäter? Aber sie konnte doch nicht den Freund ihres Bruders töten. Tränen der Verzweiflung liefen ihr über das Gesicht. Was sollte, was konnte sie tun?

Nach einer halben Ewigkeit erhob sich Dunja aus ihrem Versteck und lief wie blind durch die Gänge der Universität. In der Aula stolperte sie in Karims Arme.

„Ich habe dich überall gesucht ... Aber was ist denn mit dir? Du weinst ja. Komm setzen wir uns.“ Zärtlich nahm er Dunja in die Arme und wartete geduldig auf das Versiegen des Tränenstroms.

„Bring mich bitte nach Hause“, war alles was Dunja herausbrachte. Ihr war übel von dem Schock, von den Tränen, von dem Zusammenbruch ihrer gerechten Rache.

Karim brachte sie schweigend nach Hause. Wie eine Marionette ging Dunja in ihr Zimmer und fiel aufs Bett. Im Nu versank sie in einen bewusstlosen Schlaf.

Karim setzte sich zu ihrer Mutter in die Küche und wartete.

„Was ist geschehen? Gab es in der Uni ein Unglück?" Dunjas Mutter zitterte so stark, dass der Tee überschwappte, den sie Karim reichen wollte.

„Nein. Bitte beruhigen sie sich. Dunja ist in der Aula fast in mich hineingelaufen, weil sie so weinte, aber es war nichts passiert. Irgendetwas scheint sie geschockt zu haben. Keine Ahnung." Gedankenverloren rührte er in seinem Tee. Lange schwiegen und warteten sie beide.

„Du magst Dunja sehr gerne, nicht wahr?"

„Ja. ... Ich ... ich glaube ich liebe sie."

„Den Eindruck habe ich auch. Und obwohl Dunja sich so abkapselt, denke ich, sie mag dich auch."

„Ach ...", seufzte Karim tief. „Ach, wenn ich nur mehr für sie tun könnte." Er beugte sich vor und legte eine Hand auf die Hand von Dunjas Mutter. „Darf ich sie etwas fragen? Etwas was vielleicht ziemlich verrückt klingt?"

„Aber natürlich. Was denn?"

„Wie soll ich es ausdrücken. Meine Großmutter war eine ungewöhnliche Frau. Sie wurde sogar als Hexe bezeichnet, weil sie wundersamen Einfluss auf das Leben von Leuten nahm, die sich ihr anvertrauten. Sie hat nie jemanden geschadet, wirklich nie." Karim beobachtete sein Gegenüber genau, doch Dunjas Mutter zuckte mit keiner Wimper. „Ich weiß es klingt blöd, aber sie hat mir ein Amulett gegeben ... auf ihrem Sterbebett ... und dabei hat sie gesagt ‚gib es der Frau die du liebst, dann wird sie die Welt erretten'. Wenn ich das Dunja gebe, werde ich ihr dann helfen oder schaden?"

„Du möchtest es ihr geben?"

„Ja. Ich habe das Gefühl ich muss sie vor einer Dummheit bewahren, erst dann kann sie mich auch lieben. Das klingt verrückt, oder?“

„Wenn ich ehrlich bin, ein wenig spleenig klingt es schon. Aber irgendwie zieht mich so etwas an. Es ist Hoffnung in einer Welt, in der ein Massaker das andere jagt, Bomben auf kleine Kinder geworfen werden, Schießereien an der Tagesordnung sind und jeden Tag neue Bürgerkriege aufflammen. Wer weiß vielleicht hilft uns nur noch Hexerei.“

„Mama, Mama“, beendeten Ali und Fatma das Gespräch. Sie stürmten in die Küche und zeigten den beiden neue Zeichnungen, die sie für Dunja gemacht hatten. Ihre große Schwester hatte sie gerettet und sie wünschten sich so sehr, dass es ihr wieder gut ging.

Drei Tage wollte Dunja niemanden sehen. Trauer, Wut und Ohnmacht vernichteten jeden Gedanken, bevor sie ihn überhaupt fassen konnte.

Karim fragte jeden Tag nach ihr. Endlich stimmte sie zu, ihn zu sehen. Etwas wackelig ging sie ins Wohnzimmer. Vielleicht konnte er ihr helfen zu verstehen.

„Dunja wie geht es dir?“ Karim umarmte sie so vorsichtig, als hätte er Angst, sie würde dabei zerbrechen. Dann betrachtete er lange und sorgenvoll das eingefallene Gesicht mit den dicken, rotgeränderten Augen. „Du siehst so, ... so schwach aus. Was kann ich für dich tun?“

„Nichts. ... oder vielleicht. Vielleicht einfach da sein“, mühsam versuchte sie ein schwaches Lächeln.

„Dunja ich muss dir etwas sagen. Ich liebe dich. Ich mache mir solche Sorgen um dich ...“

„Psst“, sie legte ihre Hand in seinen Nacken, „es ist keine Zeit für die Liebe. Ich muss erst mit all der Gewalt ins Reine kommen, dann kann ich vielleicht wieder an etwas anderes denken. Ich bin noch nicht so weit.“

„Ist schon gut. Ich will dich nicht drängen. Ich wollte nur, dass du es weißt. Vor allem, egal ob du Hilfe oder Trost brauchst, ich bin für dich da."

„Danke. Das ist gut zu wissen. Ich ..."

Karim legte einen Finger auf ihre Lippen. „Dunja, ich kann warten. Du bist mir wichtig ...", er beugte sich etwas zu Seite und griff in seine Hosentasche. „Ich weiß es klingt vielleicht blöd. Aber darf ich dir ein Amulett geben? Es ist von meiner Großmutter und soll dich schützen, wenn ich gerade nicht da bin." Unsicher reichte er Dunja ein Silberkettchen mit einem winzigen Glasflakon in einer kunstvollen Aufhängung.

Sie nickte nur und er durfte ihr das Kettchen um den Hals legen. Danach sank sie erschöpft an seine Schulter und beide saßen noch lange schweigsam zusammen.

Einige Tage später fühlte sich Dunja wieder in der Lage ihr gewohntes Leben aufzunehmen. Sie hatte immer noch keine Ahnung was sie tun sollte. Ihr Plan war es gewesen, gegen die Terroristen selbst Anschläge zu führen. Aber das war nun unmöglich. Sie konnte doch Shahins Freund nicht umbringen. Was konnte sie also gegen die Terroristen unternehmen? Ihre Gedanken rasten wieder einmal im Kreis, verknoteten sich und führten ins Nichts. Wenn die Friedensarbeit nur erfolgreicher wäre. Dann würde sie sich Karim und ihrer Mutter anschließen. Aber so? Wenn nur ein Wunder geschähe wie in Karims Geschichten. Wenn es möglich wäre die Einstellung der Fundamentalisten zu ändern.

Wenn, wenn, wenn ... Sie ertrug die Hilflosigkeit nicht mehr und wollte ihre Rache. Trotzdem konnte sie die Bombe nicht fertig bauen. Entschlossen trug sie die Werkzeuge in Shahins Zimmer zurück und zerknickte den Zünder. Sie würde ihn irgendwo ungesehen entsorgen. Sich in all dem Überwachungsdschungel ungesehen bewegen, hatte sie zumindest in der letzten Zeit gelernt.

In der Uni schlich sie in der ersten Pause in den Flur, in dem sie Ben und seine Anhängerinnen gesehen hatte. Sie wartete lange vergeblich. Gedankenverloren spielte sie mit ihrem Amulett. Da hörte sie Stimmen. Ben, wieder in einer Gruppe junger Anhänger.

„Wir sind spät dran“, fuhr Ben den jungen Mann neben sich unzufrieden an. Er drehte sich zu den jungen Frauen um. „Habt ihr genügend Flugblätter dabei? Wir müssen sie ungesehen deponieren.“

Eifrig hob eine von ihnen eine Tasche hoch und zog einen Stapel orange Blätter halb heraus. „Ja, schau, es sind bestimmt fast 1000 Stück.“

Warum können diese Pamphlete nicht etwas Sinnvolles enthalten, schoss es Dunja durch den Kopf. Dabei durchlief sie ein seltsames Gefühl, als würde sich ein kühler Nebel um sie schmiegen.

„Auf was wartet ihr? Lasst euch nicht erwischen“, Ben scheuchte sie weg.

Drei Studentinnen, die fast noch wie Mädchen wirkten, liefen mit ihren Taschen los. Schnell und doch unauffällig.

„Meint ihr, die können auch mehr?“, wandte Ben sich an seine älteren Begleiter.

„Nee“, gab eine groß gewachsene, blonde Frau hart zurück, „die sind nicht in der Lage auch nur einen Schuss abzufeuern und als lebende Bomben, würden sie viel zu früh entdeckt. Wir brauchen besseren Nachwuchs für die Ritter.“

„Das Flugblatt soll uns ja welche bringen“ beruhigte Ben. „Das schildert die korrupten Machenschaften von Politikern und darin verwickelte Professoren so abstoßend, dass jeder, der je eine ungerechte Beurteilung erhielt, angesprochen wird. Wir müssen die Präsenz im Kontaktraum erhöhen, damit wir gleich sehen, wer da kommt.“

An der Einmündung zu einem stärker frequentierten Flur trennte sich die Gruppe ohne ein weiteres Wort. Dunja folgte Ben in einigem Abstand. Er war wirklich ein Terrorist. Das Gespräch hatte alle Zweifel zunichte gemacht, die sie sich vergeblich eingeredet hatte.

In der Aula, auf einem Fenstersims, der von keiner Kamera beobachtet wurde, sah Dunja die Flugblätter liegen. Unbemerkt steckte sie eines davon in ihre Hosentasche. Erst zu Hause in ihrem Zimmer wagte sie es zu lesen. Aber was sollte das? Es war ein Kochrezept. Den ganzen Abend versuchte sie eine verborgene Botschaft zu finden, doch es gab keine. Seltsam.

Am nächsten Morgen schlich sich Dunja zu dem Treffpunkt der ersten Terrorgruppe, die sie entdeckt hatte. Hier war wenigstens nicht zu erwarten, dass sie Ben traf. Die gehörten zu den unzähligen Dschihadgruppen. Nichts und niemand war zu sehen. Hatte die Gruppe ihren Treffpunkt verlegt? Wieso traf sie eigentlich nie auf Polizei? Wenn sie die Treffpunkte fand, könnte das doch die Polizei auf ähnliche Weise! Gedankenverloren spielte sie wieder an ihrem Amulett. Dabei war sie so in Gedanken versunken, dass sie die ankommenden Studenten fast übersehen hätte. Zwei grimmige junge Männer stritten sich über die Wirksamkeit ihrer letzten Aktion und stürmten in den Raum, den Dunja beobachtete. Kurz darauf folgte ein ganzer Pulk aufgeregt diskutierender Studenten und verschwand ebenso hinter der Tür.

Gerade wollte Dunja ihren Beobachtungsposten verlassen, als erneut Menschen in den Flur kamen. Die schwarz vermummten, bewaffneten Gestalten bewegten sich leise und nutzten jede Deckung. Einer davon bemerkte Dunja und zerrte sie aus ihrem Versteck.

„Sie verschwinden besser hier. Kommen sie“, zischelte der Polizist des Einsatzkommandos in ihr Ohr, während er sie den Flur entlang bugsierte. Erst als sie von einer zivilen Beamtin übernommen war, huschte er wieder auf seinen Platz.

„Warum treiben sie sich hier herum? Gehören sie zu der Gruppe?“, bellte die Polizistin, die kaum älter war als Dunja.

„Ich habe nichts mit den Leuten da drin zu tun. Ich beobachte sie, weil ich vermute, dass es Terroristen sind“, verteidigte sie sich. „Aber woher kommen sie so plötzlich? Ich belauere die Gruppe schon ein paar Tage und mir ist nie jemand aufgefallen.“

„Die heutige Technik erlaubt auch eine Überwachung aus der Ferne. Glauben sie mir, sie können sich unsere Möglichkeiten gar nicht vorstellen. Doch nun zeigen sie mir ihren Ausweis.“

Nach eingehender Kontrolle ihrer Personalien und vielen Fragen durfte sie wieder gehen. Inzwischen hatte das Einsatzkommando das Terroristennest gestürmt. Das lief nicht ohne Gegenwehr ab und Dunja war froh, dass sie sich außer Schussweite befand.

Langsam schlenderte sie los, überlegte wo sie Karim finden konnte und stand schon vor ihm. „Stell dir vor, was mir passiert ist. Ich habe den Eingang zu einem Terroristentreffpunkt beobachtet und mich geärgert, weil ich so etwas finde und keine Polizei sich darum kümmert, da taucht ein Einsatzkommando auf und nimmt die ganze Gruppe hopps. Das ist doch unmöglich.“

„Hast du dein Amulett um?“

„Ja, aber was soll die Frage. Was hat das damit zu tun?“

„Tja, also. Es ist von meiner Großmutter und der sind dauernd so unglaubliche Sachen passiert. Vielleicht hat es ja doch etwas damit zu tun. Können wir uns später sehen? Ich muss zu einem Seminar, die warten auf mich“, ließ er Dunja verwirrt zurück.

Konnte das stimmen, was Karim sagte? „Quatsch“, antwortete sie sich laut. Aber wenn doch? Konnte sie es überprüfen? Wenn überhaupt, dann wie?

Sie konnte sich doch nicht einfach Frieden wünschen und all diese sinnlose Gewalt hörte auf. Nein, so funktionierte wahrscheinlich noch nicht einmal Zauberei. Sie hatte sich gewünscht, dass die Polizei den Treffpunkt auch fände. Wie schön wäre es, wenn Friedensarbeit Erfolg hätte. Dunja atmete tief durch, griff fest an das Amulett und wünschte sich, ‚ich bekehre Fundamentalisten zur Friedensarbeit'. Wieder durchströmte sie der kühle Nebel

In dem Moment fiel ihr ein, dass ihre Mutter ihr doch immer Unterschriftenlisten und Broschüren der Friedensgruppe aufdrängte. Die mussten in ihrer Tasche ganz unten liegen. Gesucht, gefunden, noch ein Stift und sie war gerüstet. Schnell las sie den Namen der Gruppe, den sie sich nie merken konnte, eilte in die Aula. Sie sah sich um, ob sie jemand von den ‚Verdächtigen' bemerkte. Die blonde Studentin, die mit Ben gestern über ihre jungen Anhängerinnen gesprochen hatte, kam geradewegs auf sie zu. Lächelnd trat sie der Kommilitonin entgegen.

„Hallo. Darf ich dich um eine Unterschrift bitten? Die Friedensgruppe „Multikulturelle Akzeptanz“ setzt sich für das bessere gegenseitige Verständnis verschiedener Gruppen ein. Weder Religion noch kulturelle Herkunft sollen uns trennen. Wir fördern die Zusammenarbeit aller Menschen, die hier leben.“ Gespannt hielt sie die Luft an.

„Ich habe mich noch nie mit so etwas beschäftigt“, antwortete ihr Gegenüber sehr freundlich. „Was macht ihr konkret?“

Mehr zu ihrem Erstaunen, als zu dem der Fragerin, berichtete Dunja überzeugend, von der Arbeit der Friedensgruppe, von der sie eigentlich keine Ahnung hatte. Sie stellte im Verlauf des Gesprächs sogar fest, wie sie mit jedem weiteren Wort selbst überzeugt wurde. Als sie endete, unterschrieb die Studentin die Liste und bat um eine Informationsbroschüre.

Dunjas Gedanken galoppierten ihr schier davon. Das musste Zauberei sein! Wieso war sie plötzlich so überzeugt? Hatte der Wunsch sie selbst bekehrt? Neugierig, ob die Überredung auch mehrmals funktionierte, sprach sie den ganzen Tag Kommilitonen an, die ihr aufgefallen waren. Alle, ausnahmslos alle, unterschrieben und fragten nach einer Broschüre. Das waren zwanzig Studenten. Sollte die Friedensarbeit doch nicht umsonst sein? Wann war das nächste Treffen der Friedensgruppe. Dunja überlegte, las nach. In ein paar Stunden konnte sie ihren seltsamen Erfolg schon überprüfen.

„Mama, kann ich dich heute zu der Friedensgruppe begleiten?“, begrüßte sie ihre Mutter, die sie vor Freude über diese Frage sogleich umarmte.

„Oh, das ist wunderbar. Ist das Karims Werk?“

„Nein. Ich bin nur neugierig, weil ihr beide so davon überzeugt seid. Ich möchte wissen, ob man damit etwas bewirken kann. Ich lese jetzt noch den Kleinen vor, ja?“ So konnte ihre Mutter sie nicht weiter ausfragen.

Wieder griff sie zum Amulett. ‚Gib den beiden die Freude zurück’, wünschte sie sich intensiv. Dann griff sie eines der Bücher, die Karim gebracht hatte. Lauter verrückte Geschichten waren darin enthalten, in denen immer das Unmögliche das Normale zu sein schien. Dunja musste beim Lesen oft schmunzeln und Fatma und Ali lachten bald aus vollem Hals. Als sie das Buch weglegte, strahlten sie die Augen der beiden wieder an wie früher. War das ein Zauberamulett? Wer konnte das schon wissen, vielleicht waren es nur die Geschichten.

Gespannt trat Dunja in den Versammlungsraum. Würde auch nur eine Person da sein, die sie angesprochen hatte?

„Dunja, du hier? Wie wunderschön“, Karim kam auf sie zu und umarmte sie herzlich. „Ich hatte mir so gewünscht, dass du eines Tages kommst.“

„Hallo“, klang es hinter ihrem Rücken. Dunja drehte sich um, da stand die blonde Kommilitonin und streckte ihr die Hand entgegen. „Mein Name ist übrigens Helga. Heute Nachmittag sind wir nicht dazu gekommen uns vorzustellen.“

„Ich bin Dunja und das ist Karim“, auch ihm schüttelte Helga erfreut die Hand.

„Dunja hat mich heute dazu gebracht, mein ganzes Leben zu überdenken. Ihr Bericht über die Gruppe ging mir direkt ins Herz. Ihr könnt stolz sein auf eine solche Friedensverfechterin.“

„Oh ja, sie kann bezaubern, wenn sie von etwas überzeugt ist“, bestätigte Karim schmunzelnd.

Dunja blieb keine Zeit, sich über diese Antwort zu wundern, denn gerade kamen weitere Kommilitonen herein, die sie angesprochen hatte. Fast alle kamen, baten um Aufgaben und waren mit ganzem Herzen bei der Sache. Auch Dunja beobachtete nicht nur. Sie übernahm Hilfsarbeiten zur Vorbereitung einer Konferenz und die Mitarbeit an der Homepage der Gruppe, auch wenn ihre eigene Begeisterung sie immer noch in Erstaunen versetzte.

Karim begleitete sie nach Hause, Arm in Arm. Sie war glücklich wie schon lange nicht mehr. „Was ist das für ein Amulett?“, fragte sie auf halbem Weg.

„Hast du es gemerkt? Ich habe doch von meiner Großmutter erzählt. Sie hat es mir gegeben für die Frau, die ich liebe. Es hat bestimmt Zauberkräfte. Ich weiß nicht welche, aber es hat dich zum Frieden geführt.“

„Ja, aber der Weg ist noch lang bis wirklich Frieden einzieht. Ich habe das seltsame Gefühl, Friedensarbeit ist doch nicht vergeblich. Heute haben sich einige hier engagiert, die sich vorher nur für fundamentalistische Ziele interessiert haben. Dennoch sie und auch mich selbst zu überzeugen, war wahrscheinlich Hexerei.“

„Schon möglich, aber eine Magie, die Gutes bewirkt."

„Ja und ich werde sehen, was ich damit machen kann. Lass dich überraschen." Mit einem ersten zaghaften Kuss, verabschiedete sie sich vor ihrem Haus.

Dunja war mit Feuereifer bei der Sache. Sie warb täglich für die Friedensgruppe. Nicht nur bei ihren ehemaligen ‚Verdächtigen'. Jeden Tag fand sie neue Unterstützer. Es dauerte aber einige Wochen bis sie es wagte, mit Ben zu sprechen. Aufgeregt wartete sie in dem einsamen Flur auf ihn. Er kam ihr, wie immer inmitten einer Gruppe, entgegen. Dunjas Finger umschlossen das Amulett.

„Hallo Ben", begrüßte sie ihn ein wenig unsicher. „Du warst doch immer ein Anhänger gegenseitiger Toleranz, genau wie Shahin. Da wollte ich dich fragen, ob du bei der Aktion unserer Friedensgruppe unterschreibst?"

„Na ich weiß nicht. Der Tod meiner Freunde hat doch gezeigt, dass ein friedliches Leben anscheinend nicht möglich ist", antwortete er zögernd.

„Nur weil es Leute gibt, die dem Frieden keine Chance geben wollen, sind diese scheußlichen Attentate erst möglich. Wenn es keine Attentäter mehr gibt, dann können alle in Frieden leben. Unsere Städte werden wieder richtige Begegnungsstätten, in denen für alle Platz ist. Das wäre doch schön."

Ben sah ihr lange in die Augen, legte die Schriftstücke, die er trug auf den Boden und unterschrieb lächelnd. Dann drehte er sich zu der Gruppe um ihn und warb bei ihnen auch um Unterstützung. Einige sammelten seine Mappe und seine Schriftstücke ein und eilten fluchtartig davon, aber einige blieben, diskutierten und unterschrieben ebenfalls.

„Ich komme mir vor, als würde ich aus einer langen Ohnmacht erwachen", verabschiedete Ben sich zuletzt von Dunja, die ihm fassungslos nachstarrte.

Diese Erfolge machten Dunja glücklich und je glücklicher sie wurde umso mehr steckte sie ihre Umgebung damit an.

Immer wieder tastete sie zu dem Amulett und wünschte sich, dass die Menschen nicht nur friedlich zusammen leben könnten, sondern auch gegenseitig Rücksicht aufeinander nehmen. Das konnte sie zwar an keinem Erfolg überprüfen, aber schön langsam glaubte sie an die Wirkung, die sie mit dem Amulett erreichte, ohne sie ständig kontrollieren zu müssen.

Für die Gestaltung der Homepage las sie viel über Bedingungen für Frieden, über Menschrechte und wie ihre Beachtung das Zusammenleben veränderte. Das wollte sie weitergeben, und wenn dazu Zauberei nötig war, war es ihr egal. So schrieb sie ihre Texte oft nur mit einer Hand, weil die andere an ihrem Amulett lag. Sie hoffte, dass ihre Texte so auch auf Distanz etwas bewirkten.

Lange suchte sie ein Symbol für ihre Aussagen. Als sie wieder einmal mit ihren Geschwistern durch die Wohnung tollte, fand sie es. Was wäre ein besseres Zeichen für eine friedliche Zukunft, als strahlende Kinderaugen? Sie versprachen und forderten zugleich, denn fröhliche Kinder, nein eigentlich alle Kinder, mussten eine Chance erhalten zu leben. Ihr Bruder Shahin war ein Verfechter solcher Thesen gewesen und das sollte nicht mit ihm gestorben sein.

Die strahlenden Augen ihrer kleinen Geschwister sollten Hoffnung geben, dafür wollte Dunja sorgen. Sie wollte Frieden, doch nicht mehr nach dem Tod von Attentätern sondern sofort. Nicht ihre eignen Waffen sollten die Terroristen treffen sondern Hoffnung sollte ihre Rache im Keim ersticken. Doch war es Zauberei, wenn Dunja etwas erreichte? Oder war es nur ein alter Traum der Menschen, den sie verwirklichen half?

Darauf fand sie keine Antwort.

Autoren

Anna Banfhile (1955) lebt in München mit Ehemann und Katze. Sie schreibt Kurzgeschichten, Theaterstücke und an einem Roman. Sie arbeitet auch als Politologin.

Publikationen: „Drei Quellenweiber“ in Mystische Märchen , Web-Site-Verlag, 2005; „Mozart – Erinnerungen seiner Frau Constanze“, „Gib mir die Welt plus 5%“ (Theaterstücke 2005). http://www.anna-banfhile.de

Christine Figueiredo Wohnort: Wien, Cascais/ Portugal, Nationalität: Österreich / Angola; Studium: Kommunikations, Politik-, Theaterwissenschaft; Studienaufenthalte in: Afrika, Nord/Südamerika, Südwesteuropa

Publikationen: Erzählungen in Fantasia (Erster dt. Fantasyclub, Passau) Erzählung in: das Kopfkissenbuch (Autorenhausverlages Berlin, 2001) 12. Platz Wettbewerb Writemovies, Hollywood (15 / 1000 werden nominiert)

Manuela P. Forst wurde 1979 in Wien geboren. Als Autorin hat sie sich auf das Genre der Phantastik spezialisiert. Sie schreibt in erster Linie Kurzgeschichten und Romane. http://www.members.chello.at/silverunicorn

Silke Hameister (geb. 02.05.1970) lebt als freischaffende Malerin, Grafikerin und Illustratorin im mecklenburgischen Suckow /b. Güstrow mit Ehemann, Tochter, rotem Kater. Seit 2003 widmet sie sich verstärkt dem Schreiben von Kurzgeschichten verschiedener Genres.

Publikationen: Seit 1993 regelmäßig Geschichten, Gedichte, Bastelanleitungen, Rätsel und Comics (54) sowie Illustrationen (149) in der Tagespresse, 2001: in Publikation des Kulturbundes M-V „Gegen Rechtsextremismus und Gewalt“, 2004: in Anthologie „Rostocker Auslese“, 2005: in „Bibliothek deutschsprachige Gedichte“

Ilkiran Korva Jahrgang 1969 kam vor einigen Jahren zum Schreiben von Prosatexten. Das auslösende Ereignis war die Anschaffung eines Computers (... und eigentlich wollte sie ja schon immer mal Schreiben, ...) und die Entdeckung der HdR-Fanfiction-Szene. Und so entstand nach tiefem Eintauchen in die Schreiberlingsarchive des Internets die Idee – oder auch das Bedürfnis – mit der Sprache zu Spielen und selbst Texte zu verfassen. Dies geschah zuerst im HdR-Fandom, dann im Bereich der Freien Fantasy. Ilkiran schaut gerne hinter die Oberfläche des Offensichtlichen und lässt oftmals dunkel mystische Motive mit in ihre Texte einfließen

Maike Schneider 1969 geboren, lebt sie mit ihrer Familie glücklich in Pfullingen.

Publikationen: in verschiedenen Zeitschriften, Anthologien: Angst – kein Weg zurück, U-Books, 2004; Mystisches Mittelalter, Intrag-Publishing, 2004; Alea³ – der Weltenwürfel; Terror – Umarmung des Bösen, (beide) Web-Site-Verlag, 2004; Lust auf Erotik, Holzheimer Verlag, 2005; Frieden; Schatten des Jenseits, Edition Geschichtenweber; WildesLand, EditionGeschichtenweber; Schreibsucht; Alea³- Band 2, (alle) Web-Site-Verlag, 2005; Liebesgeheimnisse, Verlag Edition Vitalis, 2005; 2005 Herausgeberin von „Schatten des Jenseits“. Folgeband 2006. http://www.MaikeSchneider.de

Ursula Schmid-Spreer ist Lehrerin im Gesundheitsbereich, Leiterin von Schreibkursen und Organisatorin von Autorentreffen.

Publikationen in Anthologien und Literaturzeitschriften, Märchenbuch Florian Floh, Thomas-Rüger-Verlag Nürnberg und Herausgeberin der Mystischen Märchen Web-Site-Verlag 2005. http://www.wordart-nuernberg.de